Lucy van Tessel

Verkettet

09. Januar 2016

Alles Li

Geburtstag.

Schön, dass es Dich gibt.

Viel Freude beim lesen.

Drücker

Mone &

Lucy van Tessel

Verkettet

Roman

édition elles
www.elles.de
info@elles.de
Umschlaggestaltung und Satz: graphik.text Antje Küchler
Umschlagfoto: © JLPfeifer – Fotolia.com
ISBN 978-3-95609-142-1

1

Hey, nicht!« Kichernd neigte Levke den Kopf zur Seite. »Das kitzelt.«

»Ach so?« Judy lächelte und zog sich ein wenig zurück. Aber nur gerade so weit, dass sie die Wärme, die von Levkes Haut ausging, weiterhin spüren und den zarten Duft ihrer Halsbeuge wahrnehmen konnte. Parfum. Ein Hauch von Rosenblüten. Und Levke pur.

»Wusstest du eigentlich«, fragte sie leise, »dass es ein Zeichen für große Sinnlichkeit sein soll, wenn jemand kitzelig ist?«

Levke zog den Kopf noch ein Stückchen weiter zwischen die Schultern und gab ein leises Quietschen von sich. Judys Atem hatte ausgereicht, um einen erneuten Beweis für die eben postulierte Sinnlichkeit zu liefern. »Ist das so, ja?«, erkundigte sie sich.

»Na, und ob.«

In Wirklichkeit hatte Judy überhaupt keine Ahnung, ob hinter dieser These auch nur ein Fünkchen Wahrheit steckte. Sie wusste nicht einmal mehr, woher sie das hatte. Vermutlich im Internet gelesen, irgendwo gehört oder auf sonstige Weise aufgeschnappt. Quelle: unbekannt. Wahrheitsgehalt: schwer überprüfbar. Doch Judy gefiel diese Vorstellung. Kitzelig zu sein, das war eine Eigenschaft, die sie nie als sonderlich angenehm wahrgenommen hatte, und jeder, der schon einmal Opfer einer zwar freundschaftlich gemeinten, aber dennoch brutalen Kitzelattacke geworden war, würde das wohl bestätigen. Doch aus einer anderen Perspektive betrachtet wurde aus dem Gefühl der Verletzlichkeit plötzlich eine Empfindsamkeit, die ganz eindeutig positiv besetzt war. Zumindest in Situationen wie dieser hier.

Es wurde Zeit, dachte Judy, die These noch einmal zu überprüfen.

Langsam beugte sie sich wieder vor und hauchte Levke einen ganz sanften Kuss auf den Hals. Dann arbeitete sie sich weiter nach unten in Richtung Schlüsselbein.

»Ehrlich gesagt …«, begann Levke.

Judy unterbrach ihre Abwärtsbewegung nicht. »Hm?«

»Was du da gesagt hast –«

»Ja?«

»Über die Sache mit der Kitzligkeit –«, der Laut, den Levke jetzt von sich gab, klang eindeutig nicht wie ein Lachen, »also, da gibt es noch eine andere Theorie.«

»Ach ja?«

»Nämlich«, hörte Judy Levke sagen, »dass es eine Art Abwehrmechanismus ist.«

Abwehr? Jetzt unterbrach sie sich doch, ließ ihre Lippen allerdings dort, wo sie waren.

»Ich meine«, fuhr Levke mit bebender Stimme fort, »wenn das Erregungsniveau zu heftig wird. Dann«, ein kurzes Zusammenzucken, »also, dann passiert so etwas. Hab ich mal gelesen«, fügte sie rasch hinzu, als würde der Verweis auf ein schriftliches Zitat ihren Worten mehr Gewicht verleihen.

»Verstehe«, sagte Judy leise, und Levke erschauerte erneut, als der Atemhauch ihre Haut streifte. »Nun ja, prinzipiell bin ich ja immer dafür, das Niveau zu halten. Aber in diesem, ganz speziellen Fall würde ich sagen: Entscheide du.«

Levke stöhnte leise. Dann, zögernd, hob sie die Hand und legte sie in Judys Nacken. Sie gab keinen Druck darauf. Die Geste war vielmehr eine Bitte.

»Also gut.« Judy lächelte versonnen vor sich hin. »Dein Wunsch ist mir Befehl.« Und umgehend machte sie sich daran, diesem Wunsch zu entsprechen.

Seit Judy Levke kannte, insbesondere seit dem Zeitpunkt, als sie begannen, einander wirklich kennenzulernen, hing Judy einer ganz bestimmten Frage nach. Und dabei handelte es sich keineswegs um das obligatorische *Ob sie wohl solo ist …?* Na ja, zugegeben: Das beschäftigte sie durchaus auch. In gewissen Momenten sogar mehr als alles andere.

Doch einer der ersten Gedanken, die Judy mit Levke verband, war folgender: Wieso ging eine so süße Frau mit einem so zaghaften Gesichtsausdruck durch den Tag, ja scheinbar durch ihr ganzes Leben? Levke war zwar nicht wirklich schüchtern, aber ihr Auftreten, ihr ganzes Wesen schienen darauf hinzudeuten, dass sie am liebsten unsichtbar gewesen wäre. Sie sprach stets leise – am Anfang hatte Judy sogar Mühe gehabt, sie zu verstehen. Ihre Schritte waren fast unhörbar, selbst wenn sie nicht auf Zehenspitzen schlich, sondern ganz normal ging. Bei lauten Geräuschen zuckte sie zusammen. Sie wirkte wie ein scheues Reh, das beim kleinsten Schrecken auf Nimmerwiedersehen im Gesträuch verschwinden würde.

Judy hatte sich schon gefragt, ob sie vielleicht vom Land stammte und den Lärm und die Hektik der Stand nicht gewohnt war. Und war mit dieser Erklärung sehr zufrieden, weil sich daraus der perfekte Vorwand für ein Date ergab. Dennoch hatte sie eine ganze Weile gebraucht, um ihren Mut zusammenzunehmen und den entsprechenden Plan an Levke heranzutragen: »Ein Picknick in der Natur«, hatte die Idee gelautet. »Nur wir beide. Wie wär's?«

Zu Judys Überraschung hatte Levke sofort zugestimmt. Keine formale Zurückhaltung. Kein vage hingemurmeltes »Ja, ja. Klar. Super Idee. Machen wir. Irgendwann einmal.« Kein demonstratives Zücken eines Terminkalenders.

Nichts von alldem. Stattdessen hatte Levke einfach nur gelächelt. Und leise gesagt: »Das klingt großartig.«

Heute war der endlich der große Tag gekommen, an dem sie den Plan tatsächlich in die Tat umsetzten. Und Judy wurde nicht enttäuscht: Schon als sie die Stadtgrenzen hinter sich gelassen hatten und auf eine breite, freie Landstraße abbogen, auf der kaum ein anderes Fahrzeug unterwegs war, schien eine Spannung von Levke abzufallen. Beim Spaziergang zum Badesee waren ihre Gesten dann eifriger, ihre Sprache lebhafter geworden. Schließlich hatte sie sich sogar bei Judy untergehakt. Sie hatte es ganz selbstverständlich getan, so als sei gar nichts dabei. Als würden sie sich schon eine Ewigkeit kennen, als wären sie seit Jahren derart vertraut miteinander. Judy ihrerseits hatte, als sie so unvermittelt Levkes Nähe spürte, beim Gespräch kurzzeitig den Faden verloren, und die Luft schien plötzlich um einige Grad wärmer zu werden.

Als sie dann die Picknickdecke ausbreiteten, flegelte sich Levke wie ein kleines, zufriedenes Kind auf den Stoff, breitete die Arme aus und hielt das Gesicht in die Sonne. Mit geschlossenen Augen lächelte sie vor sich hin. Dann beschattete sie ihr Gesicht mit der Hand, öffnete die Augen zu winzigen Halbmonden und strahlte zu Judy hinauf. »Danke«, sagte sie.

»Wofür?«, fragte Judy.

»Dafür, dass du mich hierhergebracht hast. Ich glaube, das war genau das, was ich gebraucht habe, um mal den Kopf freizubekommen. Aber«, sie grinste Judy an, »das hast du natürlich gewusst, oder?«

Judy sagte ihr nicht, dass sie zumindest so eine Ahnung gehabt hatte. Sie stellte einfach nur den Picknickkorb ab und ließ sich neben Levke nieder. Still, beinahe vorsichtig. Denn Levke hatte die Augen wieder geschlossen. Sie atmete tief und regelmäßig, und um ihre Lippen spielte immer noch dieses sanfte, selbstvergessene Lächeln. Ein Lächeln, das nun niemand Bestimmtem mehr galt. Aber das war okay für Judy. Sogar absolut okay. Insgeheim freute sie sich sogar über die Gelegenheit, die Frau, die sich neben ihr auf der Decke entspannte, einige kostbare Momente lang ungestört und vollkommen ungeniert betrachten zu können. Levkes schulterlanges, dunkles Haar war wie ein Fächer um ihren Kopf herum ausgebreitet. Ihre Wangenknochen gaben ihrem Gesicht Struktur und ließen es zugleich mädchenhaft jung wirken. Levke hatte die bezauberndsten Jochbeine, die Judy je gesehen hatte. Das hätte sie ihr gern gesagt, war jedoch bisher immer davor zurückgeschreckt. Das Jochbein war nicht unbedingt die erste Wahl, wenn es darum ging, jemandem ein Kompliment zu machen. Zunächst einmal war es kein sonderlich hübsches Wort, die Klangfärbung hart, unmelodisch, beinahe grob. Außerdem, und das war der weitaus riskantere Teil des Ganzen, konnte man nicht mit hundertprozentiger Sicherheit davon ausgehen, dass das Gegenüber das Jochbein auch dort einordnete, wo es hingehörte. Manch eine vermutete es nämlich gar nicht im Gesicht, sondern verwechselte es mit dem Steißbein. Das war definitiv viel zu nahe am Hintern, um noch unschuldig und schicklich zu sein. So konnte sich ein einfaches Kompliment im Kopf der Adressatin in eine billige Anmache verwandeln. Und spätestens da wurde es peinlich für alle Beteiligten.

Vielleicht, dachte Judy, sollte sie lieber erst mal Levkes Augen loben, wenn diese wieder zu sehen waren. Sie waren nämlich noch erstaunlicher als die sanfte Schwingung ihrer Wangenknochen. Klar und tief waren sie, wie ein blauer Bergsee. Deutlich hübscher als der Teich, neben dem sie gerade lagerten. Der glitzerte zwar auch ganz nett in der herbstlichen Sonne, hielt dem Vergleich mit Levkes Augen aber nicht stand.

Auch das hätte Judy Levke gern gesagt. Aber alles zu seiner Zeit. Und vielleicht nicht gerade mit leerem Magen.

Als Judy den Picknickkorb öffnete, wurde ihr zum ersten Mal bewusst, dass die Idee mit dem Kurztrip ins Grüne einen kleinen Schönheitsfehler hatte. Sobald sie nämlich anfing, die mitgebrachten Leckereien auf der Decke auszubreiten, bekamen sie Gesellschaft: Von allen Seiten schwirrten Insekten heran, die buchstäblich auch ein Stück vom Kuchen haben wollten. Dabei war es für Wespen eigentlich schon zu spät im Jahr. Nur hatten die Exemplare, die sich nun auf dem mitgebrachten Obstsalat und Topfkuchen niederließen, das offensichtlich noch nicht mitbekommen.

Na toll, dachte Judy ein wenig verstimmt. So viel also zum Thema Romantik.

Levke hingegen begegnete den Flug- und Stechtierchen mit bewundernswerter Gelassenheit. Aber sie, befürchtete Judy, hegte vielleicht auch nicht unbedingt dieselben romantischen Hoffnungen.

Trotzdem entbehrte es nicht einer gewissen Faszination, Levke zu beobachten. Wenn sich eine Wespe auf ihrem Essen niederließ, dann wartete sie einfach ab, bis diese die Lust verlor und wieder davonsummte. Wenn sie ein Brummen dicht an ihrem Ohr hörte, dann neigte sie den Kopf ein wenig zur anderen Seite. Ihr weiches Haar umwehte ihr Gesicht dabei wie ein Vorhang. Judy beobachtete sie hingerissen. Und war insgeheim dennoch ganz froh darüber, dass sie selbst sich heute für einen praktischen Pferdeschwanz entschieden hatte. Als sie ein Kind gewesen war, war ihr einmal eine Biene in die langen Haare geflogen. Die darauf folgende Panikattacke, sowohl ihre eigene als auch die der Biene, reichte ihr eigentlich fürs ganze Leben.

Jedenfalls war Judy der Meinung, dass sie das Gebrumme und Gekrabbel wirklich schon eine ganze Weile tapfer ausgehalten hatte. Doch dann schwirrte etwas Großes, jedenfalls eindeutig größer als eine Biene, an ihrem Ohr vorbei und brachte dabei jene Haarsträhnen, die zu kurz waren, um sie im Pferdeschwanz zu verstauen, in beträchtliche Bewegung. Da war es um ihre Beherrschung geschehen. Sie schrie leise auf und holte, rein aus Reflex, mit der Hand aus, um das unbekannte Flugobjekt zu verscheuchen.

Der Griff, der ihr Einhalt gebot, war nicht fest. Er war vielmehr überraschend sanft, so wie man ein zappelndes Kleinkind festhalten würde, sorgsam darauf bedacht, keinen Schmerz zu verursachen.

»Bitte nicht«, hörte sie Levke sagen.

Judy folgte Levkes Blick. Auf ihrem Oberschenkel hatte sich ein beeindruckendes Exemplar von Libelle niedergelassen. Ihre

Flügel zitterten sanft. Genau wie Judy, die unwillkürlich schauderte. Sie glaubte beinahe, die Beinchen des Tieres auf ihrer Haut zu spüren, durch den Stoff der Jeans hindurch.

»Nicht«, wiederholte Levke. »Tu ihr bitte nichts.«

Judy schluckte. »Wollte ich ja gar nicht«, presste sie rasch hervor. »Ich hab mich nur erschrocken.«

Levke nickte ein wenig geistesabwesend. Ihr Blick war dabei auf die zuckenden Insektenflügel geheftet. »Sie ist wunderschön. Findest du nicht?«

Judy beäugte das Tierchen misstrauisch. Sie hätte Levke ja gern zugestimmt. Aber dann hätte sie lügen müssen, und das widerstrebte ihr ganz im Allgemeinen – und bei Levke im Besonderen. »Geht so«, sagte sie deshalb.

»Geht so?«, echote Levke und klang überrascht.

»Ich weiß nicht. Ich finde sie ...«, Judy suchte nach dem richtigen Wort, »irgendwie unheimlich.«

Levke hob die Brauen. »Unheimlich? Wieso denn?«

Diese Art von Nachfrage war typisch für Levke: Sie schaute genau hin, griff die Details auf und hatte ein besonderes Talent dafür, zwischen den Zeilen zu lesen. Und wenn sie Fragen stellte, dann interessierten die Antworten sie auch. Judy hätte sich, wäre sie an Levkes Stelle gewesen, damit zufriedengegeben, dass Krabbelviecher jeglicher Couleur einfach nicht ihr Ding waren. Levke nicht.

Also begann Judy zu überlegen, während sie die Libelle wachsam im Auge behielt. Schließlich erklärte sie: »Ich glaube, es sind die Augen. Die sind einfach so riesengroß, ich meine, im Vergleich zum Rest des Körpers. Und außerdem«, sie legte den Kopf schief, »weiß man nie, wohin sie gerade blicken.«

Einen Moment lang betrachteten beide Frauen das Tier, das weiterhin seelenruhig auf Judys Schenkel hockte, so als wolle es sich dort häuslich einrichten. Wohin auch immer das kleine Geschöpf gerade mit seinen übergroßen Augen blicken mochte, es hatte jedenfalls keinerlei Probleme damit, sich anstarren zu lassen.

»Ehrlich gesagt«, hob Levke schließlich an, »mir haben es gerade die Augen angetan. Ich finde, das Facettenauge ist eines der faszinierendsten Dinge, die unsere Natur je hervorgebracht hat. Und schau dir nur mal ihre Flügel an! Voller fantastischer Farben.«

»Ähm ...« Judy runzelte die Stirn. Blickte auf das Tier hinunter und dann wieder auf. »Wir reden aber schon noch von dieser Libelle, ja? Ich meine, du bist jetzt nicht plötzlich zu Schmetterlingen umgeschwenkt?«

Levke lächelte wortlos. So lange, bis Judy sich genötigt sah hinzuzufügen: »Also für mich sehen die Flügel ziemlich durchsichtig aus.«

»Dann schau doch einfach noch mal hin.«

Judy tat es. Und plötzlich sah sie, wie die Sonnenstrahlen in den Flügeln des Tieres funkelten, wie diese das Licht in allen möglichen Farben reflektierten und dabei schimmerten wie Perlmutt. »Wow«, entfuhr es ihr.

Levke erriet ihre Gedanken und lächelte still.

Judy musste grinsen. »Hey«, sagte sie, »du hast aber auch einen unfairen Vorteil. Schon von Berufs wegen. Ich hätte wissen müssen, dass eine Goldschmiedin alles toll findet, was glitzert und glänzt.«

In diesem Moment hatte die Libelle endgültig genug davon, so ausgiebig begutachtet zu werden. Die schimmernden Schwingen sirrten, das Tier hob von Judys Bein ab und sauste davon.

»Huch«, rief Judy und zog den Kopf ein. Dann sah sie Levke verlegen an, und beide lachten.

»So viel zum Thema beruflicher Vorteil«, bemerkte Levke. »Du bist ganz schön nervös – für eine Yogalehrerin.«

Judy wollte schon verlegen vor sich hin brummeln, etwas möglichst Zusammenhängendes von Reflexen und dergleichen erzählen. Außerdem war sie gar nicht wirklich Yogalehrerin. Eigentlich arbeitete sie als Physiotherapeutin und studierte nebenbei Medizin. *Hatte* Medizin studiert, sollte man wohl eher sagen. Aber das war nun wirklich kein schönes Thema für ein Date.

Doch während sie sich in Gedanken noch eine Antwort zurechtlegte, bemerkte sie plötzlich etwas ganz anderes. Etwas, das ein kribbeliges Prickeln durch ihren ganzen Körper jagte. Sie blickte auf die Decke hinunter. Und wieder zu Levke hinauf. »Sag mal«, fragte sie schließlich mit belegter Stimme, »kann es sein, dass du gerade die ganze Zeit meine Hand gehalten hast?«

Levke folgte ihrem Blick. Als sie wieder zu Judy hochsah, waren ihre Wangen von einer feinen Röte überzogen.

Einen Moment lang wussten sie beide nicht, was sie sagen sollten. Und dann fasste sich Judy ein Herz und beschloss, ihre Lippen auf andere Weise sprechen zu lassen.

Diesmal war es Levke, die hinterher flüsterte: »Wow!«

Den Rest des Nachmittags hatten sie geredet. Sich dann erneut geküsst. Wieder geredet. Und wieder geküsst, mal vorsichtig, zaghaft, mal neckend, mal lange und innig. Sie hatten dabei zugesehen, wie die Sonne ihre Bahn zog und gegen Abend alles mit flüssigem Gold flutete. Sie hatten das Ballett der Wasserläufer beobachtet und den Reigen, mit dem die Mücken die Luft zum Flirren brachten. Allmählich wurde es dunkel, doch der Boden gab noch ein bisschen Restwärme her. Und als auch diese nicht mehr ausreichte, dachten sie immer noch nicht daran, aufzubrechen. Sie rückten einfach enger zusammen und kuschelten sich in die Decke ein.

»Darf ich dir was verraten?«, fragte Levke schließlich, den Blick gen Himmel gerichtet.

»Klar«, sagte Judy.

»Aber du musst mir versprechen, dass du mich dann nicht auslachst«, verlangte Levke.

»Würde ich doch nie tun.«

»Ich meine es ernst.« Levke drehte sich auf die Seite, stützte den Ellbogen auf und legte den Kopf in die Hand. »Ich will nicht, dass du denkst, ich wäre irgendwie komisch.«

Wieso sollte Judy denn so was denken? Sie fand Levke klasse. Sie konnte sich gar nicht vorstellen, dass Levke irgendwelche Eigenschaften haben sollte, die sie seltsam finden könnte. Aber manchmal hatten Menschen ja gewisse kleine Marotten, die man ihnen auf den ersten Blick gar nicht zugetraut hätte.

»Okay«, meinte sie. »Ich verspreche dir, ich werde nicht lachen. Und jetzt erzähl schon.« Lachend knuffte sie Levke in die Seite. »Spann mich nicht so auf die Folter.«

Levke räusperte sich. »Libellen sind meine Lieblingstiere.«

»Echt?« Judy blinzelte.

»Ja«, meinte Levke und sah plötzlich verlegen aus. »Ehrlich gesagt«, fuhr sie dann fort, »ich finde Insekten im Allgemeinen ziemlich toll.«

»Hm ...« Das war in der Tat etwas Unerwartetes. Aber wenn sie genau darüber nachdachte, überraschte es sie nicht. Ganz im Gegenteil. Offenbar hatte sie also doch recht gehabt: Levke war eher ein Landkind als eine Großstadtpflanze.

»Weißt du«, erzählte Levke, »als ich klein war, da habe ich mir immer vorgestellt, all diese Bienen, Mücken und Schmetterlinge, das wären die Bewohner der Anderswelt. «

»Du meinst, so was wie Feen?«, fragte Judy.

»Ja. Und die Libellen haben es mir eben am allermeisten angetan.« Levke musterte Judy und schlug dann die Augen nieder. »Jetzt hältst du mich doch für komisch, stimmt's?«

»Nein«, versicherte Judy. »Ich habe es nur noch nie so betrachtet. Vielleicht fehlt mir einfach die nötige Phantasie.«

Levke schüttelte den Kopf. »Mir inzwischen leider auch«, gab sie zu. »Man könnte sagen, die Realität hat mich eingeholt.« Einen Moment später lächelte sie wieder. »Aber Insekten liebe ich immer noch.«

»Dann hättest du vielleicht Naturforscherin werden sollen.«

»Bloß nicht!« Levke verzog das Gesicht. »Ich fürchte, dafür wiederum hatte ich trotz allem immer *zu viel* Phantasie.«

»Dann mach doch mal eine Schmuckkollektion mit Insektenmotiven.«

»Dran gedacht hab ich schon.« Levke zuckte die Achseln: »Aber so was kauft doch kein Mensch.«

Während des Schweigens, das darauf folgte, beobachtete Judy nachdenklich den kleinen See. Im Schilf zeigten sich allmählich die ersten Glühwürmchen. Feen, hm? So abwegig, dachte sie, waren Levkes Überlegungen gar nicht. Dann fiel ihr plötzlich etwas ein, das sie nervös machte. »Deine kleine Schwäche für alles, was kriecht und krabbelt, schließt aber hoffentlich doch keine Spinnen ein, oder?«, fragte sie.

Levke hob die Brauen. »Wie bitte?«

»Ich meine ja nur«, fügte Judy rasch hinzu. »Gegen Libellen und das ganze Zeug hab ich nichts. Aber solltest du in deiner Wohnung ein ganzes Terrarium voller haariger Vogelspinnen haben, dann sag mir das lieber gleich.« Sie überlegte kurz, wie sie ihre Bitte vernünftig motivieren konnte, ohne Levke vor den Kopf zu stoßen. Nur für den Fall, dass diese wirklich ein Rudel Vogelspinnen als Haustiere hielt. Schließlich meinte sie: »Damit ich mich wenigstens seelisch darauf vorbreiten kann.«

Levke lächelte. »Ich will ja nicht altklug erscheinen, Judy. Aber«, sie hob eine Schulter, »Spinnen sind streng genommen gar keine Insekten.«

Ja, dachte Judy etwas zerknirscht. Richtig, da war ja was. Allerdings konnte man von ihr als bekennende Spinnenphobikerin wirklich nicht verlangen, dass sie sich mit diesen Biestern mehr beschäftigte als unbedingt nötig, oder?

»Aber falls es dich beruhigt«, fuhr Levke in diesem Moment fort, bevor Judy die kleine zoologische Ungenauigkeit richtig peinlich werden konnte, »nein, ich habe keine Vogelspinnen. Und ich hab auch nicht vor, mir in Zukunft welche zuzulegen.«

»Na, dann ist ja gut«, meinte Judy. Keine achtbeinigen Mitbewohner also. Wieder ein Pluspunkt. Mit Levkes Faible für Insekten hingegen, echte Insekten mit nur sechs Beinchen, würde Judy klarkommen. Und Levkes Phantasie fand sie alles andere als komisch. Sie fand sie sogar ziemlich bezaubernd.

Der Abend schritt voran. Irgendwann hatten sie wieder angefangen, sich zu küssen. Leidenschaftlicher diesmal. Judy war überrascht, wie sehr sich Levke ihr öffnete, wie anschmiegsam sie war. Ihre Zärtlichkeiten hatten etwas Hungriges, ein Zug, den Judy noch gar nicht an ihr wahrgenommen hatte. Nicht, dass sie etwas dagegen gehabt hätte – sie hatte nur nicht damit gerechnet.

Schließlich hatte sich Judy, ermutigt durch Levkes Empfänglichkeit, zunächst zu deren Ohr hinaufgearbeitet und zärtlich daran herumgeknabbert. Levke hatte gekichert, was zu dem kurzen Exkurs über Kitzligkeit geführt hatte.

Anschließend hatte Judy sich Stück für Stück über Levkes Hals nach unten vorgetastet. Sie hatte es nach einigem Zögern sogar gewagt, Levkes Kleidung ein wenig zur Seite zu schieben, so dass sie auch ihre Schulter liebkosen konnte. Levke hatte sie mit großen Augen angeschaut. Und dann, ganz langsam, den Reißverschluss, der ihren Sweater vorn zusammenhielt, heruntergezogen.

Judy hatte um ihre Beherrschung ringen müssen, als sie im Dämmerlicht mehr und mehr von Levkes nackter Haut erahnte.

»Bist du sicher ...«, begann sie.

Doch Levke legte ihr einen Finger an die Lippen. »Sch«, machte sie nur. Und öffnete mit der anderen Hand den Verschluss ihres Sport-BHs.

Judy musste heftig schlucken.

»Bitte ...«, flüsterte Levke.

Judy versuchte, ihren Puls zu beruhigen.

»Bitte«, wiederholte Levke, »schau mich nicht einfach nur an, ja? Sonst komme ich mir dumm vor.«

»Oh Gott«, stieß Judy hervor. »Wer hat dir denn das eingeredet?«

Levke zog sie an sich heran. »Nicht ... Bitte nicht reden, ja?«

Und in der Tat sprachen sie daraufhin eine ganze Weile lang nicht.

Schließlich war es Levke, die wieder das Wort ergriff, ihr Gesicht ganz eng an Judys Stirn gedrückt, so dass sich ihr Atem miteinander vermischte: »Wusstest du eigentlich, dass man sehr wohl sehen kann, wo eine Libelle gerade hinschaut?«

»Ach so, kann man das?«, gab Judy zurück. Ihr Atem ging genauso schwer wie Levkes.

»Ja, es ... es gibt da ... einen Punkt ...«

»Einen Punkt?«

»Ja, im Innenauge.« Levke stöhnte rau. »So eine … Art Pupille, weißt du? Je nachdem … wohin die sich ausrichtet … das ist die Blickrichtung der Libelle.«

»Aha«, keuchte Judy und nahm Levkes Brustwarze zwischen die Lippen.

»Die Libelle von vorhin … zum Beispiel …«

»Zum Beispiel?«

»Die hat … die ganze Zeit … dich angestarrt. Als wäre sie … oh Gott, ist das gut … als wäre sie vollkommen hin und weg von dir.«

Judy kicherte, die Wange an Levkes Brust geschmiegt. »Hin und weg, ja?«

Levke streichelte ihr übers Haar. »Na ja. Wer könnte es ihr verübeln?«

Ein Mobiltelefon läutete so unvermittelt, dass beide zusammenschraken. Judy erstarrte in der Bewegung. Dann begann sie leise zu lachen und kuschelte sich noch fester an Levke. »Na toll«, grinste sie in Levkes weiche, duftende Haut hinein.

Eine Weile schielten beide zu Levkes Handtasche hin, die einige Meter entfernt im Gras lag. Aus ihrem Inneren läutete es munter vor sich hin.

»Tut mir leid.« Levke drehte verlegen ihr Gesicht zur Seite. »Ich hab glatt vergessen, es auszuschalten.«

Judy hob den Blick. »Du hast doch wohl nicht etwa vor, da jetzt ranzugehen?«

»Wo denkst du hin?«, empörte sich Levke. Dann beugte sie sich vor und küsste Judy erneut. »Mach weiter«, bettelte sie. »Mach einfach weiter …!«

Das ließ Judy sich natürlich nicht zweimal sagen. Das Telefon schrillte noch ein paarmal, dann hörte es auf.

Na also.

Gerade als Levkes Brustwarzen zwischen Judys Lippen erneut hart wurden, schrillte das Handy ein zweites Mal los.

»Nicht beachten«, flüsterte Levke und streichelte sanft Judys Wange. »Einfach nicht beachten … das hört gleich auf.«

Das tat es auch. Doch diesmal vergingen zwischen dem zweiten und dem dritten Anruf nur wenige Sekunden. Danach wurde das Läuten zur Dauerbeschallung.

»Also ehrlich …« Judy lachte kurz und trocken. »Da meint es jemand offenbar ernst.«

Levke verdrehte die Augen. »Scheint wohl so.« Dann begann sie sich unter Judy hervorzuschlängeln. »Ich gehe mal nachsehen«, erklärte sie, richtete sich auf und zog ihre Jacke notdürftig über dem Oberkörper zusammen. »Sonst haben wir ja doch keine Ruhe.«

Judy schaute mit großen Augen zu ihr auf.

»Und dann«, sagte Levke lächelnd, »mache ich es aus. Versprochen.«

Judy sah ihr nach, wie sie, die Jacke mit einer Hand festhaltend, behände zu ihrer Tasche hinübersetzte und darin herumkramte. Immerhin, dachte sie sich, bekam sie so noch einmal einen Gratis-Ausblick auf Levkes Hintern. Es war ein ausgesprochen hübscher Hintern, der in dieser Jeans verdammt süß aussah.

Als Levke das Handy endlich aus der Tasche fischte, läutete es immer noch. Oder schon wieder – so langsam kam Judy durcheinander. Das Display beleuchtete für eine Sekunde den unteren Ansatz von Levkes Brust. Fast war Judy schon wieder versöhnt.

»Hallo?«, hörte sie Levke in diesem Moment sagen. Levke lauschte kurz, dann runzelte sie die Stirn. »Was …? Ja, aber … *Du?*« Ein kurzes Augenschließen, ein scharfes Ausatmen. Als Levke die Augen wieder öffnete, hatte sich ihr Ausdruck vollkommen verändert. »Okay, Vivica. Was ist los?«

Judy ließ sich auf die Decke zurücksinken und seufzte lange und tief.

Vivica. Ausgerechnet.

Judy wusste nicht viel über Levkes Exfreundin. Was an sich auch kein Wunder war, denn Levke sprach so gut wie nie von ihr. Die Trennung, so weit war Judy im Bilde, war jetzt sechs Monate her. Also nicht taufrisch, aber auch noch keine Ewigkeit alt.

Zu den Gründen hatte Levke sich nie geäußert. Und Judy hatte nicht gefragt. Es war schlechter Stil, den neuen Flirt über Verflossene auszuhorchen. Außerdem erfuhr man dabei nebenher vielleicht Dinge, die man gar nicht wissen wollte. Und ganz davon abgesehen ging es sie nichts an.

So oder so: Die Sache mit Levke und Vivica war Vergangenheit. Aber es war eine ziemlich ernste Sache gewesen. Die beiden hatten sogar schon ein gemeinsames Haus gekauft, ein Reihenhaus irgendwo in einer Wohnsiedlung. Nichts Spektakuläres, aber immerhin: Wenn eine Beziehung schon so weit gewesen war, dann hatte sie zwangsläufig Auswirkungen bis in die Gegenwart und vielleicht sogar auf die Zukunft, Trennung hin oder her. Dieser Anruf war ja das beste Beispiel dafür.

Judy und Levke flirteten schon eine ganze Weile miteinander. Doch am heutigen Tag war es das erste Mal gewesen, dass sie einander wirklich nahekamen. Dass sie über einen netten Abend, über ein paar angenehme gemeinsame Stunden hinausgingen. Dass die Nähe körperlich wurde.

Und ausgerechnet jetzt musste die Exfreundin dazwischenfunken und alles verderben ... Levkes Gesicht sprach jedenfalls Bände. Die Stimmung war futsch, so viel war sicher.

Der Ausdruck, der über ihre Züge geglitten war, nachdem sie Vivicas Stimme erkannt hatte, war symptomatisch. So sah Levke immer aus, wenn der Name der Ex fiel. Über ihre Augen schien sich dann so etwas wie ein Schatten zu legen. Der klare, blaue Bergsee wurde plötzlich dunkel und trübe, war von einem Moment auf den anderen nur noch ein Tümpel, von einer Algenplage befallen und krank.

Judy gab sich wirklich Mühe, diese Vivica neutral zu betrachten, keine Wertung über sie vorzunehmen, ja, sie am besten völlig auszublenden. Natürlich wusste sie, dass es andere Frauen in Levkes Leben gegeben hatte. Genau wie bei ihr selbst. Sie waren beide über die Teenagerzeit hinaus. Levke war dieses Jahr einunddreißig geworden. Klar, dass es da eine Vergangenheit gab. Alles andere wäre ja auch irgendwie merkwürdig gewesen.

Außerdem konnte Judy sich gar kein Urteil über Vivica erlauben. Sie kannte sie schließlich nicht. Vivica war nur ein Name, ein Konzept. Auch wenn es wohl in der Natur der Sache lag, dass man das Konzept Exfreundin per se nicht so klasse fand.

Nein, Judy hatte nichts gegen Vivica. Versuchte zumindest, nichts gegen sie zu haben.

Trotzdem spürte sie jetzt ein nagendes Gefühl in der Magengegend. Vivica und Levke waren einander ziemlich nahe gewesen. Und ein Rest dieser Nähe schien immer noch da zu sein, zumindest ausgeprägt genug, dass Vivica glaubte, zu jeder Tages- und Nachtzeit anrufen zu können.

Levke hatte inzwischen angefangen, auf und ab zu laufen. Eigentlich wollte Judy gar nicht hinhören, wollte von einem Gespräch, das sie weder betraf noch etwas anging, nichts mitbekommen. Doch inzwischen hatte Levke die Stimme gehoben, so dass es praktisch unmöglich war, nicht zuzuhören.

»Jetzt mal langsam, Vivica«, sagte Levke gerade. »Wenn du so schnell sprichst, dann kann ich dich nicht verstehen ... was? Wo bist du ...? Unfall?! Ja, aber ... was denn für ein Unfall ...?« Im nächsten Moment schraubte sich ihre Stimme um ganze zwei Terzen höher. »Krankenhaus? Moment mal ... Vivica, jetzt beruhige dich doch!«

Judy horchte auf, plötzlich alarmiert. Das war eindeutig mehr als eine lästige nächtliche Ruhestörung. Krankenhaus? Sie biss sich auf die Lippen. Jetzt klang es sogar nach einem ziemlich guten Grund, die ehemalige Langzeitfreundin mitten in der Nacht anzurufen.

»Vivica«, rief Levke zum wiederholten Male. »Bitte! Jetzt hör doch bitte auf zu weinen ... ich kann dir doch nicht helfen, wenn ... Was? Ja, aber – was soll ich denn da jetzt machen? Ob ich ...? Nein, Vivica, ich kann jetzt nicht zu dir kommen ... Nein, hör mir doch zu! Ich habe doch gar nicht gesagt, dass ich nicht will. Ich bin ... hör mal, ich bin gar nicht in der Stadt.«

Judy hatte sich wirklich nicht einmischen wollen. Doch jetzt ahnte sie, dass sie es musste. Also stand sie auf und ging langsam auf Levke zu. Es dauerte eine Weile, sie zu erreichen, denn inzwischen lief Levke mit schnellen Schritten im Kreis. Judy schien sie vollkommen vergessen zu haben.

»Vivica«, wiederholte sie immer wieder. »Bitte! Ich weiß doch auch nicht ...«

Sanft legte Judy ihr die Hand auf die Schulter. Levke fuhr herum und blickte sie verstört an. Ihre Augen waren weit offen und feucht. Ein stürmischer Bergsee, der gerade über die Ufer zu treten drohte.

»Ruhig«, sagte Judy und drückte Levkes Schulter. »Ganz ruhig.« Sie streckte die Hand aus. »Lass mich mal mit ihr reden.«

»Aber ...«

»Schon gut«, sagte Judy. »Ihr seid gerade beide viel zu aufgeregt. Komm. Gib mir das Telefon.«

Levke gehorchte. In ihrem Gesicht war kein Widerstand zu lesen, vielmehr war sie fügsam wie ein verunsichertes Kind, das sich in einer Situation befand, die der Fähigkeiten eines Erwachsenen bedurfte.

Judy hielt sich den Hörer ans Ohr. »Hallo?«, sagte sie. »Hallo, Vivica?«

Am anderen Ende herrschte ein kurzes, verwirrtes Schweigen. Judy hörte Atemgeräusche. Es klang, als ob jemand leise weinte und gleichzeitig mit Gewalt versuchte, es zu unterdrücken.

»Mein Name ist Judy«, stellte Judy sich vor. »Ich bin eine ...«, ein kurzer Blick zu Levke, »... Freundin von Levke.«

»Levke«, wimmerte eine Stimme am anderen Ende der Leitung. Sie klang ganz dünn und vibrierte stark. »Bitte ... Levke soll kommen ...«

»Schon gut«, sagte Judy in einem, wie sie hoffte, beruhigenden Ton. »Hören Sie, Vivica. Können Sie mir sagen, wo Sie sind?«

»Wo ...« Schluchzen. »Wo ist Levke?«

»Sie steht hier, direkt neben mir«, versicherte Judy. Sie gab Levke, die, offensichtlich ohne es zu merken, einen Finger in den Mund geschoben und an der Nagelkuppe herumgekaut hatte, nun aber wieder etwas hatte sagen wollen, das Zeichen, still zu sein. »Bitte, Vivica, Sie müssen sich jetzt konzentrieren, ja? Wir kriegen das alles hin. Aber Sie müssen ein bisschen mithelfen. Okay?«

Am anderen Ende wurde geräuschvoll die Nase hochgezogen. »O. . .okay.«

»Sagen Sie mir, in welcher Klinik Sie sind.«

Diesmal schien die Besitzerin der Stimme ernsthaft zu überlegen. Schließlich nannte sie den Namen eines Krankenhauses in der Innenstadt. Judy kannte es.

»Alles klar«, sagte sie, immer noch in demselben sanften Tonfall. »Danke, Vivica. Levke wird bald bei Ihnen sein. Wir kommen, so schnell es geht. Durchhalten, in Ordnung? Also, bis gleich.« Sie drückte auf die Auflegetaste.

Levke stand vor ihr und starrte sie an.

»Erstes Semester Medizinstudium. Da hab ich beim Roten Kreuz gejobbt«, erklärte Judy. »So was lernt man da.«

Levke starrte immer noch. »Sie ist im Krankenhaus«, sagte sie tonlos.

»Ja«, sagte Judy.

»Hatte einen Unfall . . .«

»Ja«, wiederholte Judy.

Levkes Arme hingen kraftlos herab. Die Jacke über ihrem geöffneten Sweater klaffte auf, doch Judy hatte keinen Blick mehr dafür. Levke zitterte. Judy nahm sie in den Arm und drückte sie fest.

»Mist«, murmelte Levke. »Mist, Mist, Mist, Mist!« Dann hob sie den Kopf und sah Judy an. »Tut mir leid. Ich . . . bin gerade völlig daneben.«

»Oh, nicht doch . . .« Judy drückte sie noch fester an sich. Sie wartete noch einen Moment, nur so lange, bis Levke zu zittern aufhörte. »Wir sollten langsam los«, sagte sie dann.

Levke starrte sie an. »Du willst mich da wirklich hinfahren?«

»Sicher«, erklärte Judy ernst. Dann kam ihr ein Gedanke. »Vorausgesetzt natürlich, du möchtest das. Tut mir leid, ich . . . wollte das jetzt nicht über deinen Kopf hinweg entscheiden.«

Levke sah sie an, als spräche Judy chinesisch.

»Also, *wenn* du willst«, sagte Judy, »hier bin ich. Im Korb sind die Autoschlüssel. Und mein Wagen steht dort hinten.« Sie deutete mit der Hand vage in die Richtung, in der sie vor einigen Stunden geparkt hatten, und versuchte ein aufmunterndes Lächeln. »Also? Wollen wir?«

»Danke!« Ehe Judy sich versah, hing Levke an ihrem Hals. »Oh Gott, danke! Danke, dass du es verstehst. Du hast was gut bei mir, wirklich. Den Abend holen wir nach. Versprochen.«

»Na, na.« Judy löste sich aus der Umarmung und gab Levke einen zärtlichen Knuff. »Immer eines nach dem anderen. Wie wär's, wenn du dich erst mal wieder ordentlich anziehst, hm? So«, sie zupfte an Levkes offenem Reißverschluss, »kannst du jedenfalls nicht gehen. Das ist dir schon klar, oder?«

Die Zubringerstraße war fast völlig leer. Kein Wunder um diese Tageszeit. Eigentlich liebte Judy Nachtfahrten, weil man dann immer das Gefühl hatte, die Straße gehöre einem ganz allein. Das war noch so eine Sache, die sie und Levke gemeinsam hatten. In einem ihrer zahllosen Gespräche und schon beschwipst von mehr als einem Glas Wein war Levke damit herausgerückt, dass sie Autofahren eigentlich hasste, besonders, wenn es um Stadtverkehr ging. Gerade im Berufsverkehr war sie immer heilfroh, wenn sie unbeschadet von A nach B kam, jedes Mal schweißgebadet und mit den Nerven am Ende. Doch nachts war es anders. Dann gab es sie nämlich nicht, diese Spaßvögel, die einem den Fahrspaß gehörig vermiesen konnten. Diese Drängler auf der Überholspur, die knappen Einscherer, die gleich zwei Spuren auf einmal nahmen und den Blinker bestenfalls der Form halber antippten. Wenn Levke nachts über den Autobahnzubringer kurvte, dann machte sie sich manchmal einen Spaß daraus, entweder ordentlich aufs Gas zu treten oder zu schleichen wie eine Schnecke. Als sie das sagte, hatten ihre Augen eigentümlich gefunkelt. Das sei, hatte sie erzählt, ihre ganz persönliche, heimliche Rebellion. Wogegen, das hatte sie allerdings nicht gesagt.

Unter anderen Umständen wäre die Situation dafür prädestiniert gewesen, Judy in die Hände zu spielen. Oh ja, sie wäre liebend gern mit Levke an ihrer Seite und mit einem ordentlichen Bleifuß über die nächtlichen Straßen gejagt. Oder in Schrittgeschwindigkeit dahingekrochen. Vorbei an dem fest installierten Blitzer, den sie so gut kannte, diversen tagtraumverschuldeten Bußgeldbescheiden sei Dank. Tempo drosseln. Den Blick frontal in die Kamera. Und bitte lächeln.

Doch für den Moment war Judy so gar nicht nach Lächeln zumute. Obwohl sie sich bemühte, konzentriert auf die Straße zu schauen, glitten ihre Augen immer wieder zu Levke hinüber. Die saß auf dem Beifahrersitz, hatte die Augen starr nach vorn gerichtet und die Lippen zu einem dünnen, blutleeren Strich zusammengepresst. Und sie hatte erneut angefangen, an ihren Fingerkuppen zu nagen.

An Judy wiederum nagte das schlechte Gewissen. Wie engstirnig und kleinkariert sie gedacht hatte, vorhin, als sie erkannt hatte, wer die nächtliche Anruferin war. Sie hatte Vivica – dem Konzept Vivica – prompt böse Absichten unterstellt und sich selbst dabei in den Mittelpunkt gerückt. Herrje, sie war doch keine zwölf mehr. Ein bisschen mehr Weitblick konnte man da wohl erwarten. Und wie hätte das Telefongespräch denn bitte verlaufen sollen, wenn es nach ihr gegangen wäre?

»Oh, hi, Vivica, geschätzte Exfreundin. Was ich so mache? Och, ich knutsche gerade die Kleine aus dem Yogastudio. Macht echt Spaß. Und bei dir? Wie, du hast einen Unfall gehabt? Und musst ins Krankenhaus? Na, Donnerwetter! Dann ist ja bei uns beiden heute mächtig was los, was? Du, wir sollten wirklich mal wieder einen Kaffee miteinander trinken gehen. Sind schließlich Freunde geblieben. Also bis dann, ja? Küsschen und Tschüsschen!«

So etwa? Also ehrlich. Judy schüttelte innerlich den Kopf: Dann wäre das Date auch für sie gelaufen gewesen, noch bevor es richtig begonnen hatte.

Levke bewegte sich derweil auf ihrem Sitz und fuhr sich mehrmals durch die Haare. Zuerst schien es nur eine unbewusste

Geste zu sein. Doch dann stoppte ihre Hand plötzlich, und sie hielt die dunklen Strähnen unentschlossen zwischen den Fingern.

»Hoffentlich erkennt sie mich überhaupt«, murmelte sie. »Ich meine, sie war vorhin ziemlich verwirrt. Hat vielleicht einen Schock oder so. Und sie ... hat meinen neuen Haarschnitt noch gar nicht gesehen.«

Judy unterdrückte einen Seufzer. Nein, sie würde sich nicht zu der Behauptung versteigen, Levke habe sich vor allem wegen der Trennung eine neue Frisur zugelegt. Doch Judy erinnerte sich dunkel, wie Levke irgendwann einmal erwähnt hatte, dass sie ihre Haare noch nicht lange so trug. Derzeit reichten sie, gerade geschnitten, etwas über das Schlüsselbein. Und der Pony war neu. Das hatte Judy daran erkannt, dass Levkes Hände, die ohnehin immer in Bewegung waren, häufig darin herumfingerten. Er reichte schon ein gutes Stück über die Augenbrauen hinaus, vermutlich, weil seine Besitzerin den nächsten Friseurbesuch hinauszögerte. Und das tat sie, weil sie überlegte, ob sie die ungewohnten Fransen nicht doch lieber wieder herauswachsen lassen sollte. So viel hatte Judy schon kombiniert.

Sie hätte Levke sagen können, dass sie ihre Haare, so wie sie waren, einfach wunderschön fand. Aber das hier war schon wieder nicht der richtige Zeitpunkt für ein Kompliment. Levke wollte jetzt nicht hören, ob sie mit ihrer neuen Frisur gut oder schlecht aussah. Sie wollte Vivica beistehen und ihr durch ihre bloße Anwesenheit ein bisschen Stabilität vermitteln. Wenn ein neuer Haarschnitt nun ihren ganzen Typ veränderte, wenn sie plötzlich anders, vielleicht sogar fremd aussah, würde das vielleicht nicht funktionieren.

Ja, so war Levke. Immer die Details im Blick und auch deren mögliche Wirkung.

»Sie wird dich schon erkennen«, meinte Judy. Ihrer bescheidenen Meinung nach war Levkes Frisur im Moment sicherlich Vivicas geringste Sorge. Aber das sagte Judy natürlich nicht laut.

»Ja, wahrscheinlich schon.« Levke nickte abwesend. Dann wandte sie Judy das Gesicht zu. »Tut mir leid.«

Judy nahm den Blick kurz von der leeren Straße und sah Levke direkt an. »Was tut dir leid?«

»Na, das alles hier«, sagte Levke. »Ich meine, es war heute ein richtig schöner Abend. Unser Abend. Zumindest hätte er das werden können, wenn –« Sie stockte. Judy spürte ihren Blick. »Du hast dir das sicherlich ein bisschen anders vorgestellt.«

Judy lächelte kurz. »Du dir doch auch, hoffe ich?«

»Ja, natürlich.« Levke seufzte. »Deswegen bin ich doch so enttäuscht, weißt du? Und gleichzeitig komme ich mir schlecht vor, weil ich so denke, während sie ... na ja, während Vivica –«

»Hey.« Judy streckte die Hand aus und streichelte Levkes Schulter. »Immer schön eins nach dem anderen, hm?« Rasch sah sie wieder auf die Straße, drückte aber weiterhin zärtlich Levkes Arm. »Pass auf«, sagte sie, »wir tun jetzt Folgendes. Wir fahren in die Klinik und machen uns erst mal ein Bild der Lage. Und dann sehen wir weiter. Okay?«

»Okay«, murmelte Levke. Für eine Sekunde griff sie nach Judys Hand und drückte sie fest.

Den Rest der Fahrt legten sie schweigend zurück. Als die Lichter des Krankenhauses in Sicht kamen, verspannte sich Levke erneut. Judy suchte einen Parkplatz, was in Anbetracht der Tages- beziehungsweise Nachtzeit recht einfach war; der Besucherparkplatz war fast komplett leer. Während sie die Handbremse anzog, hörte sie, wie Levke ein weiteres Mal scharf und viel zu flach einatmete.

»Tja, dann«, sagte Levke, »gehe ich mal.«

»Klar.« Judy griff nach ihrem Sicherheitsgurt, um sich abzuschnallen. Und spürte, wie sich Levkes Finger über ihre legten.

»Nicht«, sagte Levke. »Ich ... denke, ich sollte allein gehen.«

Judy hob den Blick. Suchte Levkes Augen. »Bist du sicher?«

Levke zögerte.

»Ich meine«, hakte Judy rasch nach, »ich komme gern mit. Macht mir nichts aus, wirklich nicht.«

Levke nickte kurz. »Ich weiß. Danke. Aber ...« Sie holte erneut Atem. »Das hier ist wirklich nicht dein Problem.«

Erneut forschte Judy in Levkes Augen. Und begriff, dass die Entscheidung bereits gefallen war. Sie hätte Levke gern begleitet. Ganz im Ernst. Doch sie spürte, dass das hier eine Ebene war, zu der sie keinen Zutritt hatte.

»Okay«, sagte sie. »Kann ich gut verstehen.« Trotzdem löste sie nun den Anschnallgurt, wenn auch nur, um Levke zu umarmen. Sie spürte ihre Nähe, spürte die Wärme, die von ihr ausging. Doch zugleich spürte sie eine Steifheit, eine Abwesenheit. Levke war körperlich noch hier, doch in Gedanken schon längst ganz woanders.

Bei jemand anderem.

Judy drückte sie noch eine Spur fester. Sie wollte sagen: *Alles wird gut. Ich denke an dich.*

Doch stattdessen sagte sie: »Ruf mich an, wenn du Näheres weißt, ja? Egal, wie spät es wird.«

»Danke«, flüsterte Levke ihr ins Ohr. Ihr Atem streifte warm Judys Wange. Sie hauchte einen kurzen, trockenen Kuss darauf. Dann stieß sie die Beifahrertür auf und schlüpfte ins Freie.

Judy sah ihr nach, wie sie auf die Türen zuging, eine schmale Silhouette, schattenhaft vor gleißendem Weiß. »Keine Ursache«, murmelte sie, unwillkürlich nach der Wärme greifend, die Levke hinterlassen hatte. Dann startete sie den Motor und wendete den Wagen.

In ihrer Wohnung angekommen, holte sie sich als Erstes eine Flasche Wein und ein Glas aus dem Schrank und schenkte sich großzügig ein. Das hatte sie sich jetzt redlich verdient.

Wow, dachte sie, während sie sich auf das Sofa fallen ließ. Was für ein Abend.

2

Als sie ihren Wein ausgetrunken hatte, begann Judy sich in ihrer Wohnung umzusehen. Ganz automatisch rückte sie die

Sofakissen zurecht. Dann ging sie in die Küche und spülte das Weinglas ab. Anschließend dann noch das restliche Geschirr, das dort schon eine ganze Weile herumstand. Sie trocknete ab und stellte alles fein säuberlich in den Schrank. Wieder im Wohnzimmer angekommen, blickte sie sich erneut kritisch um. Staubwischen wäre demnächst mal wieder dran. Und wann hatte sie eigentlich das letzte Mal ihre Blumen gegossen?

Einen Moment lang stand sie unschlüssig mitten im Raum. Dann identifizierte sie das kurz aufgeblitzte und eigentlich für sie völlig untypische Bedürfnis nach Ordnung als das, was es war: ein wenig Aktionismus. Der Wunsch, etwas Sinnvolles zu tun, anstatt auf dem Sofa zu sitzen und zu warten.

Sie schielte nach der Uhr. Inzwischen war Mitternacht lange vorbei. Müsste Levke sich nicht längst gemeldet haben?

Judy seufzte. Dann holte sie, ganz in Gedanken, die Weinflasche wieder hervor und das gerade abgewaschene Glas gleich dazu. Während sie sich mit beidem aufs Sofa setzte, dachte sie an den Tag zurück, an dem sie und Levke einander zum ersten Mal begegnet waren.

Es war der übliche Yogakurs gewesen, wie Judy ihn jeden Freitagabend im Fitnessstudio anbot. Alles war bereits vorbereitet gewesen. Judy hatte das Licht im Raum gedimmt, Kerzen aufgestellt sowie Musik und Räucherstäbchen bereitgelegt. Die Kursteilnehmer, hauptsächlich Frauen, saßen bereits auf ihren Matten und hatten den Schneidersitz eingenommen, in der Yogi-Sprache auch Lotushaltung genannt. Judy hatte schon die kleine, rituelle Begrüßung abgehalten, die jede Stunde einleitete, und gerade mit den Pranayamas, den Atemübungen, anfangen wollen, als plötzlich noch eine weitere Teilnehmerin im Raum stand.

Es war, wie Judy später feststellen sollte, typisch für Levke, dass sie versuchte, bloß niemanden zu stören. Und dass sie dazu neigte, dabei manchmal das genaue Gegenteil zu erreichen.

Die Verbindung zwischen Umkleide und Yogaraum bestand aus einer Schwingtür. Der Nachzüglerin war das Kunststück gelungen, sich praktisch lautlos über die Schwelle zu schleichen. Selbst die nicht mehr ganz taufrischen Scharniere quietschten kein bisschen, als sie zwischen ihnen hindurchschlüpfte. Das Unglück ereilte die Arme erst, als sie den Fehler machte, auf der Schwelle stehen zu bleiben und nach einem freien Platz auszuspähen. Die Tür schwang mit Wucht zurück und klatschte lautstark gegen ihren Hintern. Die Neue machte einen erschrockenen Satz nach vorn. »Autsch«, entfuhr es ihr. Und prompt stand sie im Fokus der Aufmerksamkeit.

Judy wusste nur zu gut, dass ein tollpatschiger Fehltritt als Einstieg in einer größeren Gruppe zu gewissen Dynamiken führen konnte. Zum Glück lag es gewissermaßen in der Natur der Sache, dass man in einem Yogakurs einander nicht auslachte. Trotzdem ertappte Judy sich dabei, wie sie sich, ganz von selbst, eine Verteidigung für den Neuankömmling zurechtlegte.

Hey, Leute, was gibt es denn da zu lachen? Es spricht schon für einen ziemlich knackigen Hintern, wenn die Schwingtür daran so ein Klatschen erzeugt!

Herrje, Judy, rief sie sich dann, amüsiert über sich selbst, zur Ordnung. Jetzt reiß dich aber mal zusammen. Du willst hier eine Yogastunde geben und keinen Crashkurs im Aufreißen. Davon abgesehen würde so ein Spruch ohnehin nie funktionieren.

Die Unbekannte stand derweil immer noch an der Tür. Ihr Gesicht, das war auch in dem gedämpften Licht nicht zu übersehen, war blutrot angelaufen. »Entschuldigung«, murmelte sie und drückte ihre Matte, die sie wie einen Schutzschild vor sich hertrug, ein wenig fester an die Brust.

»Kein Problem«, sagte Judy. »Kann ja mal …« … *passieren,* hatte sie sagen wollen. Doch so weit kam sie nicht mehr. Denn jetzt wandte die Nachzüglerin ihr das Gesicht zu.

Riesengroße Augen, die unter einem dichten Pony hervorlugten. Halb geöffnete Lippen. Das Oversize-Shirt und die Trainingshose ließen, obwohl eher praktisch als schick geschnitten, eine Menge erahnen von dem, was drunter lag.

Alle Achtung, dachte Judy. Da hatte jemand eindeutig noch mehr zu bieten als knackiges Sitzfleisch.

Dann bemerkte sie, dass nun plötzlich sie diejenige war, auf der alle Augen ruhten. Sie brauchte einen Moment, um sich zu sammeln.

»Ähm«, sagte sie. »Ja. Also …« Sie räusperte sich und warf dem Neuzugang ein etwas verwackeltes Lächeln zu. »Such dir einfach irgendwo einen Platz, okay? Wir wollten gerade anfangen.«

Die folgenden neunzig Minuten speicherte Judy später als die mit Abstand schlechteste Yoga-Session ab, die sie jemals gegeben hatte. Bei den Atemübungen verzählte sie sich diverse Male. Bei den Asanas, den Haltungen zur Dehnung der Muskeln, fiel es ihr häufig ungewohnt schwer, die Position zu halten. Bei den Gleichgewichtsübungen hatte sie einen ziemlich unsicheren Stand. Irgendwie verirrten ihre Augen sich immer wieder zu der Neuen hin. Die sich übrigens erstaunlich geschickt anstellte. Ihr Körper war geschmeidig und beweglich. Sie führte alle Übungen mit großer Akkuratesse durch. Sogar schwierige Haltungen, die besonders bei Anfängerinnen gelegentlich echte Jammertiraden hervorriefen, meisterte sie ohne sichtliche Anstrengung. Sie machte, das musste Judy neidlos anerkennen, ihre Sache beinahe besser als sie selbst.

Die kleine Körpermeditation, mit der Judy jede Stunde abschloss, war heute natürlich auch die reinste Katastrophe. Und sie hatte sich selten so erleichtert gefühlt, als sie endlich an die Klangschale schlagen konnte und der volle und klare Ton das Ende des Kurses einläutete. Allenthalben wurde geräumt und wieder geredet. Die Ersten verschwanden schon durch die Schwingtür in Richtung Umkleide.

»Also dann, bis zum nächsten Mal«, rief Judy in die Runde, sich dabei an niemand Bestimmten wendend. Dabei bemerkte sie, dass die Neue von vorhin sich noch nicht erhoben hatte. Sie war gerade dabei, gewissenhaft ihre Matte zusammenzurollen.

Judy zögerte kurz. Dann trat sie zu ihr. »Hey«, sagte sie.

Die andere blickte auf.

Wow, dachte Judy, als sie sie nun aus der Nähe sah. Augen wie ein Bergsee.

»Ich bin Judy«, sagte sie und streckte die Hand aus. »Tut mir leid. Ich hab mich vorhin gar nicht vorgestellt.«

»Ich mich ja auch nicht«, gab die Angesprochene mit leiser Stimme, aber lächelnd zurück und nahm Judys Hand. »Levke.«

»Levke, ja?« Judy erwiderte das Lächeln. »Hübscher Name.«

Der Bergsee schien noch eine Spur heller zu glänzen. »Danke.«

»Entschuldige«, sagte Judy dann, »dass ich mich vorhin gar nicht richtig um dich gekümmert habe.«

»Ist schon okay. Ich war ja auch spät dran«, versetzte Levke. Das, stellte Judy fest, war jetzt schon das zweite Mal in diesem kurzen Gespräch, dass sie den Spieß umdrehte. Judy entschuldigte sich – und gleich darauf stellte Levke die Sache so hin, als sei sie diejenige, die sich entschuldigen müsste.

»Nein, nein«, erklärte Judy deshalb entschieden. »Es ist sonst eigentlich nicht meine Art, neue Teilnehmer einfach zu übergehen.«

»Du hast mich doch gar nicht übergangen«, sagte Levke und lächelte erneut. »Habe ich jedenfalls nicht so empfunden.«

»Ja, dann ...« Judy nickte, plötzlich unsicher, was sie sagen sollte. »Also, ähm ...« Endlich fand sie den Faden wieder: »Hat es dir denn Spaß gemacht?«

»Oh ja«, sagte Levke und räusperte sich dann, als wolle sie ihren eigenen Enthusiasmus dämpfen. »Ja«, wiederholte sie deutlich zurückhaltender und dehnte ein wenig die Schultern. »Doch, ich fühle mich ziemlich gut. Total entspannt.« Sie sah zu Judy auf.

Die sich natürlich prompt fragte, ob ihre heute eher drittklassige Yoga-Performance zu dieser Entspannung auch nur ansatzweise beigetragen hatte.

»Heißt das, du kommst wieder?«, erkundigte sie sich. Diese Frage hatte sie schon diverse Male gestellt. Das machte man nun mal. Man fragte Neulinge, ob man sie nach dem ersten Hereinschnuppern jetzt öfter im Kurs erwarten durfte. Nicht nur, um ein persönliches Feedback zu bekommen, sondern auch, um dem Studio die ungefähre Anzahl von Teilnehmern melden zu können. Nein, es war nicht das erste Mal, dass Judy diese Frage stellte.

Allerdings war es das erste Mal, dass sie derart nervös auf eine Antwort wartete. Und so dringend auf einen positiven Bescheid hoffte.

»Ich komme gern wieder«, sagte Levke. »Wenn ich darf?« Sie intonierte es wie eine Frage.

Ich bitte darum, wäre es Judy beinahe herausgerutscht. Aber sie konnte dem Impuls gerade noch widerstehen. Das wäre dann doch ein bisschen zu viel des Guten gewesen. »Du bist herzlich willkommen«, erklärte sie und lächelte Levke an. »Also dann – nächste Woche um die gleiche Zeit?«

»Nein«, sagte Levke.

Judy stutzte. »Nicht?«, fragte sie verwirrt.

»Nächste Woche bin ich pünktlich.« Und als Levke das sagte, lag plötzlich ein Funkeln in ihren Augen.

Dienstag und Freitag waren schon lange die erklärten Lieblingstage in Judys Woche. Denn das waren die Tage, an denen sie ihre Kurse gab. Wenn sie gekonnt hätte, hätte sie täglich Yoga unterrichtet, doch das erlaubte ihre eigentliche Arbeit nicht und ihre finanzielle Situation ebenso wenig. Den größten Teil ihres Geldes verdiente Judy als Physiotherapeutin in einer Rehaklinik. Das war okay. Doch Dienstag und Freitag waren die Tage, an denen sie bereits morgens mit guter Laune aufstand und dem Feierabend entgegenfieberte.

Doch seit kurzem schätzte Judy den Freitag sogar noch mehr. Und nicht nur, weil er das Wochenende einläutete. Denn an den Freitagen kam Levke.

Judy wusste nicht, ob dieses positive Gefühl auf Gegenseitigkeit beruhte. Ob Levke sich auch Woche für Woche auf den Freitag freute. Natürlich auf den Kurs, worauf sonst?

Levke erschien jedenfalls regelmäßig. Bisweilen war sie sogar ein wenig überpünktlich. Dann saß sie, fertig umgekleidet, in ihrem Oversize-Shirt und der Trainingshose auf der ausgerollten Matte, die Knie angezogen und mit den Armen umschlungen. Das waren dann jedes Mal etwas angespannte Minuten. Judy hätte gern mit Levke geredet, wusste aber nicht so recht, was sie hätte sagen sollen. Erschwerend kam hinzu, dass Levke zwar immer brav antwortete, wenn man ihr eine Frage stellte, wobei es keine Rolle spielte, ob man über die aktuelle Wetterlage oder den Verkehr sprach oder sie fragte, wie es ihr ginge und wie ihre Woche war – aber sie sagte nie etwas von sich aus. Zumindest nichts, das über ein »Hallo« und »Tschüss« hinausging.

Nun ja. Es war jedes Mal ein sehr freundliches »Hallo«. Doch danach saßen Judy und Levke immer schweigend im Raum und lächelten einander in gewissen Abständen verlegen an.

Einmal wagte Judy die Bemerkung: »Du redest nicht gerade viel, oder?«

Levke hob den Kopf, sah Judy mit ihren Bergseeaugen an und sagte: »Ich fürchte, nein.«

Judy zog die Nase kraus. »Tja«, meinte sie. »Und ich neige wohl dazu, das Offensichtliche auszusprechen.«

»Ja, kann sein«, kommentierte Levke nur.

Judy sah sie an. Levke blickte zurück. Judys Kinn zuckte. Levkes Nase auch. Und dann begannen beide plötzlich zu kichern, gleichzeitig und wie angeknipst. Zuerst nur leise, dann immer lauter. Und damit war das Eis gebrochen. Von diesem Moment an störte es Judy gar nicht mehr, wenn sie und Levke schweigend in dem großen Raum saßen. Ihr Interesse war nicht erloschen, ganz im Gegenteil; doch sie sah sich nicht mehr genötigt, geschäftig zu tun, in ihren Unterlagen zu blättern oder den Räucherstäbchenhalter zum zehnten Mal in die optimale Position zu rücken. Sie nahm sich vielmehr ein Beispiel an Levke: besser den Mund halten, als leere Worthülsen von sich zu geben, nur um des Redens willen oder weil man die Stille nicht ertrug. Dank Levke erkannte sie, dass Schweigen in der richtigen Gesellschaft keineswegs unangenehm sein musste. Das war eine Lektion, für die sie dankbar war.

Angesichts dieser neuen Vertrautheit zwischen ihnen wagte sie schließlich sogar, einen weiteren Schritt auf Levke zuzugehen. Das war drei Wochen nach der kleinen Lachattacke. Judy hatte dabei keinerlei Hintergedanken. Jedenfalls fast keine.

»Du hast heute irgendwie angespannt gewirkt«, sagte sie am Ende des Kurses, während die anderen Teilnehmerinnen bereits auf dem Weg in die Umkleide waren. Weil Levke ihre Matte jedes Mal mit großer Bedachtsamkeit zusammenrollte, war sie meistens die Letzte. Jetzt drückte sie die Matte, die sie gerade aufhob, wie im Reflex vor die Brust.

Judy holte Atem. »Nicht, dass ich dich beobachtet hätte«, schränkte sie ein. »Aber ... so etwas fällt mir eben auf.« Das war streng genommen so etwas wie eine Halbwahrheit. Denn nur eine der beiden Aussagen war wahr. Natürlich hatte sie Levke beobachtet. Oder wenigstens ab und zu heimlich zu ihr hinübergeschielt.

Zögernd schob Levke ihre Matte wieder unter den Arm. Dann nickte sie. »Ja, ich ... hab's heute irgendwie im Nacken. Den ganzen Tag schon. Das fing schon beim Aufstehen an. Eine falsche Bewegung, und – na ja, du weißt schon.«

Judy nickte. Und hatte gleich eine Vermutung. »Was arbeitest du denn?«, fragte sie. »Lass mich raten. Bürojob, hm?«

Levke blinzelte. »Jedenfalls sitze ich viel und bewege mich wenig.« Sie warf Judy einen fast entschuldigenden Blick zu. »Schon mal ganz schlecht, oder?«

»Na ja, wie man's nimmt«, wich Judy aus. Dann streckte sie die Hand aus. »Darf ich mal?«

Levke wich nicht zurück, aber sie versteifte sich noch mehr. »Was denn?«

»Mir deinen Rücken ansehen«, erklärte Judy, etwas verwirrt über die abwehrende Reaktion. »Keine Sorge«, fügte sie rasch hinzu, »ich mache da nichts kaputt. Ich kenne mich mit so was aus, weißt du? Ich bin ausgebildete Physiotherapeutin.«

Letzteres beruhigte Levke merklich. Es schien die Sache, die ihr so offensichtliches Unbehagen bereitete, wieder auf eine professionelle Ebene zu verlagern. Sie zögerte noch eine Sekunde, dann nickte sie. »Okay.«

Judy tastete behutsam über Levkes Rücken. Und fand die Verspannung sofort. »Oha«, kommentierte sie. »Das ist ja kein Muskel, sondern ein Wackerstein.«

»Hm«, machte Levke tonlos und wand sich ein wenig unter Judys Berührung.

»Hast du viel Stress in letzter Zeit?«, erkundigte sich Judy. »Ist auch einer der üblichen Verdächtigen bei der Ursachenforschung.«

»Stress«, wiederholte Levke und zog sich endgültig von Judy zurück. »Na ja, wer hat den nicht?« Damit war sich Judy ziemlich sicher, den Nagel auf den Kopf getroffen zu haben.

»Außerdem bin ich doch deswegen hier«, fügte Levke hinzu. »Zum Entstressen. Yoga bringt Körper und Psyche in Einklang. Ähm – oder so. Hab ich im Internet gelesen.« Den letzten Satz sagte sie so ernsthaft, dass Judy ein Lächeln unterdrücken musste.

»Eine Stunde pro Woche reicht aber nicht, wenn man den Rest der Zeit ständig unter Strom steht«, erklärte sie und bemühte sich, dabei nicht zu schulmeisterlich zu klingen. »Tu dir einfach in nächster Zeit einfach öfter mal etwas Gutes, hm? Gönn dir was. Hast du nachher noch was Nettes vor?«

»Ja.« Levke lächelte schief. »Ich hab ein Date.«

Judy schluckte. »Ein ... Date?«, sagte sie und versuchte ebenfalls zu lächeln. Es misslang kläglich.

»Mit meiner Wärmflasche«, ergänzte Levke und bewegte erneut ihre schmerzenden Schultern.

»Ach so«, entfuhr es Judy ein kleines bisschen zu rasch. Sie musterte Levke. Hoffentlich war ihre Erleichterung nicht zu offensichtlich gewesen. Einer plötzlichen Eingebung folgend, schlug sie vor: »Also, ich wollte mir nachher beim Inder um die Ecke noch was zu essen holen. Wie wär's? Vielleicht magst du mitkommen?«

Levke drehte den Kopf, aber bei Judys letzten Worten erstarrte sie und sog scharf die Luft ein. Judy versuchte sich einzureden, dass ihr schmerzender Nacken gegen die zu schnelle Bewegung protestierte, hatte dabei aber ihre Zweifel.

»Schon gut«, sagte sie eilig. »Das war nur so eine Idee. Ich wollte nicht –«

Levke unterbrach sie: »Kein Problem. Ist wirklich nett gemeint, danke. Also, eigentlich: nein danke. Ähm ... ich meine: lieber nicht. Also, heute nicht. Ich glaube, ich muss mich wirklich hinlegen. Vielleicht ein andermal, ja?« Damit eilte sie durch die Schwingtür davon.

Judy ging ihr nicht nach. »Ein andermal«, wiederholte sie. »Ja, na klar.«

Einige sehr lange Sekunden stand sie einfach nur da, in dem Raum mit dem angenehm gedämpften Licht, eingehüllt in den Duft des längst verglommenen Räucherstäbchens. Und hätte sich am liebsten die Zunge abgebissen. »Gratuliere, Judy Wallner«, schimpfte sie leise mit sich selbst. »Das hast du ja wieder mal super hingekriegt.«

In der darauffolgenden Woche fürchtete Judy den Freitag mindestens ebenso sehr wie sie ihm entgegenfieberte. Was, wenn Levke nun nicht mehr zum Kurs kam? Wenn Judy sie vergrault hatte?

Doch als die Stunde der Wahrheit kam, erschien Levke, pünktlich wie immer. Sie grüßte freundlich wie immer. Sie rollte ihre Matte mit der üblichen Sorgfalt aus und war bei den Übungen sehr genau.

Alles war wie immer. Abgesehen davon, dass Judy sich diesmal bereits ganz erheblich entspannt hatte, noch bevor die Yogastunde überhaupt anfing.

Und nach dem Kurs kam Levke auf Judy zu. Die hatte sich für den Fall, dass Levke tatsächlich auftauchte, schon einen ganzen Strauß an Entschuldigungen zurechtgelegt. Sie wollte ihr sagen, dass sie beim letzten Mal unprofessionell gehandelt hatte. Dass es normalerweise nicht ihre Art war, Kursteilnehmer zu fragen, ob sie mit ihr essen gehen wollten. Und dass es, auch wenn es eben nicht ihre Art war, trotzdem nichts war, worüber Levke sich zu viele Gedanken machen sollte. Was sich, dachte Judy, als Levke nun vor ihr stand, irgendwie zu widersprechen schien. Oder ...?

»Hör mal –«, begann sie, ohne zu wissen, wie sie den Satz möglichst schlüssig beenden sollte.

Doch zum ersten Mal war Levke aktiv und reagierte nicht nur. »Darf ich zuerst?«, fiel sie Judy ins Wort.

»Klar«, sagte Judy, erleichtert, das Unvermeidliche noch aufzuschieben. »Schieß los.«

»Heute«, begann Levke, »tut mir nichts weh.«

Judy nickte. »Ähm ... prima. Das ist ... gut, oder?«

»Ja. Und da dachte ich ...« Levke senkte den Kopf, schabte mit dem Fuß über den Boden. Holte tief Luft. »Also, das Angebot mit dem Essen beim Inder ...« Sie sah wieder auf und lächelte Judy an. »Gilt das immer noch?«

3

Das Klingeln des Telefons riss Judy aus dem Schlaf. Sie fuhr vom Sofa hoch, blinzelte in das überraschend helle Tageslicht und brauchte einen Moment, um sich zu orientieren.

Das Sofa. Die halbleere Weinflasche.

Eine zarte Erinnerung an Levkes Lächeln.

Die nun vom Läuten des Telefons ziemlich unsanft aus Judys Bewusstsein gewischt wurde.

Eilig rappelte sie sich auf und langte über den Tisch nach dem Hörer. Vor lauter Hast stieß sie sich dabei den Fuß an der Tischkante. Einen Fluch unterdrückend, nahm sie den Anruf an.

»Levke? Mein Gott, endlich meldest du dich!«

»Oh ja, meine Holdeste«, antwortete eine schwärmerische, eigenartig verzerrte Stimme, die ganz eindeutig nicht Levke gehörte. »Ich vermisse dich auch ganz fürchterlich.«

Judy blies die Wangen auf und stieß die Luft dann mit einem Ruck wieder aus. »Mensch, Anna«, schalt sie die Anruferin und hörte ein Lachen am anderen Ende. »Was willst *du* denn?«

»Ich freue mich auch ungemein, deine Stimme zu hören, werte Lieblingskollegin«, erwiderte Anna Cho, jetzt nicht mehr mit verstellter, schriller Stimme, sondern in ihrem üblichen Tonfall:

ruhig und angenehm weich. Die perfekte Stimme für autogenes Training. Was auch passenderweise ihr Fachgebiet war. Sie bot im Rehazentrum entsprechende Sitzungen an.

Sich den schmerzenden Fuß reibend, grummelte Judy: »Na, wir haben wohl einen Clown gefrühstückt, was?«

»Und du bist doch sonst nicht so eine Spaßbremse«, kam postwendend die Antwort. »Was ist denn los mit dir, Judy? Bist du mit dem falschen Fuß aufgestanden?«

Das, dachte Judy, während sie ihren angeschlagenen Zeh besah, kam der Sache in der Tat ziemlich nahe. »So ungefähr«, sagte sie ausweichend. »Also, werte Lieblingsanna, was kann ich denn für dich tun am heiligen Sonntag?«

»Na, das klingt schon besser«, meinte ihre Kollegin und Freundin. »Pass auf, ich brauche deine Hilfe. Laura hat mich gerade angerufen. Sie ist krank, hat irgendeine fiese Grippe oder so was. Bitte, kannst du morgen früh ihre Schicht übernehmen? Sonst stehe ich allein mit all den Patienten da, und dann bin ich echt aufgeschmissen.«

Arbeiten. Morgen. Frühschicht. Judy brachte die Gedanken in ihrem Kopf ganz langsam in die richtige Reihenfolge. »Klar«, sagte sie dann. »Kriege ich hin.«

»Super!« Anna klang ernsthaft erleichtert. »Danke, du hast was gut bei mir.«

Diese Worte lösten eine unschöne Assoziation aus, sobald sie Judys Kleinhirn erreichten. Genau das hatte Levke gestern zu ihr gesagt. Vor dem Krankenhaus. Bevor sie gegangen war. Und sich nicht mehr gemeldet hatte.

Sie musste sich zwingen, sich nicht in diesen unerfreulichen Überlegungen zu verlieren. »Schon gut«, murmelte sie in den Hörer.

»Sag mal, ist alles okay bei dir?«, erkundigte sich Anna. »Du klingst wirklich ein wenig, wie soll ich sagen, eigenartig.«

»Was? Äh … nein, nein«, versicherte Judy rasch. »Mir geht's bestens. Du hast mich bloß geweckt, das ist alles.«

»Geweckt? Um diese Uhrzeit? Ah ja«, bemerkte Anna, und Judy konnte das breite Grinsen auf ihrem Gesicht förmlich sehen. »Das klingt, als hättest du eine überaus interessante Nacht hinter dir.«

Judy brachte ein kleines, trockenes Lachen zustande. »Das kommt der Sache sehr nahe.« Erst danach wurde ihr die Mehrdeutigkeit dieser Aussage bewusst.

Und natürlich verstand Anna die Sache sofort so, wie sie *nicht* gemeint war. »Ach je«, seufzte sie. »Ich will auch noch mal fünfundzwanzig sein. Also schön, du kleine Aufreißerin. Morgen krieg ich die Details, ja? Süße Träume weiterhin.« Lachend legte Anna auf, bevor Judy noch irgendetwas erwidern konnte.

Den Rest des Tages verbrachte Judy damit, ihre Blicke zwischen Telefon und Uhr hin und her schweifen zu lassen. Als Anna angerufen hatte, war es bereits Viertel nach zwei gewesen. Du liebe Zeit, hatte Judy gedacht. So lange hatte sie zum letzten Mal geschlafen, als sie noch mitten im Studentenleben steckte. Dann, wenn sie zwar besten Willens war, aber trotzdem im Hinterkopf hatte, dass in der Acht-Uhr-Vorlesung am nächsten Tag keine Anwesenheitsliste auslag. Und in der um zehn auch nicht.

Irgendwann begann sie, ihr Telefon gründlich durchzuchecken. Vielleicht hatte sie Levkes Anruf ja bloß nicht gehört? Doch Fehlanzeige. Keine Nachricht auf dem Anrufbeantworter, keine verpassten Anrufe. Auch ihr Handy gab nichts her, weder eine SMS noch einen Anruf in Abwesenheit.

Judy drehte den Telefonhörer nachdenklich in den Händen. Vielleicht lag ja ein technisches Problem vor. Allerdings würden ja wohl kaum Handy und Festnetz gleichzeitig den Geist aufgeben.

Eigenartig. Levke hatte sie doch wohl nicht vergessen?

Nein. Nein, das sah ihr nicht ähnlich. Denn dass Levke eindeutig zum aufmerksamen Typ gehörte, den Beweis hatte sie bereits bei ihrem ersten Date geliefert.

Jenem Date, das eigentlich gar keines gewesen war. Bloß ein unverbindliches Essen beim indischen Imbiss, unmittelbar nach dem Yogakurs. Ohne lange Terminsuche, ohne die Möglichkeit, es sich doch noch anders zu überlegen. Leider auch ohne die Möglichkeit, nach der körperlichen Betätigung noch einmal zu duschen. Aber als erfahrene Kursleiterin schwitzte Judy glücklicherweise nicht so stark. Außerdem gönnten sich beide ein scharfes Currygericht. So konnte man eine gewisse Erhitztheit notfalls einfach auf das Essen schieben.

»Ich war noch nie indisch essen«, bekannte Levke irgendwann, während sie über ihren Tellern saßen. »Und du? Kommst du öfter her?« Sie unterbrach sich, schlug sich mit der Hand vor den Mund und kicherte. »Oje! Was für ein blöder Spruch.«

Judy spürte, wie ihr Herz einen Satz machte. Wenn Levke eine solche Feinheit wahrnahm, dann konnte das doch nur bedeuten, dass Judys Hoffnungen nicht umsonst waren, oder? Dass Levke ebenfalls auf Frauen stand. Doch noch war es zu früh, um das Thema zu vertiefen. »Ich bin ehrlich gesagt viel zu oft hier«, gab sie zu. »Und viel zu gern.«

»Weil dir das Essen schmeckt? Oder weil du dich für Indien interessierst?«, erkundigte sich Levke prompt.

Judy hielt überrascht mitten in der Bewegung inne, die Gabel auf halbem Wege zum Mund. Levke hatte tatsächlich die richtigen Rückschlüsse gezogen.

Diese ruderte jetzt ein wenig zurück: »Na ja, ich dachte nur ... wegen Yoga und so.«

Judy nickte eifrig. »Ja, stimmt absolut! Ich finde Indien als Land total spannend. Ich würde wahnsinnig gern mal hinreisen. Irgendwann. Falls ich mal im Lotto gewinne. Oder eine reiche Erbtante mir ihr Vermögen vermacht. Tja – nur dummerweise hab ich gar keine Erbtante. Nur eine Oma, aber die ist leider schon ... na ja.« Sie wischte das traurige Thema mit einer Handbewegung vom Tisch.

»Hast du von ihr diesen Ring geerbt?«, fragte Levke unvermittelt.

Judy folgte ihrem Blick und stellte fest, dass er auf ihrem Lieblingsring ruhte, den sie immer an der linken Hand trug.

»Entschuldige«, sagte Levke. »Ich ... wollte kein unangenehmes Thema anreißen. Wegen deiner Oma, meine ich. Das war blöd von mir.«

»Ach was«, wehrte Judy ab. »Ist okay. Ehrlich. Sie war fast neunzig. Und außerdem ist es schon lange her.«

»Aber –«

»Du musst dir da wirklich keine Sorgen machen«, sagte Judy ernst. Sie wollte auf keinen Fall, dass Levke ein schlechtes Gewissen bekam oder das Gespräch eine unschöne Wendung nahm. »Aber ja, du hast recht. Der Ring ist ein Erbstück. Eigentlich trage ich ihn fast immer. Er erinnert mich an Omi, weißt du? Wenn ich ihn trage, dann habe ich manchmal beinahe das Gefühl, sie ist bei mir.«

»Ja, manche Schmuckstücke haben diese Wirkung«, lächelte Levke. »Mir ist nur aufgefallen, dass du ziemlich viel an diesem Ring herumspielst. Hauptsächlich deswegen hab ich dich überhaupt darauf angesprochen.«

Judy hatte in der Tat die Angewohnheit, öfter mal an dem Ring herumzufingern. Ihn hin und her zu drehen. Über den Knöchel ab- und wieder aufzuziehen. »Tja«, meinte sie und wagte einen kleinen Vorstoß: »Vielleicht machst du mich ja ein bisschen nervös?«

Zu ihrer Enttäuschung überging Levke die Andeutung völlig. Stattdessen musterte sie Judys Hände erneut. »Manchmal«, sagte sie schließlich, »ist diese Herumspielerei einfach bloß ein Zeichen dafür, dass ein Ring nicht richtig passt.«

Judy hob überrascht die Brauen. »Ach so?«

In diesem Moment streckte Levke die Hand über den Tisch aus. »Darf ich mal sehen?«

Aber bitte doch, dachte Judy. Und musste sich anstrengen, ihre Hand nicht zu schnell der von Levke entgegenzuschieben. Levkes Haut fühlte sich warm an, weich und zart. Sie hatte zierliche Finger. Filigran, aber dennoch weit davon entfernt, knochig zu sein. Unwillkürlich verglich Judy sie mit ihren eigenen, geübt in medizinischen Massagen und daran gewöhnt, ab und zu auch mal hart zuzupacken. Zum ersten Mal im Leben kamen ihre Hände ihr ziemlich plump vor.

Derweil fasste Levke Judys Ring genau ins Auge, drehte ihn ein paarmal und tastete dann das betreffende Fingerglied ab. Judy schluckte. Ihr wurde noch wärmer. Unter dem Tisch scharrte sie mit den Füßen, um zumindest einen Teil der Spannung abzureagieren, die sich in ihr aufbaute.

Es dauerte eine Weile, bis sie begriff, dass Levke etwas gesagt haben musste. Unauffällig atmete sie tief durch, schaute auf und hoffte, dass ihr Blick nicht allzu glasig geworden war.

»Entschuldigung«, sagte sie, als sie Levkes fragende Augen sah. »Wie war das?«

Levke verzog keine Miene. »Ich habe gesagt, ich könnte ihn enger machen. Damit er dir richtig passt.«

Enger? Passend? Bitte, was? »Du kannst so was?«, fragte Judy verblüfft.

Levke nickte. »Klar, ich bin Goldschmiedin. Ringe anpassen gehört zum Geschäft.«

Goldschmiedin? Judy stutzte. Dann erinnerte sie sich. An jenen Kursabend, als Levke sich derart mit dem steifen Nacken herumgequält und Judy sie nach ihrem Job befragt hatte.

Natürlich. Sie arbeitete im Sitzen. Und strengte dabei ihre Augen an. Nur dass sie dabei nicht auf einen Bildschirm oder Papierkram starrte, sondern auf edle Metalle, hauchfein gearbeitete Schmuckstücke, wertvolle Steine.

»Dann …«, sagte Judy betroffen, »bist du ja gar keine Bürokauffrau.«

Levke lächelte. »Nein.«

»Aber … ich dachte …« Judy sank auf ihrem Stuhl zusammen. »Na super. Da ziehe ich sensationell falsche Schlüsse, und du sagst keinen Ton?«

»Nun ja.« Levke zuckte die Achseln. »Ich dachte nicht, dass es so wichtig wäre.« Jetzt sah sie ihrerseits betroffen aus. »Habe ich dich in Verlegenheit gebracht?«

Judy winkte ab: »Oh, nicht doch. Das habe ich ganz allein geschafft.« Sie musterte Levke und fing an zu lächeln.

Levke wiederum errötete leicht. »Was ist denn?«

»Goldschmiedin also?« Judy nickte anerkennend. »Das gefällt mir.«

Was sie eigentlich meinte, war: Du gefällst mir.

Aber vielleicht, hoffte sie, hatte Levke mit ihren feinen Antennen die Botschaft ja zwischen den Zeilen gelesen.

Levke rief auch am Nachmittag nicht an.

Kein Problem, redete Judy sich ein. Das hatte sicher nichts zu bedeuten.

Und wenn doch? Vielleicht war die Sache komplizierter als erwartet? Vielleicht war Vivicas Zustand kritischer, als es zunächst den Anschein gehabt hatte?

Ohne dass Judy es so recht wollte, blieben ihre Gedanken wieder an Levkes Ex hängen. An dem *Konzept* Exfreundin.

Nur, dass sie nun kein bloßes Konzept mehr war.

Sie versuchte, ihre Gedanken bezüglich Vivica zu sortieren. Noch gestern war sie nichts weiter gewesen als ein Name, eine Person, die man beinahe fiktiv nennen konnte. Bis gestern war Levke das einzige Verbindungsglied zwischen ihr und Judy gewesen. Jetzt hatte Vivica für Judys inneres Auge zwar noch immer kein Gesicht, aber eine Stimme. Seit sie gestern miteinander geredet hatten, wenn auch nur kurz und aus einer Not heraus, war Vivica mehr als ein Name, mehr als eine Variable in Levkes Leben, mit der Judy eigentlich gar nichts zu tun haben wollte.

Sie war eine Stimme, die am anderen Ende einer Telefonverbindung in den Hörer geweint hatte. Hilflos hatte sie geklungen und verängstigt. Und sie, Judy, saß hier, sicher, gesund und unversehrt auf ihrem Sofa, und schob miese Stimmung, nur weil Levke sich nicht bei ihr meldete?

Levke, die vielleicht gerade ganz andere Sorgen hatte.

Und soweit es die Sache mit dem Unfall betraf, war es vielleicht gar nicht so schlecht, wenn Levke nicht anrief. Keine Nachrichten waren immerhin auch keine schlechten Nachrichten.

Judy kramte noch ein bisschen in der Wohnung herum. Wischte tatsächlich Staub und goss die Blumen, was die eine oder andere von ihnen knapp vor einem elenden Tod durch Verdursten bewahrte. Sie schmökerte in einem neuen Buch über Shiatsu-Massage. Machte ihre täglichen Yogaübungen. Am frühen Abend zwang sie sich sogar, aus dem Haus zu gehen und eine Runde zu joggen. Das Handy nahm sie mit. Für alle Fälle. Außerdem joggte sie nie ohne ihr Telefon. Man wusste schließlich nie, wann man mal unglücklich umknickte.

Sie drehte ihre übliche Runde, und in der Tat fühlte sie sich hinterher ein wenig besser. Sie würde, dachte sie, als ihr Wohnblock wieder in Sicht kam, jetzt erst mal eine kräftige Dusche nehmen. Und danach würde *sie* Levke anrufen – das hatte sie beim Laufen beschlossen. Ihr konnte schließlich niemand verübeln, dass sie wissen wollte, was Sache war. Die Sache mit Vivica ging sie jetzt immerhin auch etwas an. Zumindest indirekt.

Den Anruf allerdings konnte Judy sich sparen. Gerade als sie in die Auffahrt einbog, rannte sie praktisch in Levke hinein. Sie saß auf dem Bordstein vor Judys Wohnblock, hatte die Arme um ihre Beine geschlungen und den Kopf zwischen die Schultern gezogen.

»Huch«, war das Erste, was Judy in ihrer Überraschung herausrutschte.

Levke blickte auf. Lächelte schwach. »Gleichfalls«, sagte sie.

»Was machst du denn hier?« Judy, vom Laufen noch ein wenig kurzatmig, merkte selbst, dass sie die Silben fast hervorbellte und sich dabei nicht unbedingt wie ein Ausbund an Freundlichkeit anhörte. Um das wiedergutzumachen, wollte sie auf Levke zugehen und sie zur Begrüßung drücken. Doch dann musste sie stattdessen unvermittelt den Arm in die Seite stemmen und scharf Luft holen. Verflixte Seitenstiche. Das hatte sie jetzt davon, dass sie trotz aller yogischen Gelassenheit nicht auf Überraschungen gefasst war.

Levke ihrerseits schaute nur verwirrt, während Judy dastand und versuchte, den Sauerstoffmangel in ihren Lungen durch möglichst tiefes Atmen durch die Nase auszugleichen, um den stechenden Schmerz in den Griff zu bekommen.

»Jetzt komm doch erst mal rein«, erinnerte Judy sich dann, reichlich verspätet, endlich an die Gebote der Gastfreundschaft. Sie reichte Levke die Hand, um ihr aufzuhelfen. Bei der Berührung fuhr sie zusammen. »Himmel, du bist ja eiskalt. Los, ab ins Warme mit dir.«

Einige Minuten später saß Levke, versorgt mit einer Tasse Tee, auf dem Sofa. Judy setzte sich neben sie. Mit ausreichend Abstand, damit es nicht so wirkte, als wolle sie die Situation ausnutzen.

»Und?«, erkundigte sie sich. »Jetzt erzähl mal. Wie geht es Vivica? Ist sie okay?«

Levke nickte. Die Bewegung war sehr langsam, auf das Nötigste reduziert. »Sie hat wohl ziemliches Glück gehabt.«

»Gott sei Dank«, stieß Judy hervor. »Also ist sie gar nicht so schlimm verletzt?« Nicht, dass sie Vivicas Leiden schmälern wollte. Aber so verstört, wie diese sich gestern am Telefon angehört hatte, hätte man beinahe meinen können, ein Bein wäre ab. Oder zumindest der kleine Finger.

Himmel noch mal, Judy, schalt sie sich. Jetzt fang nicht schon wieder mit so was an.

Unterdessen berichtete Levke: »Ihr Knie hat wohl ziemlich was abgekriegt. Irgendeine Sehne scheint gerissen zu sein.« Sie neigte grübelnd den Kopf. »Ich konnte mir den Namen nicht richtig merken. Klang so ähnlich wie Paella.«

»Patella?«, fragte Judy sofort.

»Genau.« Levke lächelte schwach. »Frau Doktor weiß Bescheid, was?« Sie blickte Judy aus müden Augen an. »Vielleicht kannst du mir ja erklären, was das genau bedeutet. Mir sagen die Ärzte ja nichts.«

Ja, dachte Judy, weil ihr nicht verwandt seid. Und auch nicht verheiratet. Der letzte Gedanke erfüllte sie mit einem Gefühl der Erleichterung.

In knappen Worten umriss sie dann, dass eine kaputte Patellasehne kein ernstes Drama war, aber auch nicht auf die leichte

Schulter zu nehmen. Auf jeden Fall tat es höllisch weh. In den kommenden Tagen würde Vivica also auf einer feinen Wolke aus Schmerzmitteln dahinschweben. Wenn die Sehne wirklich gerissen war, kam sie außerdem um eine OP nicht herum. Anschließend brauchte sie viel Krankengymnastik und vor allem viel Geduld.

»Und irgendwann«, schloss Judy lächelnd, »nervt es die Patienten nur noch. Weil sie kaum etwas anderes tun können als auf dem Sofa zu liegen.«

»Na, das sind ja tolle Aussichten«, meinte Levke.

»Wie genau ist das denn eigentlich passiert?«

Die Geschichte war rasch erzählt. Vivica war gestern Abend in der Innenstadt unterwegs gewesen und dabei von einem Auto angefahren worden. Ein unachtsamer Schritt auf die Straße. Ein Fahrer auf der Abbiegerspur, der sie übersehen hatte. Quietschende Reifen, ein Schrei, Vivica, die nicht schnell genug beiseitespringen konnte, und es war passiert. Vivicas Ausgehdress war hinüber und ihr Knie, wie bereits bekannt, ebenfalls. Nun lag sie in der Klinik, jammerte wegen des Kleides und der hohen Absätze, die sie gestern Abend ja unbedingt hatte tragen müssen, womit sie im Grunde selbst schuld an der ganzen Tragödie war, und beschwerte sich über das Krankenhausessen.

»Mit anderen Worten«, Levke lächelte schief, »sie ist schon fast wieder die Alte.«

»Das ist doch gut«, sagte Judy.

Levke sah sie etwas seltsam an.

»Oder?«, hakte Judy nach.

»Ja ...«, meinte Levke gedehnt. »Ja, natürlich.«

Dann setzte sie ihren Bericht fort. Sie hatte im Krankenhaus ausgeharrt, bis Vivica, ruhiggestellt durch die Medikamente, endlich eingeschlummert war. Das Personal hatte sie schließlich mehr oder weniger sanft hinauskomplimentiert. Für den Moment, so hieß es, könne sie nichts für Vivica tun. Diese habe alles, was sie brauche, und in erster Linie brauche sie Ruhe. Und Levke auch, so wie sie aussähe. Also hatte Levke sich ein Taxi nach Hause bestellen lassen. Auf dem Rücksitz zusammengekauert, hatte sie dann wieder an Judy gedacht und nach ihrem Handy gekramt. Doch noch ehe sie fündig geworden war, hielt das Taxi auch schon vor ihrer Wohnung, und dort hatte sie gerade noch zum Sofa wanken können, war daraufgefallen und sofort fest eingeschlafen.

Bei dieser Beschreibung kam Judy nicht umhin, ein wenig zu lächeln. Auch wenn ihr Levke natürlich leidtat, so war dieses Bild von ihr, wie sie sich mit ganz kleinen Augen und Trippelschrittchen in die Wohnung schleppte und dann, noch angezogen, aber praktisch schon im Tiefschlaf, auf die Couch fiel, absolut süß. Unter diesen Umständen verzieh sie ihr sofort, dass aus dem Anruf nichts mehr geworden war. Der gute Wille war ja da gewesen.

Weniger süß fand Judy das, was Levke als Nächstes erzählte. Irgendwann war sie wieder hochgeschreckt, hatte festgestellt, dass es schon mitten am Tag war, und war spontan zu Vivica nach Hause gefahren, um ein paar Kleinigkeiten für sie zusammenzusuchen. Wäsche zum Wechseln, Zahnbürste, Schlafanzug, Mundwasser. Was man eben so brauchte.

Sie wusste ja, wo alles stand.

Diese Bemerkung hatte Levke sicherlich nicht böse gemeint. Es war nur eine Information, eine logische Begründung für ihre Handlung. Trotzdem gab sie Judy einen Stich, irgendwo in der Herzgegend. Die ehemals gemeinsam bewohnten vier Wände. In denen Levke sich immer noch wunderbar zurechtfand. Und sich ... vielleicht sogar noch irgendwie zu Hause fühlte?

Im Krankenhaus angekommen, berichtete Levke weiter, hatte sie eine schlafende Vivica vorgefunden. Also hatte sie ihr die Tasche ans Bett gestellt und sich leise wieder hinausgeschlichen. Und sich plötzlich ziemlich allein und verloren gefühlt.

An dieser Stelle blickte sie etwas hilflos zu Judy hin. »Also ... bin ich direkt hierhergekommen. Zu dir, meine ich. In meiner Wohnung wäre mir ohnehin nur die Decke auf den Kopf gefallen, und arbeiten hätte ich auch nicht können, und –« Sie brach mitten im Satz ab und schlug die Augen nieder. »Das klingt jetzt alles total egoistisch, oder? Du warst gestern Nacht so verständnisvoll, und ich habe nicht einmal mehr die Zeit für einen kurzen

Anruf gefunden. Und jetzt stehe ich einfach unangemeldet vor deiner Tür und bringe dir schon wieder alles durcheinander. Als ob du nichts Besseres zu tun hättest, als mich zu trösten und Händchen zu halten. Tut mir echt leid, Judy.«

Judy musterte die Frau, die auf ihrem Sofa saß. Levke war blass, sogar im warmen Licht der Wohnzimmerlampe. Unter ihren Augen lagen bläuliche Schatten, und ihr Haar hing ihr strähnig ins Gesicht. Es hatte seit gestern mit Sicherheit keine Bürste mehr gesehen. Während Levke für Vivica Kosmetik und dergleichen besorgte, hatte sie sich selbst augenscheinlich ganz vergessen.

»Und was ist mit dir?«, fragte Judy, diesem Gedankengang folgend.

Levke blickte irritiert auf. »Mit mir?«

»Ja.« Judy rückte ein Stückchen näher. »Wie geht es dir?«

Levke sah sie an. Ihr Atem wurde plötzlich schwerer, und ihr Mundwinkel zuckte. Fast unmerklich, aber Judy sah es trotzdem. Mit feuchten Augen murmelte Levke: »Als sie da gelegen hat und ich noch nicht wusste, was los ist, da dachte ich ... Einen Moment lang dachte ich ...« Sie schniefte und wandte den Kopf ab. »Entschuldige. Das ... das willst du sicher nicht hören.«

»Ach, Levke.« Eine Welle von Mitleid durchflutete Judy. Sie zog Levke an sich und barg deren Kopf an ihrer Schulter, drückte die Nase in Levkes zerzaustes Haar, roch eine Mischung von Krankenhaus-Desinfektionsmittel und Rosenshampoo. Sanft wiegte sie Levke hin und her.

»Sch«, machte sie. Immer wieder »sch« und gelegentlich mal ein »Ist ja gut!« Etwas Sinnvolleres fiel ihr nicht ein.

Das kleine, penetrant-boshafte Stimmchen in ihrem Kopf meldete sich wieder: Dir fällt aber schon die Ironie dieser Situation auf? Mal ganz im Ernst – du tröstest gerade die Frau, in die du ziemlich verschossen bist. Während sie wegen einer anderen Trübsal bläst. Schon irgendwie komisch, oder?

Sie bläst keine Trübsal wegen einer anderen Frau, hielt Judy dagegen. Sondern weil die Frau, mit der sie eine Ewigkeit lang zusammen war, einen üblen Unfall hatte. Weil sie daran denkt, dass alles noch viel schlimmer hätte kommen können. Und jetzt, wo ihr langsam klar wird, dass Vivica Glück im Unglück hatte, fällt die Spannung von ihr ab. Manchmal weint man dann eben. Das ist doch vollkommen verständlich und normal.

Ich meine ja auch nur, beharrte die Stimme.

Ruhe, dachte Judy bloß.

»Was?« Levke hob den Blick.

»Ach, nichts«, sagte Judy schnell. »Ich hab nur … laut gedacht.«

Levke lächelte. »Hast ja recht. Ich sollte mich zusammenreißen. Im Grunde ist ja nichts passiert.« Sie ließ den Kopf schwer gegen Judy sinken und schmiegte ihre Wange gegen Judys Schulter. »Du machst wirklich einiges mit«, bemerkte sie.

»Ach was.« Judy machte eine abwehrende Geste.

»Doch«, sagte Levke. »Jetzt spiel das bitte nicht runter. Nicht jede hätte so viel Geduld in so einer Lage.« Ihr Arm, der eben noch kraftlos auf ihrem Schoß gelegen hatte, tastete sich nun zu Judys Taille voran. Langsam. Zaghaft. Sie begann Judys Bauch zu streicheln.

Judy schloss die Augen. Sie spürte, dass die Schwingungen zwischen ihnen sich verändert hatten. Und dass ihr diese Veränderung gefiel. Viel zu sehr.

»Hey«, brachte sie in einer kurzen Atempause hervor. »Was machst du denn …?«

»Pst«, machte Levke nur und streichelte weiter.

»Ich bin … ganz verschwitzt«, murmelte der Teil von Judy, der noch in der Lage war, sich über solche Oberflächlichkeiten Gedanken zu machen und sich daran zu erinnern, dass sie gerade vom Joggen kam.

»Ist doch egal.«

Levkes Atem ging in ein schweres Keuchen über. Und plötzlich presste sie ihre Lippen auf Judys. Judy war so überrascht, dass sie den Kuss weder erwidern noch sich dagegen wehren konnte. Zumal es nur ein kleiner Teil von ihr war, der sich wehren wollte.

Levke teilte Judys Lippen mit ihrer Zunge und küsste sie tief und innig. Dabei seufzte sie und gab raue, gierige Laute von sich. Mit der einen Hand zog sie Judy noch enger an sich und schob ihr die andere, freie Hand unter das Shirt. Judy spürte die Finger, die sich fahrig zu ihren Brüsten hinauftasteten, sich einfach unter den BH schoben und anfingen, ihre Brüste zu liebkosen.

Levke ging nicht subtil vor, nicht geschickt. Sie verzichtete auf jegliche Kunstgriffe, jede gezielte Manipulation an der Brustwarze mit dem Ziel, die Partnerin in Wallung zu bringen. Trotzdem keuchte Judy laut. Ihre Hände zuckten nach Levke, wollten sie an sich ziehen, wollten ihr ebenfalls an und unter die Wäsche, wollten da weitermachen, wo sie gestern aufgehört hatten.

Wo sie gestern aufgehört hatten …?

»Levke«, hauchte Judy. »Nein …«

»Doch, bitte«, flüsterte Levke und presste ihr Gesicht weiter an Judys Hals. »Bitte, bitte, bitte …!«

Judy ballte die Fäuste. Ihre Stimme war inzwischen nur noch ein Jaulen. »Nicht …«

Levke reagierte nicht. Es sei denn, man betrachtete die Tatsache, dass sie Judy noch fester umarmte, als adäquate Reaktion.

»Nicht …«, wiederholte Judy. Sie wimmerte vor Verlangen. Und weil es nicht ging. Nicht jetzt. Nicht *so.* Irgendwie gelang es ihr, die Stimme zu heben: »Levke! Bitte nicht.«

Levke zuckte zusammen. Ihr Kopf ruckte hoch, und sie starrte Judy erschrocken an.

Judy zitterte immer noch, kaum zu einem klaren Gedanken fähig. »Bitte«, keuchte sie nur, diesmal fast flüsternd. »Hör auf.«

Sie sahen einander nicht an, als Judy ihr Shirt wieder zurechtzog.

»Was ist denn los?«, fragte Levke nach einer Weile leise. »Habe ich was falsch gemacht?«

»Nein! Oh Gott, nein. Du hast gar nichts falsch gemacht. Im Gegenteil. Es war –« Judy strich sich die Haare zurück. »Herrje, du hast selbst gemerkt, dass es mir gefallen hat, oder?«

Levke blickte sie verständnislos an. »Wieso lässt du mich dann nicht weitermachen?«, fragte sie, nun wieder fast im Flüsterton.

»Weil«, versuchte Judy mühsam zu erklären, »ich einfach nicht will, dass du etwas tust, nur weil du denkst, dass du es musst, okay?«

»Weil ich ... *muss?*«

»Du weißt schon ... Ich möchte nicht, dass du dich zu irgendetwas verpflichtet fühlst.«

»Verpflichtet?« Levke schien Papagei spielen zu wollen.

»Na, wegen gestern.« Jetzt, endlich, war Judy in der Lage, wieder ruhiger zu atmen, jahrelanger Yogapraxis sei Dank. »Weil wir gestern doch ... gewissermaßen ... unterbrochen worden sind.«

In Levkes Augen blitzte Verstehen auf. »Du denkst, ich tue das hier, weil ...« Sie holte schwer Luft. Schloss kurz die Augen. »Okay«, murmelte sie dann. »Ja. Gut. Dann lassen wir es eben. Wahrscheinlich hast du recht.« Sie überlegte kurz und setzte dann zaghaft hinzu: »Oder bist du sauer? Ich meine, weil ich doch bei Vivica war und –«

»Um Himmels willen«, fiel Judy ihr ins Wort. »Nein! Das ist es nicht.«

Sie war doch wirklich nicht sauer, oder?

Nein.

Höchstens ein bisschen. Und auf irrationale Weise enttäuscht darüber, wie sich die Dinge entwickelt hatten.

Aber das hatte mit dieser Situation hier doch nichts zu tun.

»Okay«, murmelte Levke. Doch überzeugt klang sie nicht.

Oje, dachte Judy. Jetzt hatte sie Levke wohl ziemlich vor den Kopf gestoßen, wie es aussah. Levke war völlig erschöpft zu ihr gekommen, und Judy benahm sich beinahe so, als sei sie ihr gar nicht willkommen. Zuerst kam sie wegen der Seitenstiche so kalt rüber. Dann fragte sie vor allem nach Vivica. Und nun ließ sie Levke auch noch abblitzen. Da musste Levke sich ja zurückgewiesen vorkommen. Auch wenn Judy es gut gemeint hatte.

Herzlichen Glückwunsch, Judy, dachte sie. Der Nobelpreis für Empathie geht heute ganz eindeutig nicht an dich.

»Darf ich«, fragte Levke jetzt, »trotzdem noch ein bisschen hierbleiben? Hier, bei dir? Zu Hause erwartet mich nur die leere Wohnung, und ich ...« Sie sah bittend zu Judy auf. »Ich mag jetzt nicht allein sein.«

»Ach, Levke«, rief Judy aus. »Natürlich darfst du das.« Sie sah sich etwas hektisch in der Wohnung um, in dem Versuch, ihr blödes Benehmen von eben wiedergutzumachen. »Kann ich dir etwas anbieten? Hast du vielleicht Hunger? Durst? Soll ich dir vielleicht schnell noch eine Kleinigkeit kochen?«

»Nein.« Mit einem schwachen Lächeln schüttelte Levke den Kopf und schmiegte die Wange an Judys Bauch. »Ich möchte einfach nur hier bei dir liegen, okay? Hier in deinem Arm. Ist das in Ordnung?«

Judy zog Levke sanft an sich. Und wie das in Ordnung war.

Der Abend zog sich noch eine Weile hin, doch Judy und Levke redeten so gut wie gar nicht mehr. Judy streichelte nur in gewissen Abständen Levkes dicke Mähne und fuhr ab und zu mit dem Finger an der Außenseite ihrer Ohrmuschel entlang. Levke ihrerseits hatte sich in Judys Schoß geschmiegt, die Arme um ihre Taille gelegt, und rieb gelegentlich ihre Wange an Judys Oberschenkel. Ihr Atem wurde dabei immer ruhiger. Und schließlich merkte Judy, dass Levke eingeschlafen war.

Zuerst wollte sie sie wecken. Sie konnten schließlich nicht die ganze Nacht so sitzen bleiben, hier auf dem Sofa, halb liegend, halb aufrecht auf Halbmast hängend. Angezogen waren sie obendrein.

Nun ja – ausziehen war allerdings auch keine Option. Auch wenn Levke offenbar gewollt hätte. Inzwischen bedauerte Judy beinahe, dass sie sich nicht darauf eingelassen hatte. Manchmal war es wirklich grässlich, vernünftig zu sein.

Noch ein paar Minuten. So dachte Judy wieder und wieder aufs Neue. Noch ein paar Minuten, dann werde ich sie wecken. Doch Levke schlief so tief und fest und sah dabei so süß und friedlich aus, dass Judy es einfach nicht übers Herz brachte.

Noch fünf Minuten, dachte sie zum mindestens zehnten Mal. Nur noch fünf Minuten …

Sechs Stunden später schreckten beide hoch, als im Schlafzimmer Judys Radiowecker losschrillte und ihr verkündete, dass es Zeit war, aufzustehen und zur Arbeit zu gehen. Verwirrt und schlaftrunken blickten sie einander an.

»Oh«, sagte Levke und lächelte verlegen.

»Ähm«, lautete Judys ebenso verlegene wie verschlafene Antwort. »Darf ich dir jetzt vielleicht etwas anbieten? Wie wär's denn mit Kaffee und Frühstück?«

Natürlich wollte Levke Kaffee und Frühstück. Und natürlich bestand sie darauf, anschließend gemeinsam mit Judy auch noch den Abwasch zu machen. Doch sie war erstaunlich still dabei, noch stiller als sonst.

Judy hasste es, Levke danach praktisch aus der Wohnung komplimentieren zu müssen, ohne die Möglichkeit zu fragen, was los sei. Herauszufinden, ob Levke ihretwegen so schweigsam war. Sich zu entschuldigen, falls dem so war. Was hatte sie sich gestern auch die Frühschicht aufschwatzen lassen? Aber Levke lächelte und sagte, das sei schon okay.

»Also, bis dann«, sagte sie und küsste Judy zum Abschied kurz auf die Wange. Das war bei weitem die längste Äußerung, die sie an diesem Morgen getätigt hatte.

»Bis dann«, antwortete Judy und sah zu, wie Levke zu ihrem Auto ging.

Wenigstens war es noch so früh am Morgen, dass der Armen der Berufsverkehr erspart blieb.

4

So, Frau Hillmann«, sagte Judy zu ihrer Patientin, »nur noch ein paar Schritte, dann haben Sie es geschafft.«

Frau Hillmann, eine gepflegte Dame in den Siebzigern, klammerte sich an den Haltestangen fest, die ihr einen sicheren Stand garantieren sollten. Ein paar feine Schweißperlen sammelten sich auf ihrer Oberlippe. Dann atmete sie tief durch und kämpfte sich die letzten Meter voran.

Judy ging langsam neben ihr her, jederzeit bereit, einzugreifen, falls die alte Dame ins Straucheln kommen sollte. »Prima«, murmelte sie routiniert. »Sie machen das ganz toll. Immer nur weiter so. Ja, hervorragend ...«

Irgendwo am Rande ihres Bewusstseins registrierte sie, dass sie heute anders mit den Patienten umging als sonst. Sie hörte sich selbst sinnlos vor sich hin plappern, rief sich zur Ordnung, stellte den Redefluss ab und ertappte sich wenige Minuten später schon wieder dabei. »Jawoll, einen halben Meter noch, dann sind wir fertig für heute. Sie machen das super ...«

Judy arbeitete seit nunmehr vier Jahren in der Klinik, und alles in allem konnte sie sich nicht beklagen. Es war das renommierteste Rehazentrum im Umkreis von hundert Kilometern, ein riesiger Komplex mit Parkanlage, Schwimmbad und einer Geräteausstattung, die jedem Fitnessstudiobesitzer das Wasser im Mund hätte zusammenlaufen lassen. Der Chefarzt, Doktor Finkenberg, war zwar kein Geschenk – eher der Typ Porschefahrer und Wochenendgolfer und ziemlich selbstverliebt obendrein –, doch Judy hatte noch nie Schwierigkeiten mit ihm bekommen. Sie grüßte, wenn sie ihn traf, und versuchte ansonsten, immer knapp unter seinem Radar zu schweben. Außerdem konnte sich Finkenberg keine Namen merken, vor allem nicht die vom Bodenpersonal. Wenn tatsächlich einmal der seltene Fall eintrat, dass er etwas von Judy wollte, dann schielte er vorher jedes Mal heimlich auf ihr Namensschild.

Trotz Schichtarbeit hatte Judy immer einen erträglichen Dienstplan, die Bezahlung war fair, und außerdem arbeitete sie gern mit den Patienten. Vor allem Frau Hillmann war wirklich eine Bilderbuchpatientin: freundlich, aufgeschlossen und vor allem motiviert. Heute jedoch war Judy froh, als sich nach einer endlos erscheinenden Therapieeinheit endlich die Tür hinter ihr schloss. So wie hinter all den anderen vorher.

Der Sportmuffel mit dem Bandscheibenvorfall, der ihr immer wieder vorbetete, er halte es mit Winston Churchills Motto »No Sports!«, weckte normalerweise Judys Lust auf einen kleinen

Schlagabtausch. Heute hatte sie ihn innerlich ein kleines Faultierchen geschimpft.

Die Patientin mit dem chronischen Rückenleiden, die immer über den Chefarzt lamentierte, amüsierte sie normalerweise. Doch heute hatte Judy einmal sogar heimlich die Augen verdreht.

Der junge Mann mit der verschleppten Schleimbeutelentzündung, der sonst immer tapfer die Zähne zusammenbiss, schien heute entschieden empfindlicher als sonst.

Und als jetzt Anna Cho, ihres Zeichens Judys Lieblingskollegin, fröhlich hereinplatzte und fragte, ob sie zusammen in die Kantine gehen wollten, murmelte Judy bloß: »Keinen Hunger.«

»Ich aber«, gab Anna grinsend zurück. »Und zwar auf Informationen. Du hast versprochen, mir von deinem Date zu erzählen. Schon vergessen?«

Judy konnte sich in der Tat nicht an ein solches Versprechen erinnern. Eigentlich, dachte sie, hatte es ja noch nicht mal ein richtiges Date gegeben. Und wie man das, was gestern Abend gelaufen war, nennen sollte, das hätte Judy selbst gern gewusst.

»Hey«, sagte Anna und stieß Judy an. »Erde an Judy, Erde an Judy! Jemand zu Hause?«

Judy schreckte aus ihren Gedanken hoch und blinzelte Anna verwirrt an. »Hm?«

Anna hakte sich bei ihr unter. »Los, komm, ab in die Kantine. Heute gibt's Spaghetti. Schön fade und matschig, lecker, lecker.«

Während Judy sich von ihrer Kollegin mehr oder weniger vorwärts schieben ließ, fragte sie sich heimlich, wieso es mit Levke nicht auch so unkompliziert sein konnte. Anna war immer freundlich, meistens gut drauf – und, was beim derzeitigen Stand der Dinge das Beste an ihr war: Sie hatte keine Exfreundin, die mitten in der Nacht einfach vor ein Auto lief.

Judy wusste selbst nicht, wieso sie sich niemals in ihre Lieblingskollegin verknallt hatte. Anna war neben ihren vielen anderen Vorzügen nämlich auch noch ziemlich nett anzusehen. Ihre Eltern stammten aus Taipeh und hatten ihr nicht nur beneidenswert altersresistente Gene, sondern auch einen echten Killerstoffwechsel vererbt. Obwohl Anna futtern konnte wie ein

Scheunendrescher, brachte sie kaum mehr als 45 Kilo auf die Waage. Dieses Jahr stand ihr vierunddreißigster Geburtstag an. Trotzdem wurde sie dank ihrer feinen Züge nach wie vor nach ihrem Ausweis gefragt, wenn sie harten Alkohol kaufen wollte.

Nein, Judy hatte keine Ahnung, wieso sie sich nie zu Anna hingezogen gefühlt hatte. Sie wusste nur mit ziemlicher Sicherheit, dass so etwas auch nie passieren würde.

»Weißt du was? Du bist echt hübsch«, hatte sie auf einer ausgedehnten Kneipentour einmal mit schwerer Zunge zu Anna gesagt. »Und weißt du noch was? Ich hab mich gerade gefragt –«, damit hatte sie Annas Augen gesucht, was dank ihres gehobenen Pegels gar nicht so einfach war, »– ich frage mich, ob ich dich küssen darf. Aber weißt du *noch* was? Die Sache ist die: Ich stelle gerade fest, dass ich dich gar nicht küssen *will.* Ich stehe nämlich einfach nicht auf dich.«

Später hatte sie sich sehr geschämt, weil sie während dieses alkoholgeschwängerten Monologes nicht ein einziges Mal darüber nachgedacht hatte, was Anna dachte, fühlte und wollte. Doch Anna konnte sie beruhigen: Sie hatte schon panisch nach einer Fluchtmöglichkeit ausgespäht, für den Fall, dass Judy ihr tatsächlich ernsthafte Avancen gemacht hätte. »Ich stehe nämlich auch nicht auf dich«, hatte sie grinsend gesagt. »Du bist ja ganz süß, aber viel zu mager. Und viel zu blond.«

Damit war das Thema durch. Anna und Judy waren Kolleginnen und beste Freundinnen. Sie unterstützten einander im Job, wo sie konnten, amüsierten sich über Finkenbergs schlechtes Namensgedächtnis und ertrugen gemeinsam das unglaublich schlechte Essen in der Kantine.

Und sie erzählten sich alle Details aus ihrem Liebesleben. Sofern eine von ihnen gerade eins hatte.

»Also?«, fragte Anna nun.

»Also?«, echote Judy mit gekonnt unschuldigem Augenaufschlag.

»Na, komm schon. Raus mit der Sprache. Was ist bei deiner Verabredung schiefgegangen?«

Judy sah sie mit möglichst unbeteiligter Miene an. »Wie kommst du darauf?«, versuchte sie sich dumm zu stellen, wohl wissend, dass das eigentlich sinnlos war. Immerhin hatte sie es mit Anna zu tun. Die las in ihr wie in einem offenen Buch. Ihr hatte Judy noch nie etwas vormachen können.

»Nun ja«, meinte Anna und schielte auf Judys Teller. »Irgendeinen Grund wird es ja wohl haben, dass du seit geschlagenen fünf Minuten dasselbe Fleischbällchen hin und her schiebst.«

Betreten blickte Judy nun auch auf ihren Teller herab. In der Tat: Da zogen sich eine Menge Bahnen durch die Nudelnester, und das Corpus Delicti, besagtes Klößchen, sah inzwischen schon reichlich lädiert aus. Judy spießte das deformierte Ding auf die Gabel, hielt es sich dicht vor die Augen und betrachtete es angeekelt. Das würde sie nicht mehr essen, so viel stand fest.

»Ich weiß ja, dass unsere Kantine nur schwer genießbar ist«, räumte Anna ein. »Aber der Mensch muss nun mal essen. Und für jemanden, der im Hormonrausch von Luft und Liebe lebt, siehst du entschieden nicht glücklich genug aus. Falls du es noch nicht gemerkt hast: Du seufzt alle paar Sekunden, als hätte man dir letzte Nacht die Probleme der ganzen Welt aufgeladen.« Sie hob die Brauen. »Also? Wer hat dir wehgetan? Muss ich irgendjemanden aufmischen?« Bei den letzten Worten tat sie so, als nehme sie Kampfstellung ein.

Judy lächelte. Sie beherrsche Karate, behauptete Anna gern. Außerdem Wing Tsun. Und noch eine Menge anderer Kampfsportarten, das variierte, je nachdem, wonach ihr gerade war und mit wem sie sprach. Meistens glaubten die Leute ihr sogar. In Wirklichkeit machte sie nicht einmal Tai Chi. Doch irgendeinen Vorteil, erklärte sie, müssten ihre asiatischen Wurzeln ja haben.

Zögerlich meinte Judy: »Also, man könnte sagen, uns ist was dazwischengekommen.«

»Sag nicht, ihre Ex«, meinte Anna leichthin und schaufelte eine Portion Nudeln auf ihren Löffel. Doch als sie Judys Gesicht sah, ließ sie das Besteck sinken, sah sie bestürzt an und sagte: »Nein – nicht im Ernst, oder?«

Judy ließ ihre Gabel zwischen den Fingern kreisen. »Irgendwie schon.«

Und dann erzählte sie alles.

»Weißt du«, schloss sie am Ende, »ich will mich doch gar nicht beschweren. Ich finde es sogar gut, dass Levke so besorgt um Vivica ist.« Sie nickte etwas zu nachdrücklich. »Sonst hätte ich sie ja gar nicht erst dazu ermutigt, in die Klinik zu fahren. Aber jetzt, wo sich gezeigt hat, dass alles gar nicht so furchtbar dramatisch ist, wie es zuerst aussah – muss sich Levke da wirklich so aufreiben? Muss es denn ausgerechnet sie sein, die im Krankenhaus alles managt? Muss sie wirklich durch die Gegend düsen und Vivica das ganze Zeugs hinterhertragen? Wäsche zum Wechseln und so? Zahnpasta? Am Ende vielleicht noch Nagellack, oder was? Ich meine, die Krankenhäuser haben doch auch eine Menge eigenes Zeug da. Und wenn sie sowieso nur flach liegen kann, dann braucht Vivica doch gar keine Klamotten. Da gibt es doch diese todschicken Krankenhaushemden. Die am Rücken offen sind und wo man den Hintern hervorblitzen sieht.« Judy lächelte kurz, aber freudlos. »Könnte Vivica nicht einfach eines von diesen Hemdchen anziehen und eine Wegwerfzahnbürste verwenden? Ich meine, so ein Notfallpaket wie am Flughafen? Nur so für den Übergang? Nur so lange, bis sie ihre *richtigen* Freude verständigt hat, damit sie sich um sie kümmern und nicht alles an Levke hängen bleibt? Ich meine – sie wird doch wohl Freunde haben.« Sie stockte, sah Anna an und legte verlegen den Kopf schief. »Auweia. Jetzt bin ich gemein. Oder?«

Anna hatte Judy aufmerksam zugehört und sie nicht ein einziges Mal unterbrochen. Jetzt bemerkte sie: »Jedenfalls hast du in den letzten zehn Minuten ungefähr siebenunddreißig Mal betont, dass du nicht sauer bist.«

»Bin ich ja auch gar nicht«, behauptete Judy.

»Achtunddreißig«, versetzte Anna prompt.

»Ich meine doch nur«, ereiferte sich Judy und weigerte sich zu glauben, dass Annas Aufrechnung stimmte. »Es ist alles so super gelaufen. Der Abend war so wunderbar, quasi perfekt.« Sie merkte, dass sie gerade denselben Gedanken nachhing wie

Levke, vorgestern, auf dem Weg zum Krankenhaus. Und jetzt benutzte sie sogar beinahe dieselben Worte. »Und dann«, fuhr sie fort, »und dann …«

Anna beendete den Satz: »Läuft die böse Vivica einfach vor ein Auto und lässt sich das Knie kaputtfahren. Wie kann sie es wagen.«

Judy biss sich auf die Lippe. Schuldbewusst blickte sie zu Anna auf. »Ich *weiß*«, sagte sie kläglich und schob die Unterlippe vor.

»Oh, nein, nein, nein, Judy«, sagte Anna sehr bestimmt und schüttelte heftig den Kopf. »Setz jetzt bloß nicht deinen Dackelblick auf. Damit kommst du bei mir nicht weit, das solltest du langsam gelernt haben.«

Judy seufzte schwer – schon wieder. »Ich bin nicht sauer«, wiederholte sie eigensinnig und sah, dass Anna schon Luft holte. Rasch kam sie ihr zuvor: »Neununddreißig!« Nicht nur Anna konnte zählen. »Okay«, lenkte sie dann in einen Anfall von Selbsterkenntnis ein, »ich *versuche,* nicht sauer zu sein. Aber ein bisschen verschnupft bin ich wohl trotzdem. Findest du das schlimm?« Sie schielte zu Anna hinüber.

Zu ihrer Erleichterung blickte diese weder strafend noch ironisch. Sie räumte sogar ein: »Ich finde es zumindest verständlich.«

Die Rückendeckung tat gut. Judy überlegte. »Denkst du, Levke findet es schlimm?«

»Nach dem, was du mir über sie erzählt hast, versteht sie es wahrscheinlich noch viel besser als ich.«

Wieder schob Judy einen Fleischkloß auf ihrem Teller herum. Trotzdem fühlte sie sich jetzt ein klein wenig besser. Sich Anna zu öffnen, half ihr, langsam ihre eigenen Gefühle zu sortieren. Von denen fraglos nicht alle positiv waren. Selbst das hatte sich Judy nicht recht eingestehen mögen – nicht nur wegen Levke, sondern weil sie ganz allgemein glaubte, sich solche unlauteren Anwandlungen nicht erlauben zu dürfen. Weil dann jeder Yogi-Meister der Welt die Hände über dem Kopf zusammenschlagen würde.

Aber die eigentliche Herausforderung bestand ja nicht darin, gewisse Emotionen nicht zu *haben.* Die Frage war, wie man mit ihnen umging. Oder?

»Vielleicht«, sagte Anna in diesem Moment, »ist es erst einmal gar nicht so wichtig, was Levke denkt.«

»Hm?« Judy konnte der Freundin nicht ganz folgen.

»Du solltest jetzt erst mal darüber nachdenken, wie es dir mit der Situation geht«, verdeutlichte Anna.

Judy kapierte immer noch nicht. »Wie es mir –?«

Anna fiel ihr ins Wort: »Findest *du* es denn schlimm, was Levke getan hat? Dass sie zu Vivica wollte, nachdem sie von ihrem Unfall erfahren hat? Und dass sie auch danach einige Dinge für sie regelt?«

Judy grübelte. Es war gar nicht so einfach, sich diesen Regungen zu stellen, die sie selbst für unangemessen und falsch hielt. »Also, abgesehen von einem gewissen Gefühl von irrationaler Eifersucht ...«

»Ja?«

»Also, es ist wirklich, wirklich nur ein ganz klitzekleines bisschen Eifersucht, und ich sagte ja auch schon, sie ist nicht rational ...«

»Ja?«

Judy seufzte und legte die Gabel hin. »Ganz ehrlich? Ich hätte es viel, viel schlimmer gefunden, wenn Levke all das nicht für Vivica tun würde, Exfreundin hin oder her. Ich glaube, genau deswegen mag ich sie so. Sie hat diese Art, weißt du ... dieses Sanfte, irgendwie Selbstlose. Sie denkt immer viel mehr an andere als an sich.« Sie lächelte versonnen vor sich hin. »Sie ist einfach unglaublich toll, Anna. Verstehst du? Und gerade weil sie so toll ist, komme ich mir umso mieser vor. Weil ich wegen so ein paar Kleinigkeiten insgeheim so grantig bin.«

Anna lächelte. »Hast du«, fragte sie, »Levke das schon mal gesagt? Genau so?«

Judy stutzte. Blinzelte. Dann schob sie ihren Teller weg, lief einfach um den Tisch herum und drückte die verdutzte Freundin kurz an sich. »Danke«, sagte sie überschwänglich. »Danke, Anna.

Du bist ein Genie, weißt du das? Du bist ein gottverdammtes Genie.«

Anna blieb sitzen und sah verwirrt zu, wie Judy aus der Kantine stürmte. »Ähm«, sagte sie. »Ja. Gern geschehen. Oder so ähnlich.«

Nach dem siebten Klingelton nahm Levke den Anruf an.

»Es tut mir leid«, sagte Judy ohne Umschweife.

Kurzes Schweigen am anderen Ende der Leitung. »Hi, Judy«, sagte Levke dann, und es klang ein wenig überrascht. Judy hörte es rascheln, so als wechsele Levke ihre Position. »Was meinst du damit, es tut dir leid? Ich –«, Levke zögerte, »ich wüsste nämlich nicht, dass du irgendwas angestellt hättest.«

»Ich meine, wegen gestern Abend«, sagte Judy. »Du hast mich gebraucht. Und ich habe dich quasi weggeschoben. Das war nicht richtig.«

Erneut schwieg Levke kurz. »Aber du warst doch sehr lieb zu mir. Und das hat mir wirklich gutgetan. Außerdem«, sie seufzte leise, »war ich ja auch ziemlich durch den Wind.«

Schon wieder. Judy schüttelte milde lächelnd den Kopf. Sie war diejenige, die sich nicht so verhalten hatte, wie Levke es von ihr hätte erwarten können. Und Levke nahm die Sache auf sich. Herrje, was sollte sie nur mit ihr machen?

»Machst du dir etwa Sorgen, weil ich heute beim Frühstück so still war?«, hakte Levke nach. Und traf damit tatsächlich ein bisschen ins Schwarze. Natürlich hatte Judy sich gefragt, was wohl in Levke vorging. Denn so viel wusste Judy inzwischen: Levke war nicht der Typ, der sich beschwerte. Wenn ihr etwas gegen den Strich ging, dann wurde sie nicht laut. Sondern leise. Und heute beim Frühstück hätte sie jeden Schweigewettbewerb dieser Welt gewonnen.

»Das hat absolut nichts zu bedeuten«, setzte Levke jetzt erklärend hinzu. »Morgens sage ich nie sehr viel.«

»Bist du etwa ein Morgenmuffel?« Judy musste unwillkürlich grinsen.

»Ja«, meinte Levke und lachte verlegen. »Ich schätze, Morgenmuffel trifft die Sache ganz gut.«

»Wie süß«, entschlüpfte es Judy.

Einen Moment lang sagte keine von ihnen etwas.

Dann fasste Levke zusammen: »Also, noch mal zum Mitschreiben, Judy. Du musst dir absolut keine Sorgen machen. Ich hab dich gestern gebraucht. Und du warst da. Also: Alles okay.«

»Wirklich?«

»Wenn ich's dir doch sage.«

Na dann, dachte Judy. Umso besser.

»Sag mal, Levke«, brachte sie dann ihr zweites Anliegen nach der Entschuldigung vor, »hast du vielleicht Lust, heute Abend zum Essen vorbeizuschauen? Ich hab da ein total spannendes Gericht entdeckt, das ich schon lange mal ausprobieren wollte. Indisch natürlich. Was auch sonst.« Sie lachte kurz und verlegen und fühlte sich dann bemüßigt, Levke noch ein bisschen den Mund wässrig zu machen: »Mit Curry. Und Mandeln und Reis und Rosinen. Eigentlich wollte ich es dir als eine Art Wiedergutmachung anbieten. Aber wenn du sagst, dass es gar nichts wiedergutzumachen gibt, dann machen wir uns eben einfach so einen schönen Abend. Sofern du Lust hast, in Sachen Essen mein Versuchskaninchen zu spielen.«

Außerdem, fügte Judy in Gedanken hinzu, hatte sie Levke noch einiges zu sagen. Zum Beispiel, wie großartig sie war. Dass sie, Judy, jetzt nach alldem sogar noch mehr in sie verschossen war als vorher schon. Dass es völlig unsinnig war, das Gegenteil anzunehmen.

Nein. Sie war nicht sauer. Jetzt wirklich und wahrhaftig nicht mehr.

Für all diese Mitteilungen war ein leckeres Essen zu zweit doch wirklich ein geeigneter Rahmen. Und vielleicht, diesen kleinen Hintergedanken gestattete Judy sich, gab es im Anschluss ja sogar noch mehr Dinge, die man zu zweit anstellen konnte.

»Na?«, fragte sie deshalb nach, als Levke nicht sofort antwortete. »Was meinst du?«

Erneutes Schweigen am anderen Ende der Leitung. »Heute ist schlecht«, sagte Levke schließlich.

»Oh«, meinte Judy. »Okay, dann morgen?«

»Morgen ... passt es auch nicht so richtig.«

Jetzt wurde Judy stutzig. »Übermorgen?«, schlug sie dennoch vor.

»Ehrlich gesagt, Judy ...« Levke rang offenbar nach Worten. »Ich hab in der nächsten Zeit eine Menge um die Ohren.«

»Okay«, meinte Judy. »Klar. Kann ich verstehen. Als Selbständige ist das wohl manchmal so.«

»Es ist nicht nur die Arbeit«, räumte Levke ein.

Jetzt horchte Judy auf. Sondern ...?

»Ich muss hier noch einiges organisieren«, fuhr Levke hörbar unbehaglich fort. »Bei Vivica steht demnächst eine OP an, du weißt schon, wegen ihrem Bein. Und außerdem muss ich ...« Sie zählte noch einige andere Dinge auf, die zu erledigen waren. Doch das alles rauschte eher an Judy vorbei, als dass sie sich wirklich darauf konzentrieren konnte.

Es war doch zum Mäusemelken. Sobald Vivicas Name ins Spiel kam, bekam sie unweigerlich ein flaues Gefühl im Bauch. Dabei hatte sie sich doch so fest vorgenommen, unvoreingenommen zu sein.

»... nicht wahr, Judy?«, schloss Levke in diesem Moment. »Das verstehst du doch. Oder?«

»Klar«, hörte Judy sich sagen. »Na sicher, das verstehe ich total.«

Nach einer weiteren Sekunde des Schweigens sagte Levke: »Ach, Judy, es tut mir so leid.« Sie klang ehrlich bestürzt. »Ich habe gerade ein total schlechtes Gewissen, dich so auflaufen zu lassen.«

Hm, dachte Judy. Dann wären wir ja schon zu zweit. Wäre nur schön, wenn wir beide etwas Angenehmeres hätten, das wir uns teilen könnten, als abwechselnd aufkommende Gewissensbisse.

Levke schien kurz nachzudenken. »Pass auf«, meinte sie dann. »Was hältst du davon: Es ist doch schon bald wieder Freitag. Und

Freitag ist Yogakurs. Dann sehen wir uns. Und vielleicht können wir hinterher noch etwas Schönes machen. Was sagst du?«

Freitag? Judy stieß einen abgrundtiefen inneren Seufzer aus. Bis Freitag war es doch noch eine Ewigkeit. Aber immerhin, besser als nichts.

»Okay«, sagte sie. »Dann eben Freitag. Aber versprich es mir.«

»Versprochen«, sagte Levke.

Damit war Judy schon fast wieder versöhnt.

»Also dann«, sagte Levke. »Wir sehen uns beim Yoga. Und, ähm, Judy?«

»Ja?«

»Danke, dass du angerufen hast.«

»Klar doch«, sagte Judy lächelnd. Sie lächelte immer noch, als sie das Handy vom Ohr nehmen wollte, um aufzulegen.

Doch gerade als sie zu der Bewegung ansetzte, hörte sie eine zweite, weibliche Stimme aus dem Hintergrund. Sie klang ein bisschen träge und irgendwie verschlafen.

»Levke ...?«, sagte die Stimme. »Ich glaube, auf der Station sind Handys gar nicht erlaubt.«

Das Letzte, was Judy hörte, war Levkes Antwort. »Hey, Viv! Ich dachte, du schläfst noch ...« Dann brach die Verbindung ab.

Wie betäubt starrte Judy auf den Hörer. »Das darf doch nicht wahr sein«, murmelte sie.

5

Viv. Das war doch wohl nichts anderes als eine Abkürzung für Vivica. Oder nicht?

Levke war also bei Vivica.

Je länger Judy darüber nachdachte, desto sicherer wurde sie. Während Levke mit ihr telefoniert hatte und Judy sich zuerst mühsam ihre Entschuldigung zurechtbuchstabiert und anschließend vergeblich versucht hatte, sie zu einem gemeinsamen Essen zu überreden, war Levke offensichtlich schon wieder auf der Krankenstation gewesen. Wahrscheinlich hatte Vivica während des ganzen Gesprächs neben ihr gelegen.

»Aber das ist doch eher ein gutes Zeichen«, meinte Anna, als Judy sie später etwas verzweifelt erneut um Rat fragte. »Ich meine, wenn sie praktisch in Vivicas Beisein mit dir telefoniert, dann spricht das doch eher für einen offenen Umgang mit diesem Thema.«

Judy war nicht überzeugt. »Ich finde es ehrlich gesagt nicht besonders offen, wenn ich nicht erfahre, dass Vivica praktisch mithört.«

»Hast du denn danach gefragt?«, konterte Anna.

Judy blickte sie schuldbewusst an.

»Aha«, meinte Anna. »Siehst du?«

Judy senkte die Augen und sah zu Boden. Sie war also wieder einmal übereifrig gewesen und hatte dabei das genaue Gegenteil von dem erreicht, was eigentlich ihr Plan gewesen war: Ruhe ausstrahlen und Rücksicht nehmen. Vielleicht sollte sie sich mal ein paar Yogapositionen heraussuchen, die ihre manchmal etwas überschießende Energie ein bisschen bremsten. Oder einfach weniger Kaffee trinken.

»Okay, okay«, sagte sie zu Anna und hob den Blick. »Du hast ja recht. Schon wieder.«

»Und du hör auf, dir so viele Sorgen zu machen«, empfahl Anna. »Davon kriegt man Falten.«

Judy versuchte, den Rat zu befolgen. Sie hatte keine Lust auf überflüssige Falten. Und außerdem war ja bald Freitag.

Sie quälte sich also durch ihre Woche. Stand morgens auf. Machte ihren Job. Ging joggen. Und versuchte, nicht mehr alle zehn Minuten ihr Handy zu kontrollieren, in der Hoffnung, dass Levke angerufen hatte. Weil sie es sich nun vielleicht doch noch anders überlegt und bereits am Mittwoch Appetit auf Curry, Rosinen und Mandeln hatte.

Levkes Anruf kam am Donnerstagabend. Judy war gerade im Auto auf dem Weg nach Hause, als ihr Display aufleuchtete. Sofort schlug ihr Herz schneller, und sie fuhr rasch an den Straßenrand. Sie besaß zwar eine Freisprechanlage, doch mit Levke am anderen Ende der Leitung traute sie sich nicht zu, parallel den Straßenverkehr zu meistern. Und als sie den Grund für Levkes Anruf erfuhr, wusste sie, dass diese Vorsichtsmaßnahme berechtigt gewesen war.

»Ich schaffe das morgen nicht«, sagte Levke. »Zum Yoga meine ich.«

Judy schwieg einen Moment lang, schloss kurz die Augen und versuchte, den schweren, schwarzen Klumpen, der sich in ihrem Magen breitmachte, zu ignorieren. »Okay«, sagte sie dann. »Tja. Da kann man nichts machen.«

»Ich würde wirklich gern kommen«, beteuerte Levke. »Die Sache ist bloß die: Ich hab seit Tagen schon wieder diese üblen Nackenschmerzen, weißt du noch? Dieses Mal sind sie richtig schlimm. Praktisch jede Bewegung tut weh. Da bringt es doch nichts, wenn ich zum Yoga gehe und die meiste Zeit nur blöd auf der Matte sitze, weil ich den Großteil der Übungen nicht mitmachen kann.«

Das, dachte Judy, hörte sich fast so an, als ob Levke sich schon wieder für etwas entschuldigte, wofür sie nichts konnte. In diesem Fall eben dafür, dass ihr etwas wehtat. Herrje, es war doch immer dasselbe mit ihr.

»Es wäre auf jeden Fall Quatsch, wenn du dich zum Kurs zwingst, obwohl es dir schlechtgeht«, meinte Judy. Das war vage genug, um es als Zustimmung zu deuten. Sie konnte förmlich sehen, wie Levke am anderen Ende aufatmete.

»Ja, nicht wahr?«, hakte Levke nach, als müsse sie sich vergewissern.

»Ja«, sagte Judy.

Einen Moment lang herrschte Schweigen. Judy wartete. Sie wusste selbst nicht genau, worauf. Vielleicht darauf, dass Levke noch etwas sagte, um ihr entgegenzukommen? Irgendeine Alternative vorschlug? Vielleicht ein gemeinsames Kaffeetrinken am Wochenende? Etwas ganz Kurzes, nur auf ein Stündchen. Das würde doch schon reichen.

Bitte, Levke, dachte sie. Irgendetwas!

Tatsächlich hob Levke plötzlich wieder an: »Judy?«

»Hm?«

»Du sagtest doch –«, Levke zögerte, »also, dass du dich mit so etwas auskennst. Mit steifem Nacken und so.«

»Ja?« Judy modulierte ihre Antwort als neue Frage.

»Meinst du … also, denkst du, ich …«, Levke räusperte sich, »ich sollte da mal einen Fachmann draufschauen lassen?«

Jetzt, endlich, ging Judy ein Licht auf. »Du, sag mal, Levke«, begann sie und spürte, wie sie hoffnungsvoll in den Hörer zu lächeln begann. »Kann es vielleicht sein, dass du möchtest, dass *ich* mal vorbeikomme? Dass *ich* mir deinen Nacken mal ansehe?«

Stille am anderen Ende der Leitung.

»Ja«, kam schließlich die Antwort. »Das wäre schön.« Das klang sehr verlegen und sehr, sehr kleinlaut. »Natürlich nur, wenn du Zeit hast und es dir nichts ausmacht und –«

»Sag mir einfach, wo ich hinmuss«, unterbrach Judy strahlend. »Übrigens, hast du schon gegessen?«

Als Judy bei nächster Gelegenheit wendete und aufs Gas trat, ärgerte sie sich wieder einmal darüber, dass sie ihr Studium abgebrochen hatte und deshalb keine fertige Frau Doktor war. Denn dann würde sie jetzt nicht in ihrem altersschwachen VW sitzen. Stattdessen stünde ihr ein Notarztwagen nach neuesten technischen Standards zur Verfügung. Mit Blaulicht und Sirene, dachte sie, könnte sie noch viel schneller bei Levke sein.

Die Goldschmiedewerkstatt lag direkt in der Innenstadt in einem alten Fachwerkhaus. Levke hatte Judy bei Gelegenheit einmal erzählt, dass sie zusätzlich die Einzimmerwohnung darüber angemietet hatte, um dort ihr Büro einzurichten und ein bisschen Material zu lagern. Die Miete war horrend, und eigentlich war der Raum viel zu groß für ein Büro. Doch dafür hatte Levke nach der Trennung nicht mühsam nach einer neuen Bleibe suchen müssen, sondern einfach ihre Habseligkeiten in dieser Wohnung untergebracht. Das würde natürlich nicht für immer so gehen, hatte Levke eingeräumt, aber fürs Erste reiche es. Derzeit hauste Levke also mit all ihren Sachen auf engstem Raum, der, das war aus ihren Beschreibungen zu schließen, aus allen Nähten platzen musste.

Judy konnte es nicht leugnen: Sie war sehr gespannt auf Levkes Domizil.

Bereits von weitem erkannte sie, dass bei der angegebenen Adresse noch Licht im Erdgeschoss brannte. Und als sie ihr Auto geparkt hatte und neugierig durch das Ladenfenster spähte, sah sie doch tatsächlich Levke drinnen an einer Werkbank sitzen: vornübergebeugt und mit konzentriertem Blick an einem Stück Metall herumhantierend.

Judy seufzte. Verspannter Nacken, hm? Na, wenn Levke sich so wenig schonte, dann war das wohl kein Wunder.

Die Tür war bereits abgeschlossen, also klopfte Judy einfach ans Fenster. Als Levke die Vordertür wieder aufgesperrt hatte, lächelten sie sich einen Augenblick lang nervös an. Es war Levke, die die Initiative ergriff. Vorsichtig, so als befürchte sie Widerstand, nahm sie Judy in die Arme. Judy erwiderte die Geste mit derselben Bedachtsamkeit. Und spürte durch den Pullover hindurch, obwohl sie die Finger nur ganz sachte auf Levkes Rücken legte, die verhärtete Muskulatur darunter.

Levke gab sie wieder frei und schnupperte in der Luft herum. »Das riecht lecker«, sagte sie.

Judy hielt ihr lächelnd die mitgebrachten Essenstüten hin. »Curry mit Rosinen gefällig?«

»Selbstgekocht?«, fragte Levke augenzwinkernd.

»Schön wär's. Nein, von unserem Inder«, räumte Judy ein. »Aber ich hab es mit viel Liebe ausgesucht, ehrlich.«

»Na, das ist doch vollkommen ausreichend.«

Sie aßen direkt in der Werkstatt. Obwohl Judy bei ihren Treffen sonst immer nur Augen für Levke hatte, blickte sie sich nun immer wieder verstohlen in den Räumlichkeiten um. Und war ganz verzaubert. Levkes Arbeitsplatz war ein echtes Kleinod. Bereits der Duft, der Judy schon beim Eintreten umweht hatte, war etwas Besonderes, eine Mischung aus Metall, Reinigungsalkohol und Levkes Rosenblütenshampoo. Die unverkleideten Fachwerkstreben teilten den Raum auf eine ganz natürliche Weise ein.

Das Material, Silber, Edelsteine und was eine Goldschmiedin sonst noch so brauchte, lag hier natürlich nicht offen herum. Dafür glitzerte und blinkte es in den Schaufenstern und den beleuchteten Ausstellungsvitrinen, und funkelnde Lichtpunkte fielen auf den Steinboden direkt zu Judys Füßen, die sie an die Libellenflügel bei ihrem Picknick denken ließen. Hinten an der Wand entdeckte Judy das Regal mit den Werkzeugen. Bei den meisten konnte sie sich nicht einmal im Ansatz vorstellen, was man damit anstellen konnte. In ihrer Vorstellung war Levke so etwas wie eine Mischung aus Künstlerin, Handwerkerin und präzise arbeitender Chirurgin. Das hatte sie bereits damals gedacht, als Levke ihr seinerzeit den Ring ihrer Oma nach der Umarbeitung zurückgegeben hatte. Unnötig zu erwähnen, dass er nach Levkes Bemühungen wie angegossen gepasst hatte. Und dass Levke von einer Bezahlung nichts hatte hören wollen.

»Ich könnte den Ring auch noch polieren, wenn du möchtest«, hatte sie stattdessen gesagt. »Aber ich dachte, weil es ein Erbstück ist, magst du die Gebrauchsspuren darauf vielleicht?«

Judy hatte zärtlich über die vielen kleinen Kratzer auf dem Ring gestrichen, die sich im Laufe der Jahre dort angesammelt hatten, und sich gewünscht, ihre Oma hätte Levke kennenlernen können. Die alte Dame und die scheue Goldschmiedin hätten einander geliebt, da war Judy sicher.

»Woran hast du gerade gearbeitet?«, erkundigte sich Judy nun kauend und warf einen neugierigen Blick auf die Utensilien, die neben ihnen auf Levkes Werkbank lagen. Einige Metalle, Zwingen und daneben ein aufgeschlagenes, ledergebundenes Notizbuch mit Skizzen darin.

»Oh, das?«, meinte Levke, Judys Blick folgend. »Ach, nichts Besonderes. Ich experimentiere im Moment ein bisschen herum.«

»Darf ich mal sehen?«

»Nein«, sagte Levke rasch. »Ist noch nicht fertig. Und außerdem bloß eine Spielerei.« Hastig langte sie über den Tisch hinweg und klappte das Notizbuch zu. Mitten in der Bewegung sog sie plötzlich heftig die Luft ein und nahm augenblicklich eine schonende Kauerhaltung ein. »Au«, stöhnte sie und rieb sich den Nacken.

Judy stellte die Styroporschale mit ihrem halb aufgegessenen Curry beiseite. »Dann wollen wir uns doch mal um deinen Rücken kümmern.«

»Das hat doch Zeit«, wehrte Levke mit einem Blick auf Judys Essen ab.

»Oh, keine Sorge«, meinte Judy und stand auf. »Du kannst in Ruhe weiteressen.«

Wenn man das Ideal der Entspannung erlernen wollte, so hatte sie während ihrer Ausbildung gelernt, sollte man sich ein schlafendes Katzenbaby zum Vorbild nehmen: Nahm man es hoch, so spürte man keinerlei Anspannung. Sämtliche Muskeln waren weich wie Gummi. Judy hatte zwar nie die Gelegenheit gehabt, das Ganze am lebenden Objekt auszuprobieren, aber eine ungefähre Vorstellung von diesem Idealzustand hatte sie durchaus. Deswegen war sie nun umso sicherer, dass Levke gerade als absolutes Negativbeispiel für jeden angehenden Physiotherapeuten hätte herhalten können. Ihre Schultern passten jedenfalls viel eher zu einer gestressten Katzenmutter, die einen ganzen Wurf von Kätzchen vor bösen Hunden beschützen musste.

»Was hast du denn nur gemacht?«, wunderte sich Judy, während sie Levkes Schultern durchknetete, um wenigstens die schlimmsten Verspannungen zu lockern. »Das war am letzten Samstag nicht einmal ansatzweise so schlimm.«

Tja, unkte ihr kleines, böses, inneres Stimmchen. Was hat Levke seit Samstag gemacht, hm? Denk mal scharf nach. Es könnte etwas mit einer gewissen Exfreundin zu tun haben.

Sie biss sich auf die Lippen. »Entschuldige ... Das war taktlos von mir. Schon klar, was dich beschäftigt hat.« Anschließend massierte sie schweigend und konzentriert weiter.

»Du, Judy?«, fragte Levke irgendwann.

»Hm?«

»Bist du ganz sicher nicht sauer auf mich?«

»Nein«, sagte Judy.

»Du fängst aber«, Levke bewegte sich unbehaglich unter ihren knetenden Händen, »gerade an, ziemlich hart zuzudrücken.«

Sofort ließ Judy von ihr ab. »Tut mir leid«, sagte sie zerknirscht. Dann überlegte sie. Sie wollte ehrlich sein. »Nein«, sagte sie schließlich, »ich bin nicht sauer. Nicht wirklich jedenfalls. Ich ... weiß nur einfach nicht so recht, woran ich bin. Wo wir beide gerade stehen, verstehst du?«

Und, fügte sie stumm hinzu, wer von uns beiden dir gerade wichtiger ist. Vivica oder ich?

»Kann ich dir nicht verdenken«, antwortete Levke in ihre Gedanken hinein. »Die ganze Sache ist ja auch gerade verflixt kompliziert.« Sie seufzte. »Im Grunde ist das, was ich mache, ja völlig bescheuert. Ich meine, Vivica und ich sind getrennt. Und trotzdem scharwenzele ich um sie herum. Trage ihr ihre Wäsche ins Krankenhaus hinterher und lauter so Sachen. Hallo? Was sagt das bitte schön über mich aus?«

»Was das über dich aussagt?«, echote Judy. »Tja, mal überlegen.« Sie ließ eine kleine, künstliche Pause folgen, um ihre Antwort besser wirken zu lassen: »Es zeugt von Verantwortung. Und –«, sie zögerte kurz, »davon, dass du ein unglaublich toller Mensch bist.«

Levke stutzte. »Wow«, sagte sie dann. »Ich hätte ja mit einigem gerechnet. Aber nicht damit, dass du es so siehst.«

Judy hob die Schultern. »Ich hatte ausreichend Zeit, darüber nachzudenken«, meinte sie. Und ein bisschen Hilfe von einer sehr schlauen Freundin aus Fernost, fügte sie im Stillen hinzu, aber das musste sie Levke nicht unbedingt auf die Nase binden.

Levke stützte den Kopf in die Hände und seufzte schwer. »Du bist wirklich total super, Judy, weißt du das? Aber ich habe im Moment das Gefühl, dass ich dich gar nicht richtig wertschätzen kann. Im Moment sitze ich zwischen allen Stühlen. Und ich habe Angst, dich abzuschrecken. Ich meine, ich hab sogar meine böse Schulter als Vorwand nehmen müssen, um dich bei mir zu haben. Wie armselig ist das denn?«

»Also das hier«, sagte Judy und tastete den Muskelknoten ab, »ist kein Vorwand, so viel ist mal sicher. Das ist beinahe schon ein medizinischer Notfall.« Sie unterbrach die Massage und trat vor Levke hin. »Und davon abgesehen brauchst du keine solchen Ausreden, okay? Sag nur einen Ton, und ich bin da.«

Levke musterte sie zweifelnd. »Ernsthaft?«

»Natürlich.« Judy lächelte. »Sonst würde ich es dir nicht anbieten.«

Noch immer sah Levke nicht überzeugt aus. »Jetzt komme ich mir noch armseliger vor«, murmelte sie. »Tut mir leid, dass ich diesen … Umweg gemacht habe. Ich –« Sie sah aus, als wollte sie noch mehr sagen, winkte dann aber ab. »Ach, ist nicht so wichtig.«

Da war Judy sich nicht so sicher. Einen Moment lang fragte sie sich, ob sie nachhaken sollte. Weil sie ahnte, dass es wichtig sein könnte, wie genau Levke diesen Satz vollendet hätte. War diese kleine Ausweichstrategie etwa das, was Vivica tun würde, um Levke wieder näher an sich zu binden? War Levke deshalb so verstört über ihre eigenen Handlungen? Weil sie in ihnen die Wiederholung eines gewissen … Musters erkannte?

Nein, rief Judy sich zur Ordnung. Sie konnte doch nicht schon wieder einer Unbekannten etwas unterstellen, wofür sie nicht den geringsten Anhaltspunkt hatte, von ihrem Unwillen gegen das Konzept Exfreundin einmal abgesehen. Den man nun wirklich nicht als stichhaltigen Hinweis werten konnte.

»Aber bei allem Verständnis«, fuhr Levke nun fort, »und auch wenn du nicht sauer bist: Die Situation ist für dich nicht einfach, oder?«

Diese Vermutung hätte Judy beinahe vehement abgestritten. Ob es ihr etwas ausmachte, dass Levke sich derzeit andauernd um ihre Exfreundin kümmerte? Sich praktisch ein Bein für sie ausriss? Ob das schwer für sie war? Gott bewahre. Das war doch ein Klacks.

Doch dann entschied sie sich für die Wahrheit. »Also«, begann sie, »natürlich mache ich mir so meine Gedanken. Und …« Sie holte Luft. »Ich müsste lügen, wenn Vivica, von meiner Perspektive aus betrachtet, in der letzten Woche nicht die meistgehasste Frau auf diesem Planeten gewesen wäre.« Sie lachte dabei, um

Levke zu zeigen, dass sie es nicht ganz so ernst meinte, wie es sich vielleicht anhörte. Doch sie merkte selbst, wie angestrengt ihr Lachen klang. »Weißt du«, meinte sie dann, »möglicherweise würde es für mich leichter werden, wenn –« Sie stockte, plötzlich unsicher, ob sie weitersprechen sollte.

»Wenn?«, fragte Levke nach.

»Wenn ich ein bisschen mehr von ihr wüsste.« Judy blickte Levke direkt ins Gesicht. »Natürlich nur«, fügte sie rasch hinzu, »wenn du mir von ihr erzählen magst.«

Levke deutete ein Schulterzucken an. »Wieso eigentlich nicht? Früher oder später ist das ja wohl ohnehin fällig.« Und dann tat sie ihr Bestes, um das Bild von Vivica in Judys Kopf ein klein wenig zu vervollständigen.

Levke und Vivica hatten sich auf einem Seminar kennengelernt. Wie es der Zufall wollte, waren sie nämlich beide in derselben Branche beschäftigt: Levke hatte gerade ihre eigene kleine Goldschmiedewerkstatt eröffnet, und Vivica arbeitete bei einem edlen Juwelier in der Einkaufsmeile.

Levke war als Dozentin auf der Konferenz gewesen. Nichts Großartiges, wie sie Judy rasch versicherte, nur ein kleiner Vortrag über den kreativen Umgang mit preisgünstigen Materialien. Die Nische zwischen Modeschmuck und zeitlosem, edlem Design. Chancen und Möglichkeiten. So etwas eben. Der Vortrag dauerte kaum eine Viertelstunde, doch Levke zufolge war es die längste Viertelstunde ihres Lebens gewesen. Sie hatte sich mehrfach verhaspelt und einmal sogar erwogen, den Spickzettel mit den Stichworten aus ihrer Hosentasche zu ziehen. Nur um dann festzustellen, dass sie gar keine Hosentasche hatte, weil sie sich für diese Veranstaltung in ein dreiteiliges Kostüm mit Rock gezwängt hatte. Die ungewohnte Kleidung tat ein Übriges, um den Vortrag zu einem drittklassigen Gestammel werden zu lassen.

Judy bezweifelte zumindest diesen Teil der Geschichte. Auch wenn Levke damals noch etliche Jährchen jünger gewesen sein musste – immerhin hatte sie genug Mut und Leidenschaft besessen, um den Sprung in die Selbständigkeit zu wagen. Und außerdem: Wer sie einmal in ihrem Element erlebt hatte und wusste, welche Aufmerksamkeit sie auch auf die winzigsten Details richtete, der konnte sich kaum vorstellen, dass sie wie ein stotterndes Schulmädchen dort auf dem Podest stand.

Nach dem Vortrag lungerte Levke, heilfroh, dass sie es überstanden hatte, im Foyer herum und belohnte sich mit einem kleinen Glas Sekt. Da trat eine Frau zu ihr. *Vesthal,* stand auf ihrem Namensschild. *Vivica Vesthal.* Auf dieses Namensschild hatte Levke als zweites geschaut. Sie hatte dorthin schauen müssen, weil die strahlend grünen Augen dieser Frau so tief und so intensiv gewesen waren, dass sie ihren Blick nicht lange aushalten konnte.

»Toller Vortrag«, hatte Frau Vesthal sie begrüßt und ihr eigenes Glas gehoben.

»Danke«, hatte Levke leise geantwortet.

»Also, ich könnte so was ja nicht«, war Frau Vesthal fortgefahren. »Ich habe schon als Schülerin Referate gehasst. Habe mich gedrückt, wo ich konnte.«

Levke hatte sich noch nicht ganz von den grünen Augen erholt und konnte nur stammeln: »Ach ja?«

»Allerdings.« Ein Lächeln war aufgeblitzt. »Also: Auf Sie. Und auf Ihre reife Leistung.« Mit einem zarten Klingen waren ihre Gläser aneinandergestoßen.

Der Rest der Geschichte war, sagte Levke, ebenso vorgezeichnet wie schnell erzählt. Aus dem einen Sekt wurden mehrere. Aus dem Nachmittag wurde Abend. Aus dem Foyer wurde die Hotelbar, aus dem Sekt Champagner. Frau Vesthal hatte zur Feier des Tages gleich eine ganze Flasche geordert. Zu diesem Zeitpunkt hieß sie für Levke längst Vivica.

Es war nicht das erste Mal, dass Levke eine Frau küsste, aber das erste Mal, dass sie dazu Champagner trank.

Aus der ersten Nacht wurden viele. Aus den Verabredungen wurde eine Beziehung und schließlich etwas Festes mit allem Drum und Dran: Urlaubstrips nach Sylt, an den Timmendorfer Strand, Reihenhaus in der Vorstadt, Einbauküche nach Maß, Blumenbeet im Vorgarten. Ein echtes Klischee, wie Levke zugab.

Aber Klischees, fügte sie hinzu, mussten ja nicht immer etwas Schlechtes sein.

»Im Grunde«, schloss sie, »hat es ja schon mit einem Klischee angefangen. Ich wäre Vivica garantiert gar nicht aufgefallen, wenn ich nicht da oben auf dieser Bühne gestanden hätte. Anschließend hat sie mir geschmeichelt. Und dann das eigene Licht unter den Scheffel gestellt. Mich damit ein bisschen erhöht, sich selbst ein wenig kleiner gemacht, als sie war. Und damit hatte sie plötzlich für Augenhöhe gesorgt. Tja.« Sie seufzte. »Im Grunde war das die einzige Möglichkeit, wie unsere Beziehung überhaupt zustandekommen konnte.«

Judy war sich nicht sicher, ob sie verstand, worauf Levke hinauswollte. Doch sie ahnte, dass sie besser nicht nachfragen sollte. Es schien ein schmerzhafter Gedanke zu sein, der Levke zu dieser etwas rätselhaften Aussage bewegte.

»Aber wenigstens war das Ende genauso klischeehaft«, setzte sie nach einer kurzen Pause hinzu. »Und somit passte es ins Gesamtkonzept.«

Auch diese Äußerung war zu kryptisch, als dass Judy sie wirklich hätte nachvollziehen können. Und hier war Nachfragen natürlich noch weniger angebracht.

»Tja«, meinte Levke abschließend, »das war's eigentlich. Vivica wohnt jetzt allein in dem Reihenhaus. Und ich«, sie blickte sich in ihrer Werkstatt um, »bin jetzt hier.«

Judy hatte so eine Ahnung, dass Vivica damit das größere Stück vom Kuchen abbekommen hatte, jedenfalls was den Komfort betraf. Aber eigentlich hatte sie sich ja vorgenommen, solche Gedanken zu unterlassen.

Als wäre sie ganz ähnlichen Überlegungen nachgegangen, sagte Levke plötzlich: »Aber immerhin bin ich mit dir hier. Nicht der schlechteste Tausch, den ich da gemacht habe.«

Judy sah sie an. »Das kannst nur du entscheiden.«

Einen Moment lang sprach keine von ihnen.

»Hör mal, Judy«, sagte Levke dann, »ich weiß nicht so richtig, wie ich es sagen soll. Das mit uns beiden ist noch so neu, und … es verwirrt mich mehr, als ich sagen kann. Es … ist schon seltsam genug, da für mich selbst Klarheit zu bekommen. Nach der Beziehung mit Vivica …« Sie hielt inne, wich Judys Blick aus und holte scharf Luft. »… da war ich, könnte man sagen, selbst ein Klischee. Ich bin fast erstickt in diesen ganzen bescheuerten Post-Trennungs-Gedanken. Du weißt schon.«

Ja, diesmal wusste Judy Bescheid. Gedanken wie: Nie wieder. Ich verliebe mich nie, nie, wieder. Zumindest in nächster Zeit nicht. Im kommenden Jahr auf keinen Fall, im Jahr danach nur ganz, ganz vielleicht und im Jahr darauf – bestimmt immer noch nicht. Wer braucht diesen ganzen Beziehungsstress eigentlich? Als Single hat man es ohnehin leichter. Und überhaupt: Andere Mütter haben auch schöne Töchter!

So in etwa?

Tja. Dumm nur, dass Levkes Trennung erst ein paar Monate her war und somit die offizielle – und vielleicht auch notwendige – Trauerzeit noch lange nicht verstrichen.

»Weißt du«, fuhr Levke fort, »eine Zeitlang, da bin ich einfach nur von einem Tag zum anderen gestolpert. Wusste nicht, wohin mit mir, wusste nicht, wie es weitergehen sollte. Ich meine, ich hab mir sogar die Haare abgeschnitten.« Sie lachte freudlos, griff sich an den Kopf und ließ ein paar Strähnen durch die Finger gleiten. »Aber bloß nicht zu kurz. Nicht einmal das habe ich mich getraut.«

»Wie sahen sie denn vorher aus?«, erkundigte sich Judy. Es war reine Neugier.

»Lang.« Levke zeigte auf ihr Steißbein. »Beinahe bis hier. Warte.« Sie stand auf, kramte in einer Schublade und förderte ein Foto zutage. »Hier sieht man es ganz gut.«

Judy betrachtete Levke, die in die Kamera blickte. Sie lächelte. Doch um ihre Augen lag ein eigenartig müder, beinahe trauriger Zug. Ihre Haare allerdings fielen ihr lang, dick und offen über den ganzen Rücken herab.

»Hübsch«, kommentierte Judy und reichte das Bild wieder zurück. »Aber so wie jetzt gefällst du mir besser.«

»Ich mir auch«, gestand Levke überraschend offen. »Mir gefällt einiges besser in letzter Zeit.« Bei diesen Worten lächelte sie Judy scheu an.

Wieder herrschte einen Moment Schweigen. Draußen fuhr ein Auto vorbei, die Scheinwerfer tasteten sich langsam an der Wand entlang.

»Weißt du, du bist einfach aus dem Nichts in mein Leben geplatzt. Und plötzlich ist alles so ... anders.« Levkes Lippen zuckten, es war eine Mischung aus Lächeln und Zittern. »Plötzlich scheint alles wieder Sinn zu machen. Dabei«, jetzt wurde ihre Stimme heiser, »weiß ich nicht einmal, wo du mit mir hinwillst.«

Wieso, fragte sich Judy stumm, ging Levke denn nur ganz selbstverständlich davon aus, dass sie, Judy, diejenige war, die den Weg vorgab? Den Weg, die Richtung und am Ende vielleicht sogar noch das Ziel bestimmte? In ihrer Wahrnehmung war das genaue Gegenteil der Fall.

Levke schluckte schwer. »Judy, ich ... ich will ehrlich zu dir sein. Ich weiß nicht, ob ich schon wieder bereit für etwas Neues bin. Aber dich hab ich wirklich verdammt gern.« Sie tastete nach Judys Hand. »Ich würde diesem neuen, spannenden Weg gern folgen. Einfach nur, um zu schauen, was passiert.«

»Dann«, sagte Judy ebenfalls heiser, »tun wir es doch einfach.«

»Einfach«, wiederholte Levke. Sie schluckte erneut, bewegte sich unruhig auf ihrem Stuhl. Judy hatte den Eindruck, dass sie etwas sagen wollte und die Worte dafür in ihrem Kopf hin und her bewegte, wieder verwarf und neu zusammensetzte.

»Hör mal ...«, sagte Levke schließlich, und jetzt hatte sich ihre Stimme verändert. Sie klang immer noch behutsam, aber nicht mehr ganz so weich wie zuvor. Judy hatte den unbestimmten Eindruck, dass diese Nuance für die Übermittlung unangenehmer Neuigkeiten reserviert war. Sie wartete nervös.

»Die Sache mit Vivicas Verletzung ... das ist keine Kleinigkeit, weißt du? Wir sind zwar nicht mehr zusammen, aber –« Levke machte eine kurze Pause, und Judy flocht pro forma ein Nicken ein. Dann fuhr Levke fort: »Vivica braucht im Moment einfach etwas Unterstützung. Und ich ... ich glaube, ich brauche das auch.« Das sagte sie in abschließendem Tonfall und mit ziemlicher Bestimmtheit, und dabei sah sie Judy auffordernd, vielleicht sogar ein klein wenig trotzig an.

Klar, dachte Judys Verstand nüchtern. Wer ohne Hilfe nicht einmal aus dem Bett krabbeln konnte, für den ergaben sich notwendigerweise ein paar Probleme im Alltagsleben. Mit einem zerlegten Knie konnte man weder Wasserkisten schleppen noch den Abwasch erledigen oder Wäsche aufhängen. Mit einer dicken Schiene und Krücken war sogar der Weg zur Toilette ... nun ja, zumindest ein kleines Abenteuer.

Das verstand Judy. Durchaus.

Aber wieso, meldete sich nun auch in ihr ein Hauch von Trotz, musste es ausgerechnet Levke sein, die Vivica bei alldem half? Wieso denn nicht irgendwer anders? Irgendjemanden musste es doch wohl geben.

Und dann ging ihr plötzlich ein Licht auf. Mit einem Schlag begriff sie den eigentlichen Sinn von Levkes Worten, erkannte die Botschaft zwischen den Zeilen.

Konnte es sein, dass Levke die Sache nicht nur aus reinem Verantwortungsbewusstsein durchzog? Auch wenn das sicher mit hineinspielte. Aber vielleicht brauchte Levke diese Zeit ja auch, um einen gewissen Abstand zu Vivica zu bekommen? Vielleicht betrachtete sie es nicht nur als ihre Pflicht, der Exfreundin beim Heilungsprozess beizustehen, sondern wollte damit auch einige ihrer eigenen Verletzungen heilen?

Denn egal, wie man es drehte und wendete: Unabhängig von Judy steckte Levke immer noch mitten in dem Prozess, eine Trennung zu verarbeiten. Mit einem geplatzten Traum fertigzuwerden. Und ihr Leben neu auszurichten.

Doch immerhin versuchte sie wenigstens, in diesem neuen Leben einen Platz für Judy zu schaffen.

Natürlich hatte Judy nie vorgehabt, von Levke zu fordern, sie möge sich doch gefälligst von Vivica fernhalten. Na schön, ja, sie war eifersüchtig, vermutlich sogar mehr als sie sich selbst eingestand. Aber wenn die folgenden Wochen sowohl für Levke als auch für Vivica eine Art Therapie darstellten, wer war Judy dann, sich dazwischenzustellen?

Judy ging vor Levkes Stuhl in die Hocke und nahm ihre Hände. »Okay«, sagte sie. »Ich denke, ich spreche für uns alle, Vivica eingeschlossen, wenn ich sage: Uns wäre es lieber, wenn Vivica *nicht* vor dieses Auto gelaufen wäre.« Und ja: Wenn sie ganz ehrlich zu sich selbst war, dann wäre es ihr auch lieber gewesen, wenn Vivica nach dem Unfall jemand anderen angerufen hätte. Ihre Mutter zum Beispiel. Ihren besten Freund. Den Briefträger. Oder sonst irgendwen, der nicht Levke war.

»Aber«, fuhr Judy fort, »die Sache ist nun einmal so, wie sie ist. Und jetzt müssen wir das irgendwie geregelt kriegen.«

»Ja«, sagte Levke und nickte zögernd.

»Um ehrlich zu sein«, meinte Judy und fing an, zärtlich Levkes Finger zu streicheln, »ich für meinen Teil bin nämlich auch neugierig, wo das mit uns beiden noch hinführen kann. Mit anderen Worten: Ich würde dem Weg auch gern folgen. Und wenn Vivica uns auf dieser Strecke ein Stück weit begleiten muss, dann …« Sie zuckte mit den Schultern. »Tja, dann ist das eben so.«

Levke betrachtete sie mit großen Augen.

Nur um auch sicherzugehen, dass Levke sie richtig verstand, fasste Judy zusammen: »Es ist okay, wenn du ihr in der nächsten Zeit ein bisschen unter die Arme greifst.«

»Wirklich?«

Judy horchte kurz in sich hinein. »Ja«, entschied sie dann. »Wirklich. Ich hätte nur eine Bitte.«

»Ja?«

Erneut zögerte Judy, um ihr Anliegen so geschickt wie möglich zu formulieren. Schließlich erklärte sie: »Ich möchte davon nicht allzu viel mitkriegen, okay? Irgendwie fühlt sich das einfach falsch an.«

Levke sah Judy an. Lange. In ihrem Gesicht spiegelten sich tausend verschiedene Emotionen. Verwirrung. Unglaube. Freude. Von allem ein bisschen und alles zugleich.

Dann, plötzlich, beugte sie sich vor und begann Judy zu küssen. »Du«, hauchte sie zwischen zwei Küssen hervor, »bist ein Engel, Judy Wallner. Weißt du das?«

»Na«, gab Judy zurück. »Jetzt übertreib mal nicht.«

Eine lange Weile später wurde Levkes Werkstatt zu unbequem für das, was sie taten. Und auch zu einsichtig. Langsam, aber sicher war ein wenig Privatsphäre angebracht.

Gemeinsam stolperten Judy und Levke die Treppe hinauf. Durchquerten den großen Raum, der, wie Judy aus den Augenwinkeln erkannte, sowohl mit Büromöbeln als auch mit Kartons und allen möglichen anderen Utensilien vollgestellt war, bis zu der Matratze, die Levke offenbar derzeit als Bett diente. Während sie einander wild küssten, verloren sie das Gleichgewicht und fielen der Länge nach darauf.

Judy landete halb auf Levke und kicherte. »Tut mir leid. Hab ich dir wehgetan?«

»Ach, Unsinn. Du bist federleicht«, sagte Levke. »Ist ja kaum zu fassen, wie leicht du bist.« Und als wolle sie dafür den ultimativen Beweis liefern, umschlang sie Judys Taille und rollte sich einmal herum. Im Nu lag Judy auf dem Rücken, und Levke war über ihr.

»Hab dich«, grinste sie.

Und Judy ergab sich gern.

Levke begann sie wieder zu küssen, zuerst auf den Mund, dann auf den Hals und dann weiter abwärts. Sie fuhr mit der Zunge an Judys Schlüsselbein hinab und dann so weit hinunter, wie es der Ausschnitt von Judys Shirt zuließ. Mit der einen Hand hielt sie Judys Hände fest, mit der anderen streichelte sie Judys Brüste langsam durch den Stoff ihres Hemdes hindurch. Dann strahlte sie Judy an, bevor sie sich weiter nach unten arbeitete. Als sie mit den Lippen die harte Brustwarze streifte, ganz sachte nur, stöhnte Judy laut. Levke umfasste den Saum von Judys Shirt mit den Zähnen und schob es hoch. Langsam löste sie den Sport-BH und küsste Judys flachen Bauch.

Judy wand sich. Sie bekam eine Gänsehaut. Und mit einem Mal hielt sie die Ungeduld nicht mehr aus. Sie zerrte sich selbst das

Shirt vollends vom Leib und dann gleich auch noch den BH. Anschließend folgten Hose und Strümpfe. Als sie schließlich, nur noch mit ihrem Slip bekleidet, vor Levke lag, fühlte sie sich auf einmal schutzlos und ausgeliefert.

Sie griff Levke fest, aber ungezielt in die Haare und flüsterte: »Levke ... bitte ...«

Levke schob eine Fingerspitze ein wenig unter den Saum von Judys Slip. »Möchtest du das hier?« Sie küsste Judys Venushügel durch den Stoff hindurch. Judy jaulte auf. »Das hier möchtest du, ja?«, vergewisserte Levke sich. Sie grinste breit.

Judy wimmerte. Levke musste doch merken, wie nass ihr Slip bereits war. Der war doch sicher schon ganz durchgeweicht.

Lächelnd zog Levke ihr das Höschen herunter. Einen winzigen Moment noch zögerte sie es hinaus. Judy wusste längst nicht mehr, wo oben und unten war. Doch dann, endlich, senkte Levke das Gesicht über ihren Schoß und fing an, sie zu lecken.

Judy schloss die Augen. Endlich. Endlich war sie dort angekommen, wo sie schon so lange hatte sein wollen. In Levkes Armen. In Levkes Bett. Mit Levkes Händen überall auf ihrem Körper. Levkes Zunge an ihrer empfindlichsten Stelle.

Und, oh Gott, es fühlte sich gut an. Himmlisch.

Ich bin im Himmel, dachte Judy.

Ganz erschrocken von ihrem eigenen Schrei fuhr sie hoch. Starrte schwer keuchend zu Levke hinauf.

»Ups«, sagte sie.

»Na«, meinte Levke und sah überrascht aus. »Das ging ja schnell.«

Beschämt drehte Judy den Kopf zur Seite. »Da kannst du mal sehen.«

Levke lächelte. »Dann hast du doch sicherlich nichts dagegen, wenn ich es noch einmal versuche, oder?«

Judy schluckte. »Und was ist mit dir?«, fragte sie matt.

»Oh, keine Sorge«, meinte Levke und brachte sich erneut in Position. »Ich denke, dazu kommen wir noch früh genug.«

Sie sollte recht behalten. Erst viele Stunden später fielen sie beide erschöpft nebeneinander in die Kissen.

»Wow«, japste Levke und zog Judy an sich. »Also das … war wirklich … die beste Massage, die ich … je gehabt habe.«

Judy grinste sie an. »Das war ja auch eine Sonderbehandlung. Extra für dich.«

»Na, das will ich aber auch hoffen«, meinte Levke. Dann griff sie sich unvermittelt an den Hinterkopf. Drehte den Kopf erst nach rechts, dann nach links. »Hey, weißt du was?«, fragte sie verblüfft. »Meine Nackenschmerzen sind weg. Komplett verschwunden. Was sagt man dazu?«

»Tja«, meinte Judy nur und grinste heimlich in ihr Kissen.

6

Na, schau mal an!« Frau Hillmann musterte Judy von der Seite. »Heute so gute Laune, junge Frau?«

Judy strahlte vor sich hin.

»Sie sind«, fragte die alte Dame augenzwinkernd, »doch nicht etwa verliebt?«

Judy grinste noch mehr. »Tja, wer weiß?«

Heute ging ihr die Arbeit ganz wunderbar von der Hand.

Frau Hillmann arbeitete eifrig wie immer mit.

Der wehleidige junge Mann mit der Schleimbeutelentzündung riss sich stärker am Riemen, während Judy wieder mehr Mitgefühl aufbrachte. So trafen sie sich ganz bequem in der Mitte.

Dem sportmuffeligen Winston-Churchill-Fan setzte sie auseinander, dass Churchills angeborene Faulheit sowie seine Vorliebe für Whiskey und Zigarren vielleicht – nur vielleicht – etwas mit den Schlaganfällen zu tun haben könnten, die den Politiker in späteren Jahren ereilt hatten. Der Patient murmelte unwillig, doch Judy glaubte, irgendwo das Wort »Sportverein« herauszuhören.

Sogar die Dame, die immer über den Chefarzt herzog, erheiterte Judy wieder. Inzwischen hatten sie und Anna sogar die Theorie entwickelt, dass die arme Frau vielleicht heimlich in Finkenberg verliebt war. Vielleicht, spekulierten sie, würden sie bald bei einem ganz neuen Drama live dabei sein: Patientin liebt den Chefarzt. Wie in einer schlechten Arztserie. Das wäre doch mal eine spannende Abwechslung. Und selbst das Kantinenessen fand vor Judys Augen beinahe Gnade.

»Isst du das nicht mehr?«, erkundigte sie sich, als Anna in einer gemeinsamen Mittagspause die Hälfte ihres Essens stehen ließ.

Anna schüttelte heftig den Kopf. »Alles hat seine Grenzen.«

»Na dann …« Judy zog sich den Teller herüber und schaufelte die Reste mit Appetit in sich hinein.

Anna musterte sie dabei. Schweigend.

»Was?«, fragte Judy, als es ihr auffiel. »Hab ich mich bekleckert?«

»Nein, nein«, meinte Anna und lächelte fein. »Alles bestens.«

Bestens war ein Wort, das die Situation im Moment zwar nicht ganz traf, ihr aber doch ziemlich nahe kam. »Alles bestens« wäre gewesen, wenn Vivica bereits wieder auf den Beinen und von der Bildfläche verschwunden wäre.

So war aber immerhin das meiste bestens.

Judy und Levke sahen sich mindestens einmal pro Woche. Meist trafen sie sich beim Yoga und unternahmen anschließend etwas. Was in der Regel darauf hinauslief, dass sie ihre Pläne, egal, wie diese zuvor ausgesehen hatten, über den Haufen warfen, knutschend in Judys beziehungsweise Levkes Wohnung stolperten und dort miteinander im Bett landeten.

Am Samstag gingen sie zusammen einkaufen und kochten Currygerichte mit allem Drum und Dran. Lümmelten auf dem Sofa herum, schauten Filme, knutschten wieder und löffelten Curryreste. Reihenfolge: beliebig.

Unter der Woche sahen sie sich eher selten. Immerhin hatte Levke noch eine Werkstatt zu führen, Aufträge abzuarbeiten und kreative Impulse einzufangen. Was sie darüber hinaus noch zu erledigen hatte, das wurde nicht weiter angesprochen. Levke erzählte nichts Großartiges. Und Judy fragte nicht. Das war nicht perfekt, aber für den Moment die brauchbarste Lösung.

Judy ihrerseits hatte schließlich auch Patienten zu betreuen und natürlich die Philosophie des Yoga in die Welt hinaus zu verbreiten. Und wenn der Gedanke an Vivica ihr Unbehagen bereitete, lenkte sie sich mit Meditation ab.

Levke bekam übrigens auch ausreichend Gelegenheit, sich für die Schultermassage zu revanchieren. Denn ein paar Wochen nach diesem denkwürdigen Abend war es Judy, die etwas verstört bei Levke anrief.

»Du, Levke?«, begann sie umständlich. »Wir sprachen doch unlängst mal über Insekten, weißt du noch? Und ich sagte, dass ich keine Spinnen mag. Woraufhin du mir erklärt hast, dass Spinnen gar keine Insekten sind.«

»Ja?«, fragte Levke gedehnt, und Judy konnte förmlich hören, wie sich ein Grinsen auf ihrem Gesicht ausbreitete.

»Na ja«, sagte sie. »Also, ich habe da so ein Biest in der Badewanne. Es ist kein Insekt. Aber«, sie schauderte, »es ist *riesig.*«

»Alles klar.« Jetzt grinste Levke eindeutig. »Ich bin gleich da und rette dich.«

Wenig später beobachtete Judy fasziniert, wie souverän Levke das behaarte Vieh, Modell Hauswinkelspinne, ein Weibchen den enormen Ausmaßen nach, mit einem Glas und einem Stück Pappe lebendig einfing und anschließend aus dem Fenster beförderte. Wie konnte jemand, der so zurückgezogen, ja, regelrecht menschenscheu war wie Levke, keine Angst vor so einem Monstrum haben?

Levke lächelte über ihre Nervosität und sagte beruhigend: »War doch nur eine kleine Spinne. Die tun einem nichts.«

Klein?, dachte Judy und schielte in die Wanne. »Ich werde nie wieder baden können«, jammerte sie.

Levke musterte sie von oben bis unten. Dann drehte sie das Wasser auf, zog ihr Shirt aus und lachte Judy an. »Wetten, doch?«

Am heutigen Morgen war Judy besonders gutgelaunt aufgestanden. Sie begann den Tag mit ein paar Sonnengrüßen. Dann joggte sie durch den Park, bei Dämmerung, Nebel und Morgentau, ganz so wie sie es gern hatte. Solchermaßen aufgewärmt vollführte sie auf ihrer Yogamatte noch einmal die Figuren des Kriegers und der Tänzerin, um sich für den Tag zu wappnen und den Energiefluss richtig in Gang zu setzen. Anschließend nahm sie eine Wechseldusche und warf einen prüfenden Blick in die Badewanne. Spinnenfreie Zone. Sehr gut. Sie lächelte bei der Erinnerung daran, dass die Badewanne seit neustem keine sexfreie Zone mehr war. Das war sogar noch besser.

Die Fahrt zur Klinik war ziemlich entspannt, und Judy fand sogar einen Parkplatz ganz in der Nähe des Haupteingangs. Ihre Hochstimmung bekam einen kurzen Dämpfer, als sie beim Eintreten fast mit dem Chefarzt zusammenprallte. Doch auch dieser schien heute gut drauf zu sein. Er warf ihr sogar ein Lächeln zu.

»Guten Morgen, Frau«, kurzes Schielen auf ihr Namensschild, »Wallner. Herrliches Wetter heute, was?«

»Ja«, brachte Judy ganz perplex hervor.

»Na, dann noch einen schönen Tag«, wünschte Finkenberg und marschierte pfeifend davon.

Judy sah ihm verdattert nach. War etwa auch Finkenberg frisch verliebt? Vielleicht sogar in die anstrengende Jammerpatientin? An Tagen wie heute konnte offenbar alles passieren.

Der Vormittag ging mit ein paar leichten Therapieeinheiten schnell herum. Nichts passierte außer der Reihe, niemand kam Judy dumm, und in der Kantine gab es Schokopudding, eines der wenigen Dinge, bei denen selbst der unfähigste Koch nicht viel falsch machen konnte.

Die neue Patientin kam nach der Mittagspause. Sie saß schon im Behandlungszimmer, als Judy hineintrat. Für einen Moment wie angewurzelt in der Tür stehen blieb. Und sie anstarrte.

Es hatte überhaupt nichts mit Levke zu tun. Schon gar nicht mit der Tatsache, dass Levke und Judy im Augenblick ... nun ja, einander auf jeden Fall ziemlich nahestanden und Judy diesen Zustand noch weiter auszubauen gedachte. Aber auch Judy war nun einmal ein Mensch und damit wie die meisten ihrer Artgenossen durchaus visuell veranlagt. Und in Sachen Optik hatte diese Patientin einiges zu bieten – das konnte selbst die schwer verliebte Judy nicht leugnen.

Sie war nur wenig älter als Judy, höchstens etwas über dreißig. Schweres, honigblondes Haar fiel ihr in sanften Wellen bis über die Schultern. Dazu zarte Gesichtszüge. Grüne Augen und dunkelbraune Augenbrauen, die eigentlich gar nicht zu ihrer Haarfarbe passten, aber genau deshalb einen interessanten Kontrast bildeten. Rosige Lippen. Ein aufmerksamer, aber zugleich beinahe ätherisch wirkender Blick.

Na, sieh mal an, wäre es Judy beinahe herausgerutscht. Die Venus von Botticelli kommt zu mir in die Therapie? Was ist denn passiert? Beim Aussteigen aus der Muschel ausgerutscht und den Knöchel verknackst?

Es war nicht der Knöchel, wie Judy feststellte, als sie einmal tief durchgeatmet, die Frau wieder als Patientin einsortiert und sie mit neutralem Blick gemustert hatte. Sie trug eine Schiene am Knie, und neben ihr am Tisch lehnten zwei Krücken.

»Ui«, meinte Judy, das Bein betrachtend. »Das sieht aus, als hätte es wehgetan.«

Ein Lächeln erschien auf dem Gesicht der Frau. »Da sollten Sie mal die andere sehen.«

Auch ihre Stimme war die reinste Musik und eigentümlich vertraut obendrein. Doch Judy war zu überrascht von der Antwort, um sich darüber Gedanken zu machen. Dieses engelhafte Wesen saß hier und behauptete mit einem bezaubernden Wimpernaufschlag, diese Verletzung stamme von einer Schlägerei? War das ihr Ernst?

Da lachte die andere plötzlich hell auf. »Endlich! Ich habe ewig darauf gewartet, diesen Spruch einmal irgendwo anbringen zu können. Tut mir leid, dass ausgerechnet Sie dafür herhalten mussten.«

Judy brauchte noch ein paar Sekunden, um zu begreifen, dass sie gerade veralbert worden war. Dann stimmte sie in das Lachen mit ein. »Na, mir soll's egal sein«, erklärte sie. »Sie können sich prügeln mit wem immer Sie wollen. Solange es nicht in meiner Therapiestunde stattfindet.«

»Sehr rücksichtsvoll. Aber keine Sorge.« Die Frau klopfte auf ihre Schiene. »Das hier war bloß ein Auto. Aber«, sie hob den

Zeigefinger und zwinkerte Judy zu, »es hat mit dem Streit angefangen. Ich schwöre!«

»Glaub ich sofort.« Judy ging zum Schreibtisch, immer noch lachend. Der Humor dieser Frau gefiel ihr. Außerdem waren Unfallverletzungen oft eher unproblematisch. Im Gegensatz zu altersbedingtem Verschleiß heilten sie bei guter Therapie und mit der nötigen Motivation des Betroffenen häufig wieder vollständig aus. Man fasse also zusammen: Auf Judys Krankenliege saß eine attraktive, junge, humorvolle Unfallverletzung. Da gab es Schlimmeres. Heute schien wirklich ein Tag zu sein, an dem alles klappte.

»Wollen doch mal sehen. Wo hab ich Sie denn …?« Judy blätterte in ihren Papieren. Sie fuhr mit dem Finger die Liste entlang. Fand die Uhrzeit. Las den Namen. Sie holte Luft. Tief. Und scharf. »Vesthal?«, fragte sie und sah die Patientin ungläubig an.

»Ja«, nickte diese. »Wie die Vestalin, nur mit Th.«

Judy schluckte. Der Boden unter ihren Füßen schien plötzlich gefährlich zu schwanken. Sie musste zweimal ansetzen, ehe sie ihre Stimme unter Kontrolle hatte: »Vi… *Vivica* Vesthal?«

»Ich weiß.« Ein leises, resigniertes Seufzen. »Meine Mutter hielt es für eine klangvolle Kombination. Aber keine Sorge, Sie sind nicht die Erste, die dabei anfängt zu stottern.«

Eine eigentümlich vertraute Stimme.

Ein kaputtes Kniegelenk.

Autounfall.

Bereits das hätte Judy bekannt vorkommen müssen.

Aber der Name hatte jeden Zweifel ausgeräumt: Das hier war Vivica. Levkes Vivica!

Der Boden schwankte nicht mehr, dafür begann sich der Raum um sie zu drehen. Judy tat einen weiteren Moment lang, als ordne sie ihre Papiere, bis das Drehen weniger wurde. Dann sah sie wieder hin. Betrachtete diese bildschöne Frau, die vor ihr auf dem Stuhl saß und geduldig wartete.

Das da war Vivica?

»Heiliger Bimbam«, entfuhr es ihr.

Vivica blinzelte. »Entschuldigung?«

»Nichts«, sagte Judy hastig. »Ich habe nur ... war nur ...«

Ihre Gedanken rasten. Im Grunde war es ja ganz logisch. Vivicas Unfall war lange genug her. Die OP musste längst erledigt sein. Anschließend ging es zur Physio. Ambulant. Das reichte bei einer Patellasehne. So weit, so gut. Aber was für ein grausamer Zufall war das denn bitte schön? Es gab mehrere Dutzend Physiotherapeuten in der Stadt. Wieso musste sich Levkes Exfreundin ausgerechnet diese Klinik aussuchen? Und bei einem so großen Physio-Team ausgerechnet bei Judy landen?

Und davon mal abgesehen: Wie konnte sie daherkommen, körperlich angeschlagen und in praktischer Alltagskleidung, und dabei trotzdem aussehen, als lächle sie direkt von einem Werbeplakat herunter? Wobei es im aktuellen Fall wahrscheinlich ein Plakat für Sportprothesen wäre. Aber trotzdem ... allein diese Haare. Diese klare Haut ohne jede Unreinheit. Diese funkelnden, grünen Augen. Das umwerfende Lächeln.

Kurzum: Sie hatte alles, was Judy nicht hatte.

Sogar ihr Name war sexy. *Vivica Vesthal.* War irgendjemandem schon einmal aufgefallen, dass man das ganz wunderbar hauchen konnte? Unwillkürlich musste Judy an ihren Churchill-Fan denken. Vivica Vesthal ... Wenn man das mit so einer Stimme aussprach, aufgeraut durch Whiskey und Zigarren, klang das bestimmt kolossal erotisch.

Jetzt war es also nicht mehr bloß ein Name. Nicht mehr bloß ein Konzept. Nicht mehr nur eine verweinte Stimme am Telefon. Jetzt hatte die Stimme einen Resonanzkörper und der Name ein Gesicht. Und was für eines.

Warum nur, dachte Judy. Warum in aller Welt muss sie so schön sein?

Sie räusperte sich mehrmals und sagte: »Das ist ja wirklich ein Ding.« Innerlich gratulierte sie sich zu ihrer Selbstdisziplin. Ihre Stimme klang klar, und ihr Lächeln wackelte nicht. Sie würde die Sache jetzt durchziehen und sich auf gar keinen Fall irgendeine Blöße geben. »Ich habe schon eine Menge von Ihnen gehört, wissen Sie?«

Es war Vivicas Lächeln, das nun einen sanften Knick bekam. Die Brauen zogen sich fast unmerklich über den hübschen Augen zusammen. »Ach ja?« Sogar im Zustand nachdenklicher Verwirrung war sie eine Augenweide. »Schon von mir gehört? Tja …« Ein leichtes Achselzucken. »Also … ich wünschte, ich könnte dasselbe sagen.«

Jetzt gefror Judys Lächeln doch. Vivica hatte nichts von ihr gehört? Aber Judy und sie hatten doch am Telefon miteinander gesprochen, damals, am Tag des Unfalls.

Okay. Ja. Da hatte Vivica vielleicht andere Sorgen gehabt, als sich irgendeinen Namen am anderen Ende der Leitung zu merken. Vielleicht war auch die Verbindung schlecht gewesen.

Aber es musste für Levke doch sicherlich massenhaft Gelegenheiten gegeben haben, Judys Namen irgendwo einmal einzustreuen. Nur dass sie es anscheinend nicht getan hatte. Und das wiederum konnte nur bedeuten –

»Hey, Viv«, erklang plötzlich eine weitere vertraute Stimme von der Tür. »Du hast dein Rezept im Wagen vergessen. Ich wollte es dir nur schnell –« Der Satz blieb im Raum hängen, die Sprecherin mitten im Türrahmen stehen. »– bringen«, murmelte eine Person, die Judy überaus gut kannte.

»Danke schön«, sagte Vivica und streckte die Hand nach dem Zettel aus. »Das ist echt lieb von dir. – Oh, ähm …« Sie wandte sich an Judy: »Darf ich vorstellen: Levke.« Sie hielt alle Regeln der formellen Gesprächsführung ein. Und hatte ganz offensichtlich keine Ahnung, wie überflüssig das war. »Meine –« An dieser Stelle brach sie ab und musterte Levke ein bisschen ratlos.

»Das Mädchen für alles«, vollendete Levke den Satz etwas zu hastig.

Vivica stutzte.

Und Judy auch. Hatte Vivica etwa gerade in Wirklichkeit sagen wollen: »Meine *Freundin*«?

Sie starrte Levke an. Levke starrte zurück. Die Welt mochte sich in diesem Moment zwar weiterdrehen, doch davon bemerkte Judy rein gar nichts.

»Du …?«, brachte Levke schließlich hervor.

»Ja«, sagte Judy. »Ich.« Etwas Sinnvolleres fiel ihr nicht ein.

Ein leises Räuspern von Vivica holte sie beide wieder in die Wirklichkeit zurück.

»Also irgendwie«, kommentierte Vivica, immer noch mit leicht verwirrtem Lächeln, »sieht das hier für mich nach einem unverhofften Wiedersehen aus. Nicht, dass ich euch stören wollte, aber ... ähm ...« Sie blickte von einer zur anderen und lachte dann unsicher. »Habe ich irgendetwas verpasst?«

»Nein«, antwortete Levke so rasch, als hätte sie sich an dem Wort verbrannt. »Tja, weißt du, Judy und ich, wir ...« Sie warf Judy einen flehenden, geradezu beschwörenden Blick zu.

Und da hatte Judy Gewissheit. Vivica wusste tatsächlich nichts von ihr. Weil Levke ihren Namen noch nie erwähnt hatte.

»Wir«, rang Levke derweil immer noch nach Worten, »also, ja, wir kennen uns – ähm ...«

»Wir kennen uns aus der Yogaschule«, rettete Judy die Situation.

Levkes dankbarer Blick schmerzte unerträglich.

Vivicas Gesicht hingegen entspannte sich in einem strahlenden Lächeln. »Ach so«, stellte sie fest. »Sie sind die Yogalehrerin?« Sie musterte Judy von oben bis unten. Dann nickte sie anerkennend und gab Levke einen Knuff in die Seite. »Du hast mir nie erzählt, dass sie so süß ist.«

Und Judy spürte, dass sie rot wurde. Warum, wusste sie selbst nicht genau. Über das unerwartete Kompliment konnte sie sich jedenfalls nicht freuen.

»He«, schaltete Levke sich jetzt dazwischen. »Jetzt hör mal auf zu flirten, Viv. Du bist nicht zum Spaß hier.«

Na, immerhin. Judy beschloss, diese Aussage als eine Form von Revierverteidigung zu interpretieren.

»Entschuldigung.« Vivica warf ihr einen Blick zu, in dem sich eine hinreißende Mischung aus Koketterie, Verschämtheit und noch etwas zeigte, das man vielleicht am ehesten als Selbstironie deuten konnte. »Ich hab die Schmerzmittel noch nicht ganz abgesetzt. Ich fürchte, die enthemmen mehr als ich dachte. Einfach nicht drauf achten, okay?«

Judy räusperte sich. »Ich ... nehme es einfach mal als Kompliment.«

»So war's auch gemeint«, sagte Vivica lächelnd. »Und im Zweifelsfalle müssen Sie mir eben einfach auf die Finger klopfen.«

»Ja«, sagte Levke in einem etwas eigenartigen Tonfall. »Das solltest du, Judy.«

Vivica versprach: »Dann bin ich gleich wieder brav.«

Levkes Mundwinkel zuckte. »Na ja.«

»Auf die Finger klopfen«, wiederholte Judy murmelnd. »Klar doch. Mach ich.«

Levke schaute noch einen Moment lang sichtlich unbehaglich zwischen ihnen hin und her. Schließlich meinte sie: »Nun, ich denke, ich werde hier nicht mehr gebraucht.« Der Blick, den sie Judy dabei zuwarf, war schwer zu deuten. »Ich gehe dann mal.«

»Okay«, meinte Judy bloß. Dabei war diese Szenerie alles Mögliche, nur eben absolut nicht okay.

Vivica lächelte zu Levke hinauf. »Bis später«, sagte sie. »War total lieb, dass du mich hergefahren hast.«

Judy fing unbewusst mit der Entspannungsatmung aus ihren Yoga-Sessions an, einer Atemtechnik, die zum Entstressen gedacht war. Dabei war ihr gerade eher danach, irgendetwas zu zerschlagen. Am besten etwas, das schön laut klirrte und in einem dramatisch glitzernden Scherbenregen zerbarst. Aber stattdessen lächelte sie nur süß. »Bis dann, Levke. Wir sehen uns. – Beim *Yoga*«, setzte sie sehr betont hinzu.

Nachdem sich die Tür hinter Levke geschlossen hatte, ruhten zwei Augenpaare noch eine Sekunde lang darauf. Und für den Moment, in dem Vivica es nicht sehen konnte, schleuderten Judys Augen Laserblitze.

»Sie ist echt toll, oder?«, holte Vivicas Stimme sie in die Wirklichkeit zurück. »Ohne sie wäre ich im Moment aufgeschmissen.«

»Ja«, sagte Judy. »Sie scheint sich wirklich ... sehr um Sie ... zu bemühen.« Sie räusperte sich. »Entschuldigung«, murmelte sie. »Ich hab ... irgendwie einen Frosch im Hals. Ich bräuchte mal ... schnell einen Schluck Wasser. Für Sie auch?«

»Gern«, erwiderte Vivica.

Judy füllte den Inhalt einer Halbliterflasche in zwei Gläser. Und konnte dabei nur eines denken: Was außer dieser Flasche teilte sie in diesem Moment eigentlich noch mit Vivica?

7

»Judy?« Annas Stimme drang zaghaft durch die Tür zum Materialraum, in dem Judy sich verbarrikadiert hatte. »He, Judy, ist alles okay mit dir?«

»Nein«, maulte Judy trotzig.

Anna schwieg kurz. »Darf ich reinkommen?«, erkundigte sie sich dann.

»Nein!«

Sekunden später wurde die Tür leise geöffnet und das Licht angeknipst. »Na, du?«, sagte Anna, als sie Judy entdeckte, die mit angezogenen Knien in einer Ecke hockte und finster vor sich hin brütete. »Wieso sitzt du denn hier im Dunkeln?«

»Weil ich das Elend der Welt nicht mehr sehen will.« Judy sah Anna missgelaunt an. »Und überhaupt: Welchen Teil von *Nein, du darfst nicht reinkommen* hast du nicht verstanden?«

Anna ging nicht darauf ein. Stattdessen schloss sie die Tür leise hinter sich, schob die Hände in die Kitteltaschen und betrachtete Judy eine Weile. »Was ist denn los mit dir, hm?«

»Ich leide«, grummelte Judy. »Das sieht man doch.«

Anna kam langsam näher und ließ sich schließlich neben Judy auf dem Boden nieder. Judy warf ihr einen vernichtenden Blick zu, rückte aber ein Stück zur Seite.

»Raus mit der Sprache«, sagte Anna. »Was ist passiert?«

»Nichts.«

»Ach, Judy, komm schon. Ich kenne dich doch. Du bist nicht der Typ, der sich in die Abstellkammer verzieht und heult. Jedenfalls nicht ohne guten Grund.«

»Ich heule doch gar nicht«, protestierte Judy. Jedenfalls nicht *mehr,* dachte sie, während es hinter ihren Lidern bereits wieder zu brennen begann.

Anna seufzte. »Hör zu, Judy. Du musst mir natürlich nicht sagen, warum du«, sie musterte die Freundin, »*nicht* geweint hast, okay? Aber falls es irgendetwas gibt, was ich tun kann, dann –«

»Sie war hier«, brach es aus Judy heraus.

Anna stutzte. »Wer?«, fragte sie und tippte dann auf das, was am nächsten lag: »Levke?«

»Nein«, jammerte Judy und korrigierte sich dann. »Doch, ja. Die auch. Das ist ja das Schlimme.«

Anna runzelte die Stirn. »Tut mir leid, Judy, aber ich fürchte, ich kann dir nicht folgen.«

»Sie ist meine Patientin, Himmel noch mal ...«

»Wer denn jetzt?«

»Na, Vivica!«

Anna brauchte einen Moment, um den Namen richtig einzuordnen. »Oh«, machte sie. Und noch einmal »*Oh!*«, als sich ihr die komplette Tragweite dieser Tatsache erschloss. »Also *das* war Vivica? Die Blondine mit dem kaputten Knie?«

»Ja«, sagte Judy kläglich.

Anna stieß kräftig die Luft aus. »Wow«, sagte sie.

Judy schnaubte. »Das musst du mir nicht sagen. Die Frau ist der Wahnsinn. Ich bin ja nicht blind.«

»Also«, Anna räusperte sich, »offen gestanden fand ich sie eigentlich eher ...«

»Nicht, Anna.« Judy schniefte und wischte sich über die Augen. »Tu das bitte nicht. Du musst sie nicht kleinreden, nur weil du denkst, dass es mir dann bessergeht. Ich habe sie doch gesehen. Und rein zufällig hab ich ein ganz gutes Auge für Frauen. Vivica sieht aus wie eine echte Filmdiva. Wie eine Grace Kelly, nur in modern und ohne die schrecklich toupierte Frisur. Ein Wunder, dass wir nicht schon von Paparazzi belagert werden, die glauben, ein Promi wäre bei uns abgestiegen.«

»Filmdiva, hm?« Jetzt war es Anna, die ein Schnauben ausstieß. »Ja, ich schätze, das trifft es.«

Judy überhörte den Kommentar. »Das ist nicht fair«, murmelte sie. »Das ist einfach nicht fair.«

»Hey, hey, hey«, unterbrach Anna, ehe Judy sich noch mehr in Rage reden konnte. »Jetzt mal ganz ruhig, okay? Entspann dich. Tief durchatmen.«

Judy gehorchte. Atmete tief und brav in den Bauch. Einmal. Zweimal.

»Okay«, sagte Anna. »Du bist aufgewühlt. So weit, so gut. Aber ...« Sie sah Judy prüfend an. »Erkläre mir doch bitte mal, was genau sich seit heute Morgen geändert hat.«

»Was sich geändert hat? Alles!«, brach es aus Judy heraus. »Heute Morgen dachte ich noch, zwischen Levke und mir läuft alles so super.«

»Und jetzt?«

»Jetzt?«, knurrte Judy. »Jetzt kenne ich Vivica. Das reicht doch wohl.«

Zumindest hatte es ausgereicht, um sie vollkommen aus der Bahn zu werfen. Die Eifersucht auf das Konzept Vivica, die in den letzten Wochen auf ein Minimum reduziert, ja schon beinahe verschwunden gewesen war, war nun mit Wucht wieder hochgekommen, stärker und mächtiger als je zuvor. Sie war förmlich explodiert. Vom Kopfkino mitten in die Wirklichkeit hinein. Judy war dem völlig ausgeliefert, sie konnte rein gar nichts dagegen tun.

Außer heulen. Aber nicht mal das half.

Anna seufzte. »Okay. Du hast also Vivica kennengelernt, ja? Gut. Daraufhin kriegst du plötzlich Komplexe. Was«, sie räusperte sich, »übrigens vollkommen unbegründet ist, falls meine bescheidene Meinung da irgendwie von Bedeutung sein sollte ... Aber das nur nebenbei. Tatsache ist nun mal: Die Situation ist, wie sie ist. Vivica ist, so ironisch das auch sein mag, seit neuestem deine Patientin. Und sie ist zufällig ein klein wenig hübscher als unsere liebe Frau Hillmann und die nervige Dame, die Finkenberg hinterherrennt. Das ist nun mal Fakt. Tja. Und jetzt? Jetzt sperrst du dein Selbstbewusstsein im Keller ein, dich selbst in die

Abstellkammer und willst einfach alles hinschmeißen? Ist das dein Plan?«

»Ich finde, das ist ein ganz guter Plan«, murmelte Judy. »Lass mich doch wenigstens mal einen Augenblick lang die ganze Welt einfach nur blöd und ungerecht finden.«

»Das kannst du gern tun. Solange du willst.« Annas Blick wurde noch eindringlicher. »Hör mal, Judy. Es liegt natürlich bei dir, wie du jetzt mit dieser Sache umgehen willst. Aber, verdammt noch mal: Du kannst dir dabei ruhig ein bisschen mehr Selbstbewusstsein leisten, verstanden?«

Judy atmete noch einmal tief durch. Schloss die Augen. Zwei vereinzelte, dicke Tränen rollten über ihre Wangen. Doch es blieb bei diesen beiden. Danach fühlte sie sich ein wenig erleichtert.

»Ja.« Sie sah Anna an. »Danke. Jetzt geht es mir schon etwas besser.«

Nachdem Anna gegangen war, blieb Judy noch eine Weile sitzen, um sich zu sammeln.

Anna hatte ihr Mut zugesprochen, ja. Doch da war noch etwas. Etwas, das sie Anna nicht erzählt hatte.

Sich mehr Selbstbewusstsein leisten, hm?, spöttelte die böse innere Stimme. *Leichter gesagt als getan, oder? Denn genau das ist doch der springende Punkt, nicht wahr, Judy?*

Vivica ist wunderschön. Das ist nun mal eine Tatsache. Jedenfalls viel schöner als dein eigenes Spiegelbild, egal, was Anna dir da einreden mag. Du magst ja ganz niedlich sein, Judy. Doch seien wir ehrlich: Vivica ist einfach umwerfend.

Aber das ist noch nicht alles, oder, Judy?

Vivica Vesthal ist nicht nur eine der schönsten Frauen, die du jemals gesehen hast, und das ganz ohne professionelles Make-up und Photoshop-Überarbeitung. Und entgegen der landläufigen Meinung, dass Frauen, die so aussehen, wahlweise dumm, zickig, eingebildet oder alles zusammen sind, ist Vivica obendrein auch noch auch richtig nett. Ja, sei doch ehrlich. Du hast sie im ersten Moment sogar gemocht. Sieh es ein, Judy: Sie ist perfekt!

Tja, manchmal ist das Leben einfach hundsgemein, was? Also bleib ruhig noch ein bisschen hier sitzen und suhle dich in deinem Selbstmitleid. Was kannst du schon anderes tun, hm?

»Oh, nein«, sagte Judy laut zu sich selbst. Sie atmete ein paarmal tief durch und stand dann auf. »Nein, so läuft das nicht. Ganz bestimmt nicht!«

8

Wir sollten reden«, sagte Judy ohne jedes Vorgeplänkel, sobald Levke ihren Anruf entgegengenommen hatte.

»Ja«, stimmte Levke zu. »Sollten wir.«

»Es ist nämlich schon irgendwie komisch«, fuhr Judy fort, »dass ausgerechnet ich das Knieproblem deiner Exfreundin richten soll. Zumal diese Exfreundin meinen Namen noch nie gehört zu haben schien.«

Levke zögerte kurz. »Das hat gute Gründe.«

»Ach so? Na, da bin ich aber gespannt.«

»Erzählst du mir dann auch, was genau du in der Klinik eigentlich machst? Ich dachte immer, du studierst.«

»Das …« Judy stockte. »… ist ein klein wenig … kompliziert.«

»Das scheinen derzeit so einige Dinge zu sein, oder?«

Einen Moment schwiegen beide und hörten nur das angestrengte Atmen der anderen.

»Du, Levke?«, sage Judy dann. »Wenn wir nicht aufpassen, dann haben wir gleich unseren ersten Streit.«

»Ja«, sagte Levke. »Und das möchte ich eigentlich nicht so gern.«

»Nein«, pflichtete Judy bei. »Nein, ich auch nicht.«

Kurze Stille.

Judy schabte mit dem Fuß über den Boden. »Aber reden müssen wir«, insistierte sie.

»Sehe ich auch so.«

»Und jetzt?«

»Hast du eine Idee?«

Die hatte Judy. »Treffen im indischen Imbiss?«, schlug sie vor. »In einer halben Stunde?«

»Vergiss den Imbiss«, sagte Levke. »Ich hab da ein indisches Restaurant aufgetan. Soll ganz gut sein. Ich würde dich gern einladen.«

»Ja«, sagte Judy ganz ohne falsche Scheu. Das, fand sie, hatte sie heute verdient.

Der Laden war wirklich urgemütlich, und bereits nach den ersten Löffeln – kein Curry diesmal, sondern eine Kichererbsenspeise – fühlte sich Judy ein bisschen weniger verletzlich, ein bisschen weniger ungnädig und ein bisschen weniger den Umständen und einer Schicksalskraft namens Vivica ausgeliefert. Ein paar Schlucke warmer Gewürztee taten ein Übriges. Danach fühlte Judy sich sogar in der Lage, von ihrem Werdegang und dem missglückten Medizinstudium zu erzählen. Sie hatten sich darauf geeinigt, dass Judy mit den Erklärungen anfangen durfte. Ihre Geschichte war weniger aktuell und deshalb vielleicht auch weniger heikel als die Sache mit Vivicas Auftauchen in Judys Praxis.

Außerdem, so spekulierte Judy, hatte sie ihren Teil der Beichte dann wenigstens hinter sich. Levke war, nach Anna Cho und ihren Eltern, der erste Mensch auf der Welt, der überhaupt davon erfuhr.

Judy hatte seinerzeit ihr Abitur ganz solide bestanden. Solide, aber eben nicht außerordentlich gut. Den nötigen Schnitt, um sofort für die Medizin zugelassen zu werden, hatte sie jedenfalls deutlich verfehlt. Also hatte sie sich zunächst für eine Ausbildung zur Physiotherapeutin entschieden, etwas, das dem Thema Medizin – Sportmedizin, das war Judys besonderes Steckenpferd – einigermaßen nahe kam.

Nach ihrem Abschluss war die Zulassung an der Uni kein Problem mehr gewesen. Um das Studium zu finanzieren, hatte Judy dennoch einen Nebenjob in der Rehaklinik angenommen. Zuerst nur stundenweise. Nach dem ersten Semester wurde daraus eine halbe Stelle. Später, als Judy feststellte, dass das Studium schwieriger war als erwartet, machte sie daraus eine Dreiviertelstelle. Und nachdem sie das Physikum komplett vergeigt hatte, wurde daraus mehr oder weniger ein Vollzeitjob.

Offiziell war sie immer noch eingeschrieben. Praktisch hatte sie die Uni jedoch schon seit einiger Zeit nicht mehr betreten. Obwohl sie sich jedes Mal zu Semesterbeginn vornahm: Dieses Mal aber wirklich. Dieses Mal gehe ich es endlich an. Doch irgendwie kam immer etwas dazwischen.

Beziehungsweise: Judy fand jedes Mal eine Ausrede. Halbjahr für Halbjahr.

Während Judy erzählte, hörte Levke aufmerksam zu. Sie unterbrach sie nicht, knabberte nur in aller Ruhe an ihren Hühnerbeinchen mit Joghurtsauce.

»Keine Ahnung«, endete Judy schließlich verlegen, »wieso ich meinen Studentenstatus bei dir so betont habe. Wahrscheinlich wollte ich dich beeindrucken. Wollte gut dastehen. Was weiß ich.« Sie hob die Schultern und blickte Levke über ihren Teller hinweg an. »Tut mir leid.«

Levke stocherte auf ihrem Teller herum. »Nun ja«, meinte sie. »Es ja nicht so, als hättest du dich als die Königin von Saba aufgespielt. Und streng genommen bist du ja sogar noch Studentin, wenn du immer noch eingeschrieben bist.« Sie hob die Hände: »Tut mir leid, dass ich mich deshalb vorhin so angestellt habe. Es ist ja auch eigentlich nur eine Kleinigkeit. Aber wenn es um Aufrichtigkeit geht, bin ich ein wenig empfindlich.«

Judy nickte. »Werde ich mir merken.«

»Wobei ich«, räumte Levke jetzt ein, »mich im Moment nicht so ganz an meine eigenen Regeln halte.«

Judy lächelte etwas verhalten. »Na ja. Wenn ich es richtig verstanden habe, dann warst du ja nicht direkt unaufrichtig zu Vivica. Nur ein wenig ... verschwiegen.« Mit einer auffordernden Geste lud sie Levke zum Sprechen ein. »Erzählst du wenigstens mir, warum?«

Während sie ihre Kichererbsen weiter löffelte, hörte sie sich Levkes Geschichte an.

»Weißt du«, begann Levke nachdenklich, »Vivica und ich, wir waren wirklich verdammt lange zusammen.«

Ja, dachte Judy zähneknirschend. Das weiß ich doch. Besten Dank.

»Und wenn man so lange mit jemandem zusammen ist, dann weiß man einfach irgendwann, wie der andere tickt. Man weiß, welche Einstellungen er hat. Welche Filme er gut findet. Welche Eigenschaften er an Menschen schätzt. Welchen Typ er mag. Oder welchen nicht. Verstehst du, was ich meine?«

Judy nickte. Sie konnte zwar noch keine mehr als siebenjährige Beziehung vorweisen, war noch nie jemandem so nahegekommen, dass sie die Sätze der anderen hätte beenden können, aber sie begriff durchaus, worauf Levke hinauswollte. Nur konnte sie noch keine richtige Pointe erkennen.

»Aber dich ...« Levke zögerte, hob ihre Gabel, legte sie dann aber doch wieder hin. »Dich wollte ich einfach durch meine Augen sehen. Und zwar nur durch meine. Ich wollte ... und ich will nach wie vor nicht, dass Vivica etwas von uns erfährt. Weil ich mir da nicht reinreden lassen möchte. Weil ich dich ganz allein entdecken möchte. Das mag vielleicht egoistisch sein.« Sie zuckte die Achseln. »Aber so ist es eben.«

Na ja, immerhin. Judy hatte schon befürchtet, dass Levkes Gründe noch viel, viel egoistischer sein könnten. Dass sie Vivica deshalb nichts von ihr erzählt hatte, weil sie sich noch nicht sicher war. Weil sie Vivica in dieser Situation nicht damit belasten wollte, dass sie jemanden kennengelernt hatte.

Oder weil sie – nein. Judy verbot sich, auch nur daran zu denken, dass Levke Vivica nur deshalb nicht informiert haben könnte, um sich eine Art Hintertürchen offen zu halten.

Und davon ganz abgesehen: Vielleicht war es gar nicht so schlecht, wenn Levke sich zur Abwechslung mal eine kleine Prise Egoismus zugestand.

»Sie soll dir da also nicht reinreden«, vergewisserte Judy sich. »Okay. Aber das klingt ja beinahe so, als befürchtest du, dass sie mich schlechtreden würde.«

»Nicht doch, Judy, nein«, rief Levke aus. »Ich wüsste ehrlich gesagt auch nicht, was man an dir schlechtreden könnte.« Ein paar Gesichter an den Nachbartischen drehten sich irritiert in ihre Richtung, so eifrig hatte Levke gesprochen. »Es ist nur«, fuhr sie dann etwas ruhiger fort, »ach – es ist zum Verrücktwerden. Was immer ich jetzt sage, es würde sich so anhören, als wollte ich über Vivica herziehen. Aber ich möchte nicht eine von den Frauen sein, die dasitzen und schlecht über ihre Ex reden. Das –«

»– hat Vivica nicht verdient?«, vollendete Judy den Satz.

Levke sah sie einmal mehr mit diesem seltsamen Ausdruck an, den Judy nicht deuten konnte. »So etwas«, sagte sie dann mit schmalen Augen, »tut man einfach nicht.«

»Okay«, sagte Judy.

»Ich kann und ich will nicht schlecht über sie reden«, erklärte Levke. »Aber wenn ich gar nichts sage, dann verletzt es dich. Und das will ich auch nicht. Du liebe Zeit. Was für ein Dilemma.«

Ja, das war es in der Tat. Wie auch immer man es drehte und wendete, es würde immer eine Verliererin geben.

Levke, wenn sie ihren Vorsatz brechen musste.

Judy, wenn das Thema einfach so stehen gelassen wurde.

Und vor allem: Vivica. Die sogar noch am allermeisten. Denn immerhin war sie der ganzen Situation ohne jeden Schutz ausgeliefert und konnte sich, bedingt durch ihre schlichte Abwesenheit, auch nicht verteidigen. Levke könnte die heftigsten Geschichten über sie auspacken. Und Judy würde danach schnappen wie ein Ertrinkender nach einem Strohhalm. Weil sie einfach nur zu bereit war, alles aufzunehmen, was in irgendeiner Weise an Vivicas glanzvoller Fassade kratzte, je skandalöser, desto besser. Judy schämte sich zwar dafür und bat die großen Yogi-Meister innerlich um Verzeihung, aber leugnen konnte sie es nicht.

Und ein ganz klein wenig sah Levke auch so aus, als würde sie gerade nichts lieber tun, als alles auszupacken, was zwischen ihr und Vivica jemals schiefgelaufen war.

Herrje, dachte Judy. Es war manchmal wirklich verflixt schwierig, fair zu spielen.

»Kann ich dich etwas fragen?«, erkundigte Levke sich unvermittelt. »Warum bist du plötzlich so eingeschüchtert? Jetzt, wo du Vivica kennst, meine ich.«

Judy blinzelte. Blinzelte noch einmal. Dann holte sie tief Luft. Mit heiserer Stimme fragte sie: »Ist das denn nicht offensichtlich?«

Levkes Blick war fest. Und ihre Stimme auch. »Nein«, sagte sie. »Ist es nicht.«

Judy zögerte einen Moment. Sie setzte mehrmals zu einer Antwort an und brach dann doch wieder ab. Mit einem Mal hatte sie einen Kloß im Hals. Als sie endlich wieder zum Sprechen fähig war, brachte sie nichts weiter heraus als: »Entschuldige mich bitte einen Moment. Ich muss mal ... für kleine Mädchen.«

In der Toilette angekommen, lehnte Judy sich vor den Waschtisch. Sie stützte sich mit beiden Händen auf und atmete mehrmals tief durch. Dann blickte sie in den Spiegel und nahm sich vor, sich ganz offen, ganz realistisch und so neutral wie möglich zu betrachten. Aber auch so gnadenlos ehrlich wie möglich.

Sie war nicht hässlich, das wusste Judy. Auf der anderen Seite war sie auch nie eine Titelblattschönheit gewesen, darüber hatte sie sich nie irgendwelche Illusionen gemacht. Sie sah ... okay aus. Ganz niedlich. Das war es, was sie ab und zu mal zu hören bekam.

Eigentlich hatte Judy nie besonders mit ihrem Aussehen gehadert, nicht einmal zu Teenagerzeiten, als plötzlich Pickel sprossen und jede neue Kurve kritisch beäugt wurde. Es interessierte sie einfach nicht sonderlich, und sie hatte auch nie eine echte Problemzone an sich wahrgenommen. Okay, wenn ihr eine gute Fee ein paar Änderungen gewährt hätte, dann hätte sie sich vielleicht insgesamt etwas mehr gewünscht: Mehr Oberweite. Und mehr Haare. Oder wenigstens nicht ganz so feine, glatte Spaghettisträhnen, in denen einfach keine Frisur halten wollte. Andererseits konnte man sagen: So fiel eben alles an ihr eher zart aus, inklusive der Haarpracht. Immerhin ein stimmiges Gesamtbild.

Aber das alles war eben relativ. Sobald jemand wie Vivica auftauchte, wurden aus den feinen Feenhaaren fedrige Fusseln und aus einer zierlichen Figur ein flaches Brett mit zwei Mückenstichen anstelle von Brüsten.

Judy seufzte. Zog einmal ihr Zopfband heraus, schüttelte probehalber die Haare und besah sich das Ergebnis. Keine Chance. So eine Mähne wie Vivica würde sie niemals haben. Und für die entsprechende Oberweite bräuchte sie eine OP.

Wollte Levke, überlegte sie, ihr denn wirklich erzählen, dass sie diese Unterschiede nicht sähe?

Als eine weitere Restaurantbesucherin die Toilette betrat, verzog sich Judy hastig in eine der Kabinen. Es kam ihr plötzlich albern vor, wie sie da vor dem Spiegel stand und sich selbst anstarrte.

Albern ...? Moment mal.

Eine Weile tigerte Judy in der Kabine hin und her. In ihrem Kopf hatte sich eine Idee geformt, aber sie konnte sie noch nicht recht greifen.

Für sie, hatte Levke gesagt, sei der Unterschied nicht offensichtlich.

Und Annas Worte von heute Nachmittag kamen ihr in den Sinn: *»Was genau hat sich eigentlich verändert?«*

Die Erkenntnis traf Judy so plötzlich, dass sie sich auf den – glücklicherweise heruntergeklappten – Toilettendeckel setzen musste.

Vivica war wunderschön, zweifelsohne. Aber das war sie heute Morgen auch schon gewesen. Und gestern. Vorgestern. Die letzten sieben Jahre. Und Levke ihrerseits hatte garantiert nicht bis heute Mittag unter einer Sehschwäche gelitten, die vor wenigen Stunden eine Spontanheilung erfahren hatte. Sie hatte wohl kaum gerade eben erst erkannt, dass die Frau, mit der sie bis vor kurzem zusammen gewesen war, aussah wie einem Hochglanzmagazin entstiegen.

Das hatte Anna, die liebe und weise Anna, heute Nachmittag gemeint, als sie nach Veränderungen gefragt hatte. Und das Einzige, was sich wirklich verändert hatte, war – Judys Einstellung zu der Sache.

Für niemand anderen als Judy selbst war Vivicas Schönheit eine Herausforderung.

Sicher: Bei der Wahl zur Miss Germany wäre Vivica die Topfavoritin, während Judy bestenfalls geringe Außenseiterchancen hätte. Aber das hier war kein Wettkampf. Und Levkes Herz war kein Preis, den man einfach so gewinnen konnte.

Und wo sie gerade schon mal dabei war: Miss Germany wollte Judy sowieso nicht werden. Auf gar keinen Fall.

So gesehen waren ihre Komplexe tatsächlich ein bisschen albern.

Judy stieß die Toilettentür auf. Dann wusch sie sich rasch die Hände und blinzelte ihrem Spiegelbild verstohlen zu. Die andere Dame, die unmittelbar nach ihr aus der Kabine kam, starrte sie konsterniert an. Doch das war Judy egal.

Denn auf einmal glaubte sie ganz fest daran: Eines Tages würde Vivicas Charisma auch für sie normal sein, eines Tages würde es auch sie nicht mehr so einschüchtern. Der Mensch gewöhnte sich schließlich an alles, nicht wahr?

Als sie zu Levke an den Tisch zurückkehrte, fühlte Judy sich schon wieder wesentlich besser. »Hör mal, Levke«, begann sie. »Ich habe nachgedacht. Und –«

Zeitgleich platzte Levke heraus: »Also, Judy, ich hab mir überlegt –«

Einen Moment lang blickten sie sich verdutzt an, dann lachten sie.

»Du zuerst«, sagte Levke.

»Nein, du«, sagte Judy grinsend, während sie sich setzte.

Levke holte Luft. »Also, inzwischen ist Vivica ja wirklich schon wieder einigermaßen auf dem Damm. Wenn es dir also lieber wäre, dass jemand anders meinen Pflegerjob bei ihr übernimmt, dann, denke ich, wäre jetzt ein ganz guter Zeitpunkt, um –«

»Ah!« Judy hob den Zeigefinger. »Nicht, Levke. Bitte. Das hatten wir doch alles schon mal. Ich meine …« Es sollte sich nicht zu ablehnend anhören oder gar so, als sei ihr die Sache mit Vivica plötzlich egal geworden. »Ich weiß dein Angebot durchaus zu schätzen. Ehrlich, es ist echt lieb von dir. Aber eigentlich geht es bei dieser Sache doch gar nicht um mich.«

»Tut es nicht?«, fragte Levke verblüfft.

»Na, ich bin jedenfalls nicht diejenige mit dem kaputten Bein. Ich«, Judy lehnte sich auf ihrem Stuhl zurück, »bin nur diejenige, die ein wenig eifersüchtig ist, weil dieses kaputte Bein zufällig außerdem ein sehr attraktives Bein ist, an einem sehr attraktiven Körper hängt und dieser attraktive Körper sieben Jahre lang mit der Frau im Bett gelegen hat, in die ich bis über beide Ohren verliebt bin, und –« Sie hatte eigentlich noch mehr sagen wollen. Doch stattdessen brach sie ab und schlug sich beide Hände vor den Mund. »Oh Gott«, stieß sie halb lachend, halb erschrocken zwischen den Fingern hervor und blickte aus riesengroßen Augen zu Levke hinüber. »Ich hab es gesagt, oder? Ich meine, ich habe es tatsächlich gesagt!«

Sie hatte, ganz offen, von Verliebtheit gesprochen. Das war vielleicht kein ganz so starkes Wort wie Liebe, aber immerhin.

Verliebtheit. Und Eifersucht. Sie hatte beide Worte in den Mund genommen. Ihr Herz hämmerte.

»Tja«, meinte sie und sah Levke halb verlegen, halb erleichtert an. »Ich schätze, jetzt ist die Katze aus dem Sack.«

Levke atmete langsam und schwer ein und aus. Dann beugte sie sich plötzlich weit über den Tisch, packte Judys Schultern und gab ihr einen langen, innigen Kuss. Judy war eine Sekunde lang vollkommen überrascht. Dann legte sie den Kopf in den Nacken und genoss es einfach nur.

»Was«, erkundigte sich Levke, als sich ihre Lippen einen Moment lang voneinander lösten, »hattest du mir denn eigentlich sagen wollen?«

Atemlos antwortete Judy: »Das hab ich im Eifer des Gefechts jetzt wohl vergessen.«

Ein leises Räuspern riss sie aus ihrer Umarmung. Vor ihnen stand die Bedienung, und obwohl sie lächelte, hing über ihrer Nasenwurzel eine scharfe Falte des Missfallens. Offensichtlich hatten Judy und Levke es ein ganz kleines bisschen übertrieben.

»Wünschen die Damen noch ein Dessert?«, erkundigte sich die Kellnerin mit einer Stimme, die klang wie eine zum Zerreißen gespannte Gitarrensaite.

Judy und Levke sahen einander an. Levke wurde rot, und Judy kicherte.

»Nein, danke«, meine Judy dann.

»Nur die Rechnung bitte«, setzte Levke hinzu.

Die Kellnerin stürmte davon. Sie schien die beiden Frauen, die sich so unmöglich benahmen, so rasch es nur ging loswerden zu wollen.

Judy legte ihre Stirn an Levkes und murmelte: »Ich hätte aber durchaus gern noch etwas.«

»Ach ja?« Levke hob die Brauen.

»Allerdings«, erklärte Judy. »Dich.«

»Zum Nachtisch?«

»Nein. Zum Mitnehmen, bitte.«

Levke lachte. »Frag doch mal nach. Vielleicht kann die Kellnerin mich für dich einpacken.«

Judy zupfte am Saum von Levkes Shirt und gab grinsend zurück: »Also, offen gestanden würde ich dich lieber auspacken.«

9

Sie hatten bereits im Auto kaum die Finger voneinander lassen können. Hatten einander während der Fahrt immer wieder berührt. Wangen gestreichelt, Nacken gekrault, Oberschenkel liebkost.

Bis Judy auf einem abgeschirmten Parkplatz anhielt, weil sie die Spannung einfach nicht mehr aushielt. Sie hatte den Motor noch nicht abgestellt, als Levkes Lippen sich schon auf ihre drückten. Ihre Zungen fanden einander, Finger begannen zu wandern, schließlich auch unter die Kleidung und an sehr, sehr private Stellen.

»Wir müssen aufhören«, keuchte Judy und hielt sich stöhnend am Lenkrad fest, während Levkes Hand die Feuchtigkeit zwischen ihren Beinen erkundete.

»Aufhören?«, flüsterte Levke und schmiegte sich enger an sie. »Ja, in der Tat, das sollten wir wohl ...« Ihre Hände tasteten sich zu dem Verschluss von Judys BH hinauf und lösten ihn mit zitternden Fingern.

»Bitte«, hauchte Judy und wand sich verzweifelt, konnte sich Levke in der Enge der Fahrerkabine aber nicht entziehen. »Nicht ...«

Doch Levke wisperte ein leises: »Psst.« Dabei schlossen sich ihre Finger so fest um Judys Brust, dass es beinahe wehtat.

Judy keuchte und lehnte sich gegen die Kopfstütze zurück, während Levke ihr das Shirt hochzog und ihre rechte Brustwarze mit den Lippen umschloss. »Oh, verdammt ... Levke, bitte, wir müssen aufhören. Sonst kann ich gleich überhaupt nicht weiterfahren.«

»Ja«, murmelte Levke, während sie ganz zart an Judys Brustwarze knabberte und ihre Finger weiter unten geschickt ihr Werk verrichteten. »Aufhören, ja, sicher. Gleich ...«

»Levke ...«

»Komm schon, nur einen kleinen Moment noch.«

»Levke, ich meine es ernst ...!«

Nur ein paar Sekunden später riss Judy die Augen auf, erschrocken und ganz überwältigt von der Welle, die sie durchströmte. Sie öffnete den Mund, kniff die Augen fest zusammen, verkrallte sich ins Lenkrad und presste sich gegen die Kopfstütze.

Sie schrie nicht, kiekste nur leise. Dann sackte sie auf dem Fahrersitz zusammen.

»Ups«, sagte sie. »Schon wieder.«

Levke lachte leise und gab ihr einen zarten Kuss auf die Wange. »Na, was meinst du? Kannst du jetzt wieder fahren?«

»Ja, ich glaub schon.« Judy kicherte, dann atmete sie tief durch. »Gib mir ... nur noch einen kleinen Moment, okay?«

»Aber nicht zu lange«, mahnte Levke und rutschte nun ihrerseits unruhig auf ihrem Sitz hin und her. »Mag ja sein, dass es dir jetzt bessergeht. Aber ich sitze immer noch hier und leide leise vor mich hin.« Sie sah Judy mit einer hinreißenden Mischung aus Verlegenheit und Begierde an. »Ich möchte jetzt auch meinen Nachtisch. Schnell!«

Hinterher, auf der Matratze in Levkes improvisiertem Büro-Schlafraum liegend, fragte Judy, das Gesicht in Levkes Haare geschmiegt: »Na? Bist du jetzt auch auf deine Kosten gekommen?«

»Mehr als einmal«, grinste Levke erschöpft. »Ich hab irgendwann aufgehört zu zählen.«

Judy lachte leise und sog den Duft von Levkes Rosenshampoo tief ein. Einige Minuten lagen sie einfach nur schweigend und eng umschlungen da. Judy spürte, wie sie allmählich wegdämmerte. Doch anstatt dem Schlafbedürfnis nachzugeben, setzte sie sich auf, wenn auch etwas mühsam. »Vielleicht sollte ich jetzt langsam gehen?«, überlegte sie. »Es ist schon ziemlich spät.«

»Nein«, rief Levke aus. »Noch nicht.«

»Ich hab aber morgen Frühschicht ...« Insgeheim genoss es Judy, dass Levke sie nicht weglassen wollte. »Und ich hab keine Wäsche zum Wechseln hier.«

»Du bekommst was von mir.«

»Ich weiß nicht ...«, zierte sich Judy künstlich.

Levke umschlang sie mit den Armen. »Bitte, bleib bei mir.« Unvermittelt setzte sie sich auf. »Du kannst noch gar nicht gehen. Ich hab nämlich noch was für dich. Eine ... kleine Aufmerksamkeit sozusagen.«

Judy, jetzt ganz ungekünstelt überrascht, hob die Brauen. »Willst du mich etwa bestechen?«

»Ich tu's, wenn es sein muss. Bleib noch. Wenigstens ein paar Minuten, bis ich dir dein Geschenk gegeben habe.« Levke erhob sich und stand einen Moment lang in voller Pracht vor Judy, bevor sie sich abwandte. »Bin gleich wieder da. Lauf ja nicht weg«, rief sie noch und drohte Judy mit dem Finger, während sie nackt durch die Tür huschte und die Treppe hinunterlief.

Judy sank lächelnd auf die Matratze zurück. Den Teufel würde sie tun.

Als Levke zurückkam, hielt sie ein längliches, schmales Päckchen in den Händen. »Ich wollte es dir eigentlich schon längst gegeben haben«, erklärte sie, als sie es Judy reichte, »aber irgendwie war nie der richtige Moment dafür.«

Judy blickte neugierig auf die schmale Schachtel hinunter. »Was ist es denn?«

Levke hockte sich neben sie. »Mach's auf. Dann weißt du's.«

Mit klopfendem Herzen und fahrigen Fingern fummelte Judy an dem Verschluss herum. Sie warf Levke noch einen kurzen Blick zu, dann holte sie tief Luft und klappte die Schachtel auf. Levkes Gesicht zeigte eine Mischung aus Nervosität und Erwartung.

Im nächsten Moment sagte Judy nur noch: »Wow.« In dem Kästchen steckte ein Anhänger. Er war etwa drei Zentimeter hoch und aus hellem Material, Silber oder Weißgold, um das genau zu bestimmten, reichten Judys Fachkenntnisse nicht aus. »Eine Libelle?«, stieß Judy hervor.

»Aha. Man erkennt es also?« Levke strahlte freudig.

Judy drehte die Figur zwischen den Fingern. Das fragte Levke noch? Die Libelle war so wundervoll gestaltet, so liebevoll mit Details ausgeschmückt. Sogar die Facettenaugen waren akkurat herausgearbeitet und gut zu erkennen.

Überwältigt sagte Judy: »Das ist wunderschön. Aber –« Sie sah Levke aus großen Augen an. »Den kannst du mir doch unmöglich schenken wollen.«

Levkes Lächeln bekam einen winzigen Knick. »Wieso nicht?«

Judy schüttelte langsam den Kopf. Nicht aus Ablehnung, eher aus Unglaube – geradezu Ehrfurcht. »Das ... ist viel zu kostbar. Ich meine, allein das Material ist doch«, sie versuchte eine vorsichtige Schätzung, »mehr wert, als ich im Monat verdiene. Und überhaupt ... so ein wunderschönes Stück kannst du doch nicht aus der Hand geben wollen.«

Levkes Lächeln wurde wieder etwas fester. »Weißt du, wie ich auf die Idee gekommen bin, mich überhaupt an diesem Motiv zu versuchen? Damals am See. Mit dir. Erinnerst du dich?«

Wie könnte Judy das vergessen? Es war ein einzigartiger Tag gewesen. Bis Vivicas Anruf kam und das Ganze ein abruptes Ende fand. Doch davor war es perfekt gewesen, für sie alle. Sie. Levke. Und die Libelle.

»Man könnte also sagen«, erklärte Levke, »du hast mir die Inspiration für diese Kette geliefert. Also, wem sonst sollte ich sie schenken, wenn nicht dir?« Sie legte ihre Hand auf Judys und schloss sie um den Anhänger. Die glitzernde Libelle verschwand zwischen Judys Fingern. Langsam nahm das Metall die Wärme ihres Körpers an. Judy betrachtete ihre Hand, von Levkes umschlossen. Sie wollte etwas sagen, aber es schien keine Worte zu geben, die diesem Augenblick hätten gerecht werden können.

Schließlich blickte sie zu Levke auf. »Würdest du ihn mir anlegen?«, flüsterte sie, drehte den Kopf und schob ihr Haar beiseite.

Der Anhänger lag gut und leicht auf ihrem Dekolleté, und die zarten Berührungen von Levkes Fingern ließen Judy mehrmals sanft erschauern. Sie fühlten sich an wie ein leise gehauchtes Versprechen.

10

Ein Kettenanhänger extra für dich, hm?« Als Judy die Kette am nächsten Tag auf der Arbeit trug, war sie Anna Cho sofort aufgefallen. Sie hatte das Schmuckstück behutsam in die Hand genommen und gesagt: »Eine Libelle, ja? Schick, schick. Also, wenn mich jemand aus so vielen Augen gleichzeitig ansieht, dann wird mir ganz benommen zumute.« Sie grinste Judy an. »Und den hat deine Levke extra für dich gemacht? Da kannst du dir aber mächtig was drauf einbilden.«

»Na ja, nicht direkt für mich«, räumte Judy ein. »So, wie ich sie verstanden habe, habe ich sie eher dazu … inspiriert, kann man sagen.«

»Dann kannst du dir noch viel mehr darauf einbilden«, erklärte Anna. »Geschenke kassieren, das kann ja jeder. Jemanden inspirieren ist eine besondere Kunst.« Sie musterte Judy. »Demnach geht es dir also wieder besser, hm?«

»Ja, absolut.« Judys Antwort kam wie aus der Pistole geschossen.

Der gestrige Abend hatte einiges wieder wettgemacht. Levkes offene Ehrlichkeit hatte Judys Zweifel auf ein Minimum schrumpfen lassen. Nicht komplett ausgeräumt, dafür war es noch zu früh. Doch immerhin hatte Levke gestern einen optimistischen Ton angeschlagen. Sie würde immer noch ein bisschen Zeit brauchen, klar. Doch Judy würde sich gedulden, bis Levke all das für sich sortiert hatte. Bis es einen echten Durchbruch gab, der zu ihren, Judys, Gunsten ausfallen würde. Und wenn die Zweifel doch wieder aufkamen, würde sie einfach den schönen Anhänger betrachten, den Levke ihr geschenkt hatte.

»Verstehe«, meinte Anna. »Und was machst du jetzt mit deinem Vivica-Problem?«

Judy hob die Brauen. »Welches Vivica-Problem denn?«

»Na, du gibst sie doch wohl als Patientin ab, oder?«

Judy sah sie fest an. »Nein. Tu ich nicht.«

»Wie bitte?« Anna riss ungläubig die hübschen Mandelaugen auf. »Du willst wirklich die ... Moment, lass mich das bitte mal klarstellen. Du hast wirklich vor, die Ex deiner neuen Flamme zu therapieren?«

»Ja«, sagte Judy.

Die Sache, fand sie, war eine ganz einfache Rechnung. Erstens war es in der Physiotherapie nicht üblich, einen Patienten einfach so abzulehnen. Befangenheit gab es vielleicht vor Gericht, beim Psychiater oder im Operationssaal; Judy hingegen spürte keinen wirklichen Konflikt ethischer oder moralischer Art. Zweitens: Es gäbe eine gewisse Erklärungsnot. Allein bei dem Gedanken, Doktor Finkenberg die Gründe darzulegen, wurde Judy ganz anders. Außerdem müsste man dann auch Vivica erklären, wieso sie plötzlich einen anderen Therapeuten bekam. Und das kam nicht in Frage, solange Levke an ihrem Plan festhielt, Vivica nichts von ihrer Beziehung zu Judy zu erzählen.

Drittens – und dieses Drittens war ein sehr wesentlicher Punkt: Judys Ehrgeiz war geweckt.

»Ich will ja nicht angeben«, legte sie Anna dar, »aber ich halte mich für eine ganz fähige Therapeutin. Und davon mal abgesehen habe ich ein nicht ganz uneigennütziges Interesse daran, dass Vivica bald wieder auf die Beine kommt.« Sie gestattete sich ein kleines Grinsen. »Je besser die Therapie, desto eher ist die gute Vivica wieder fit. Und je eher sie wieder auf eigenen Beinen stehen kann – buchstäblich, meine ich –, desto eher sind wir sie los.«

Anna musterte sie eine Weile. »Aha«, sagte sie dann. Das war ihr einziger Kommentar.

Verständnislos gab Judy zurück: »Hey, du hast mir doch unlängst selbst erklärt, ich solle ein bisschen selbstbewusster sein. Und wenn ich es dann tatsächlich bin, ist es auch wieder falsch? Ehrlich, Anna, manchmal bist du wirklich seltsam.«

»Ja«, meinte Anna und lächelte dünn. »Kann schon sein.« Sie schien noch mehr sagen zu wollen, doch dann legte sie Judy nur kurz die Hand auf den Arm. »Pass einfach ein bisschen auf dich auf, okay?«

»Worauf denn?«, fragte Judy verwirrt.

Doch diesmal blieb Anna ihr endgültig eine Antwort schuldig.

In gewissen Momenten, wenn Judy in sich ging und durch und durch ehrlich zu sich selbst war, ahnte zumindest ein Teil von ihr, dass sie sich selbst in die Tasche log, jedenfalls ein kleines bisschen. Natürlich hätte sie Vivica als Patientin abgeben können. Sie hätte einfach einen vollen Terminplan vorschützen können. Hätte behaupten können, die Sache mit der Patellasehne liege ihr nicht. Oder sie hätte Vivica einfach ohne großes Trara an Anna abgeschoben und dafür einen von deren Patienten übernommen. Ein simpler Tausch. Anna hätte garantiert mitgespielt.

Ja, Judy hätte all das tun können.

Aber in Wahrheit hatte sie noch andere Motive. Wenn Vivicas Schönheit wirklich eine Herausforderung für sie war – wie konnte sie die Sache überwinden, wenn sie Vivica aus dem Weg ging?

Litt man zum Beispiel an Höhenangst und wollte ernsthaft etwas dagegen tun, dann konnte man schließlich auch nicht vor jeder Teppichkante heulend zusammenbrechen. Hängebrücken überqueren, Seilbahn fahren: Das wäre die richtige Therapie. Konfrontation. Wenn Judy sich also von Vivicas Schönheit eingeschüchtert fühlte, dann musste sie sich damit konfrontieren. Musste mit Vivica zu tun haben, musste ihr begegnen, musste mit ihr umgehen, wie mit jedem anderen Patienten. So lange, bis es normal für sie war.

Letztendlich war schließlich auch die bildschöne Vivica ein Mensch wie jeder andere. Und ganz ehrlich: Wenn sie mit ihrem verletzten Knie durch die Gegend hinkte, sah sie dabei auch nicht sehr viel graziler aus als zum Beispiel Frau Hillmann.

Vielleicht, dachte Judy, brauchten Levke und sie ja beide eine gewisse Auseinandersetzung mit dem Faktor Vivica. Und am Ende konnte es ihnen nur zugute kommen. Herausforderungen, die man überwand, machten einen stärker.

Die eigentliche Arbeit mit Vivica machte Judy wider Erwarten sogar richtig Spaß. Vivica war eine unproblematische Patientin. Sie machte brav alle Übungen mit, egal wie anstrengend sie sein mochten. Auch wenn ihre Stirn mit Schweiß bedeckt und ihr Gesicht verzerrt war, beschwerte sie sich nie. Manchmal, stellte Judy fest, war sie sogar ein kleines bisschen zu tapfer.

Es verstörte Judy beinahe ein bisschen, wie gut sie mit Vivica auskam. Bereits in der zweiten Stunde hatten sie sich von dem formellen »Sie« verabschiedet. Es war Vivica gewesen, der mehrmals das »Du« herausgerutscht war. Nachdem sie sich dreimal dafür entschuldigt hatte, nur um dann denselben Fauxpas erneut zu begehen, hatte sie den Kopf geschüttelt und Judy angegrinst. »Sag mal, können wir die Förmlichkeiten nicht einfach lassen? Ich komme mir sonst so alt vor.« Sie hielt Judy die Hand hin. »Ich bin die Vivica. Aber das weißt du ja schon. Du kannst mich übrigens auch Viv nennen, wenn dir das lieber ist.«

Judy erinnerte sich dunkel, dass Levke die Kurzform »Viv« benutzt hatte. »Mir gefällt Vivica besser«, entschied sie und schlug ein.

Das informelle Du hatte eine Barriere zwischen ihnen eingerissen, es führte rasch dazu, dass ihre Gespräche eine andere, sehr viel persönlichere Ebene erreichten. Im Gegensatz zu Levke war Vivica ganz hervorragend im Smalltalk. Sie wusste im Nu, dass Judy verrückt nach Curry war, Sport und Yoga liebte und unbedingt einmal nach Indien wollte. Judy hingegen erfuhr, dass Vivica Orchideen mochte, als Schülerin ein Jahr in Frankreich verbracht hatte und dass ihr Traumreiseziel die Fidschi-Inseln waren.

Und dass Levke und sie einmal mehr gewesen waren als nur Freundinnen. Sehr, sehr viel mehr. Aber das war ihr ja ohnehin bekannt.

»Sieh zu, dass du nicht zu vertraulich mit ihr wirst«, warnte Anna in der zweiten Woche, während sie eines Abends gemeinsam die Turnhalle aufräumten.

»Bin ich doch gar nicht«, protestierte Judy. Sie sammelte die Medizinbälle ein und verstaute sie im Schrank.

»Doch, bist du«, erklärte Anna, die Matten aufeinander schichtete. »Du bist sogar viel zu nett zu ihr.« Dann murmelte sie noch etwas, das Judy nicht verstand.

»Was?«, fragte Judy.

Etwas lauter erklärte Anna: »Ich sagte, außerdem hat sie das gar nicht verdient.« Und als Judy fragend die Brauen hob, ereiferte sie sich: »Ja, hast du vielleicht mal mitbekommen, wie sie mit dem Personal redet? Dies passt ihr nicht, und jenes passt ihr nicht, und überhaupt. Sie scheucht die Leute herum, als wären sie ihre Dienstboten. Und zwischendurch«, Anna verzog das Gesicht, »führt sie sich wie eine Prinzessin auf.«

»Ach, das ist doch Unsinn«, widersprach Judy. »Zu mir ist sie immer sehr nett.«

»Ja, da bist du wohl die große Ausnahme«, meinte Anna. »An dir hat sie, scheint's, wirklich einen Narren gefressen.« Sie verschränkte die Arme vor der Brust. »Andererseits bist du so sehr bemüht darum, sie nett zu finden, dass du vielleicht vollkommen übersiehst, wie sie wirklich ist.«

Judy schüttelte den Kopf. Es konnte doch nicht sein, dass ihre und Annas Wahrnehmung so sehr auseinanderklafften. »Ich kann dir nicht folgen. Wenn du etwas zu sagen hast, Anna, dann sag es doch einfach. Lass dir nicht immer alles aus der Nase ziehen.«

Anna atmete tief durch. »Ich kann sie einfach nicht ausstehen, das ist alles. Auch auf die Gefahr hin, dass du das nicht hören willst: Ich für meinen Teil finde Vivica zickig, allürenhaft und einfach nur unangenehm. Aber wer weiß ...« Sie wuchtete die nächste Matte mit einigem Nachdruck auf den Stapel. »Vielleicht liegt es auch an mir. Vielleicht stimmen die Schwingungen zwischen ihr und mir einfach nicht.«

»Hm«, machte Judy nur. Darauf wusste sie nichts zu sagen.

»Sieh es doch einmal so, Judy«, schob Anna nach, »wenn du so verzweifelt versuchst, Vivica zu mögen, dann betrügst du doch nicht nur dich selbst. Sondern in gewisser Weise auch Vivica.«

Judy schluckte. »Wieso denn?«

»Na ja.« Anna musterte sie aus schmalen Augen. »Letzten Endes bist du doch immer noch diejenige, die ihr die Freundin ausspannt.«

Das wollte Judy nicht auf sich sitzen lassen. »Ach was, Anna. Jetzt bleib doch mal bei den Tatsachen. Levke und Vivica sind getrennt. Ich kann ihr doch niemanden ausspannen, mit dem sie nicht mehr zusammen ist.«

»Tja, diese sogenannten Tatsachen«, meinte Anna. »Drehst du dir die nicht ein bisschen so zurecht, dass sie passen? Und zwar *für dich* passen?«

Ein Teil von Judy wusste, dass Anna recht hatte. Aber das mochte sie sich nicht anhören. »Die beiden sind getrennt«, beharrte sie und stopfte die letzten Medizinbälle in den Schrank. »Und Vivica sollte das schon irgendwie mitgekriegt haben.«

»Ach so?«, fragte Anna. »Und wieso erzählt sie dann jedem Masseur, jedem Aquafitnesstrainer und jedem Hausmeister hier im Haus, egal, ob er es hören will oder nicht, wie sehr sie unter der Trennung leidet? Und dass sie hofft, dass Levke und sie wieder zusammenkommen?«

In diesem Moment geriet Judys Bällehaufen ins Wanken, und ein ganzer Wust an Medizinbällen und anderem Zeug, das sich außerdem in dem Geräteschrank befunden hatte, prasselte auf Judy hinunter. Sie sprang mit einem spitzen Schrei zur Seite.

»So ein Mist«, brauste sie auf, als sie sich dann zwischen den über den ganzen Boden verstreuten Trainingsgeräten wiederfand. Hilflos blickte sie zu Anna hin.

»Ja«, meinte diese trocken. »Das würde ich auch so sehen.«

11

Die Mantra-Gesänge auf Judys CD-Player liefen in einer Endlosschleife. Sie selbst saß im Lotussitz auf ihrem Meditationskissen, hatte die Hände im Schoß ineinandergelegt und versuchte, sich zu zentrieren. Den Kopf freizubekommen. Und am besten gar nicht mehr zu denken.

Früher, als sie gerade mit Yoga angefangen hatte, war ihr das ziemlich schwergefallen. Sobald sie sich zur Meditation hingesetzt hatte, sobald sie versucht hatte, ihren Geist zu klären, waren die Gedanken nur umso ungehemmter auf sie eingestürmt. Anfangs hatte sie einige Versuche sogar frustriert abgebrochen, da sie, anstatt sich zu entspannen, plötzlich in einer Grübelspirale gefangen gewesen war. Doch inzwischen hatte sie das ganz gut im Griff. Normalerweise erfüllte die Meditation ihren Zweck.

Heute nicht.

Heute gingen ihr Annas Worte einfach nicht aus dem Kopf. Beziehungsweise: Vivicas Worte. Das, was Vivica gesagt haben sollte. Zu Anna. Zum Hausmeister. Zu jedem, der es hören wollte oder auch nicht.

Sie hoffe immer noch. Sie hoffe, dass sie und Levke vielleicht doch noch wieder zusammenkommen würden. Und wenn man es genau bedachte, dann war Levkes Verhalten – verantwortungsbewusstes Kümmern, anstatt Distanz zu halten – auch nicht unbedingt dazu angetan, diese Hoffnungen zu zerstreuen.

Aber wusste Judy es denn genau? Judy gegenüber hatte Vivica noch nie irgendwelche heimlichen Zukunftspläne durchblicken lassen, die auch Levke einschlossen. Und dabei wäre sie doch prädestiniert dazu gewesen. Sie war diejenige, die von allen Mitarbeitern der Klinik am meisten mit Vivica zu tun hatte. Sie kamen ganz gut mit einander aus. Außerdem kannte Judy Levke, und das nicht nur vom Sehen.

Sondern aus dem *»Yogakurs«*. So lautete jedenfalls immer noch die offizielle Version.

Und was war das für eine Geschichte, dass Anna Vivica absolut nicht mochte? Anna war eigentlich ein unkomplizierter Mensch, der mit niemandem Schwierigkeiten bekam.

Auch von den anderen Kollegen hatte Judy kaum etwas Negatives über Vivica gehört. Zumindest nichts, was die Attribute »zickig«, »allürenhaft« und »sich wie eine Prinzessin aufführend« auch nur annähernd traf. Nur Laura hatte einmal so etwas fallen gelassen. Aber Laura war selbst eine ewig mit sich selbst hadernde Persönlichkeit, die sich nur über ihr Äußeres definierte, ständig Diät hielt und jeden hasste, der weniger als Größe 40 trug. »Eingebildete Sumpfnudel«, hatte Judy sie einmal über Vivica schimpfen hören. »Die sollte sich wirklich mal anstrengen, um wieder fit zu werden. Sonst setzt sie bald Fett an, dann war's das mit diesem Traumkörper.«

Das war, vermutete Judy, dann wohl eher ein Ausreißer in der Statistik.

Fürs Erste wäre es also wohl das Beste, wenn sie die Sache auf sich beruhen ließ und versuchte, sich nicht allzu viele Gedanken darüber zu machen. Solange Vivica ihr gegenüber noch nicht von Levke geredet hatte, konnte sie sich dumm stellen. So richtig anständig war das nicht, das war ihr klar. Sie verschloss damit durchaus ein wenig die Augen vor einer möglicherweise bitteren Wahrheit. Aber ihr fiel auch keine brauchbare Alternative ein. Die ganze Sache war schon verzwickt genug. Also, wieso sollte

Judy sie noch komplizierter machen? Wieso Probleme schaffen, wo vielleicht gar keine waren? Anna hatte es doch selbst gesagt: Vielleicht stimmten die Schwingungen zwischen ihr und Vivica nicht, und das war alles. Es gab schließlich Menschen, die mochte man einfach nicht. War doch so ... Oder?

Nachdem ihre unruhigen Gedanken an diesem Punkt angelangt waren, erhob sich Judy von ihrem Kissen und schaltete die Mantras aus. Für heute würde das mit dem Meditieren nichts werden, so viel stand fest.

Es passierte etwa in der fünften Therapiewoche. Vivica hatte sich gerade durch ein paar Kräftigungsübungen gequält und machte nun eine kleine Pause. Schweiß stand ihr auf der Stirn, und sie sah blass und müde aus.

»Levke macht also jetzt Yoga, hm?«, sagte sie unvermittelt.

Judy, die gerade ein bisschen Wasser besorgt hatte, fiel beinahe die Flasche aus der Hand. Aha. Jetzt war es also so weit. »Ähm«, brachte sie bloß hervor.

Doch Vivica schien Judys plötzliche Anspannung gar nicht zu bemerken. »Ehrlich gesagt, das überrascht mich«, sagte sie. »Eigentlich war dieses Esoterik-Zeug nie so ihr Ding.«

Judy wollte gerade zu einem Vortrag darüber ansetzen, dass Yoga eine uralte Tradition besaß und mit der pseudowissenschaftlichen New-Age-Esoterik in etwa so viel zu tun hatte wie Tofubratlinge mit einem Steak. Da hob Vivica schon beschwichtigend die Arme. »Entschuldige. Das war nicht gegen dich gerichtet. Ich habe mich nie mit so was beschäftigt und habe ehrlich gesagt auch gar keine Ahnung davon.«

Judy nickte besänftigt. »Schon gut.«

»Gibst du mir bitte mal den Antistressball?«, bat Vivica, und als Judy ihn ihr zuwarf, knetete sie ihn zwischen den Fingern. »Wahrscheinlich«, meinte sie nach einer Weile, »wurmt es mich einfach, dass Levke sich so kurz nach unserer Trennung vollkommen neue Hobbys sucht. Sich plötzlich für Dinge interessiert, die ich ihr gar nicht zugetraut hätte. Und ich denke mir: Vielleich hab ich irgendetwas übersehen?«

Judy räusperte sich. Was sollte sie darauf sagen? Das hier war jedenfalls ziemlich dünnes Eis. Schließlich sog sie sich ein paar Floskeln aus den Fingern. Irgendetwas, das zu jeder handelsüblichen Trennung passte: Dass es doch ganz normal sei, sich nach einem solchen Schnitt neu zu orientieren. Sich vielleicht sogar ganz bewusst nach Dingen umzuschauen, die völlig unbekanntes Terrain darstellten. Dass das vielleicht auch mit Abgrenzung und dergleichen zu tun hatte.

Vivica nickte nachdenklich. »Kann schon sein«, stimmte sie zu. Dann sah sie Judy an. »Darf ich dich mal etwas fragen?«

Judy nickte etwas zögerlich.

»Levke kommt doch immer noch in deinen Kurs, oder? Hat sie ... ich meine, hat sie da mal irgendetwas erwähnt? Über mich? Beziehungsweise: Über uns?«

Vorsicht, kreischte es in Judys Kopf. Vorsicht, Vorsicht!

»Sie hat vielleicht mal etwas angedeutet«, redete sie sich heraus. »Aber so richtig weiß ich das nicht mehr. Ich hab mit meinen Yogaschülern privat nicht so viel zu tun.«

Mit Levke aber schon, lästerte die innere Stimme. Nicht wahr?

»Ach so«, meinte Vivica. »Hat sie vielleicht etwas anderes gesagt? Über –«, sie holte schwer Atem, »jemand anderen? Ich meine, jemand ... Neuen?«

Judy setzte schnell die Wasserflasche an, damit ihr fassungsloses Gesicht sie nicht verriet. Nachdem sie etwa einen halben Liter in sich hineingeschüttet hatte, behauptete sie atemlos: »Ich sagte doch, ich hab mit meinen Schülern nicht so viel zu tun.«

Einen Moment lang hatte sie den Eindruck, als taxiere Vivica sie ganz genau. Der Antistressball quoll sichtbar unter ihren Fingern hervor. Doch dann lächelte Vivica wieder, wenn auch nur schwach. »Natürlich. Trotzdem danke.«

Judy nickte knapp. Sie kam sich plötzlich unglaublich schäbig vor.

»Weißt du«, fügte Vivica unversehens hinzu, »manchmal denke ich, dass mein Unfall auch etwas Gutes hatte.«

Jetzt blinzelte Judy, ehrlich überrascht. »Etwas Gutes?« Sie deutete auf Vivicas Knie: »Das da, das findest du gut?«

Vivica hob lächelnd die Schultern. »Wenigstens kann ich dadurch in Levkes Nähe sein. Den Kontakt halten. Und vielleicht … langsam wieder aufbauen.« Sie holte Atem, und plötzlich funkelten ihre Augen vor Entschlossenheit. »Soll ich ehrlich sein, Judy? Ich würde mir mit Vergnügen beide Beine brechen. Wenn ich dafür nur Levke wiederbekäme.«

Judy schnappte unwillkürlich nach Luft.

»Hey!« Vivica knuffte sie und lachte. »Jetzt krieg doch nicht gleich so einen Schreck. Ich habe das nicht wörtlich gemeint, okay?«

»Na hoffentlich«, sagte Judy und meinte es ernster, als es vielleicht von außen aussehen mochte.

»Eigentlich wollte ich damit nur sagen, wie sehr ich Levke vermisse. Und wie sehr ich hoffe, dass sie zu mir zurückkommt.« Vivica sah Judy an, jetzt wieder ernst. »Denkst du, das ist falsch?«

Ein unangenehmer Druck hatte sich in Judys Magen ausgebreitet. Doch sie ließ erneut eine Floskel vom Stapel, irgendeine passende, aber austauschbare Bemerkung darüber, dass die Hoffnung niemals falsch war und ja bekanntlich zuletzt stürbe.

»Ja«, meinte Vivica und nickte langsam. »So sehe ich das auch.«

Judy wusste, sie sollte nicht fragen. Sie sollte sich einfach aus der Sache heraushalten. Sich das hier, wie Anna ihr unlängst empfohlen hatte, einfach nicht antun. Und für Vivica einfach möglichst rasch irgendeine Trainingseinheit heraussuchen, die zu anstrengend war, um dabei überhaupt noch zu reden.

Nein, Judy sollte nichts sagen.

Und tat es natürlich doch.

»Was genau«, platzte sie heraus, »ist bei euch beiden eigentlich schiefgelaufen?« Es war nicht richtig, Vivica danach zu fragen. Sie auszuhorchen. Wenn Judy die Hintergründe schon erfahren sollte, dann zumindest von Levke. Sie schluckte und winkte eilig ab: »Entschuldige, Vivica. Das geht mich nun wirklich nichts an. Vergiss bitte, dass ich gefragt habe.«

Wieder erschien es ihr einen Moment lang, als sähe Vivica sie mit einem seltsamen Ausdruck an. Doch wahrscheinlich dachte sie nur gründlich nach. Und resümierte.

»Tja«, meinte sie schließlich, wie zu sich selbst. »Was ist schiefgelaufen? Ich hab es vermasselt, das ist schiefgelaufen. Anders kann man es wohl nicht ausdrücken. Ich habe Levke einfach nicht die Wertschätzung entgegengebracht, die sie verdient hätte. Und ich war blind. Ich habe ... die Zeichen nicht erkannt. Und Levke wahrscheinlich auch irgendwie von mir weggestoßen.« Sie stöhnte laut auf. »Und da sitze ich nun. Ohne sie. Und obendrein mit kaputtem Bein. Und weiß du was, Judy? Es macht mich wahnsinnig. Ich meine –«, sie fing an, eifrig zu gestikulieren, und quetschte den Antistressball bis zum Anschlag, »ich stehe auf eigenen Beinen, seit ich sechzehn bin. Und jetzt lassen mich genau diese Beine im Stich. So gut wie gar nichts kann ich allein. Ich sitze den ganzen Tag blöd auf dem Sofa herum. Nicht einmal Freunde besuchen kann ich, ohne dass jemand mich hinfährt. Herrgott, manchmal, da wache ich auf und weiß kaum noch, welchen Wochentag wir haben. Ich vermisse meinen Job. Ich vermisse meine Freunde. Ich vermisse mein Leben! Und vor allem«, an dieser Stelle zitterte ihre Stimme ein wenig, »vermisse ich Levke. Sie war immer die große Konstante in meinem Leben. War immer da, selbst wenn alles andere den Bach runterging. Und genauso fühlt sich das im Moment an. Im Moment gleitet mir irgendwie alles aus den Händen. Und ich kann nichts dagegen tun. Gar nichts.« Sie blickte zu Judy auf. Dann schüttelte sie den Kopf. »Entschuldige, Judy. Ich wollte dich nicht damit belasten.«

Judy schwieg. Das war in der Tat mehr gewesen, als sie hatte wissen wollen.

Einen Moment lang herrschte Stille. Man hörte nur das leise Knirschen, als Vivica den Antistressball erneut bearbeitete.

»Mittwoch«, sagte Judy plötzlich.

Vivica hob den Kopf. »Was?«

»Heute ist Mittwoch«, wiederholte Judy. »Du hast doch vorhin gesagt, dass du mit den Wochentagen durcheinanderkommst.«

Vivica stutzte. Sie starrte Judy einen Moment lang perplex an. Dann prustete sie unvermittelt los, und die Spannung, die eben noch beinahe fühlbar im Raum gehangen hatte, war verflogen.

Judy stimmte nicht in das Lachen ein. Aber ein kleines Lächeln konnte sie sich doch nicht verkneifen.

»Mittwoch«, wiederholte Vivica. »Alles klar – danke. Damit hast du mir schon sehr geholfen.« Sie sah Judy an. Lange. Und diesmal plötzlich mit sehr weichen Augen. »Danke«, wiederholte sie, diesmal ohne zu lachen.

»Wofür?«

»Na ja, für alles eben«, sagte Vivica. »Vor allem dafür, dass du dich so lieb um mich kümmerst.«

Judy räusperte sich. »Das ... ist mein Job.«

»Gehört es auch zu deinem Job, sich die häuslichen Dramen deiner Patientinnen anzuhören?«, erkundigte sich Vivica.

Unsicher schüttelte Judy den Kopf.

»Na also.« Und plötzlich fand sich Judy in Vivicas Umarmung wieder. Sie hatte sich einfach, erstaunlich gelenkig, wenn man ihr lädiertes Bein bedachte, vorgebeugt und Judy an sich gezogen. »Du bist echt lieb, Judy Wallner«, sagte sie leise. »Ich mag dich wirklich.«

Oh, verdammt, dachte Judy. Verdammt, verdammt, verdammt ...

»Äh ... ja ...« Sie entwand sich umständlich Vivicas Armen und räusperte sich erneut. Mehrmals. Blickte sich hilflos im Raum um, auf der Suche nach einem Anhaltspunkt. Schließlich fand sie die Uhr. »Auweia«, stieß sie übertrieben erschrocken hervor. »So spät schon? Wir, ähm, sollten jetzt aber wirklich mal weitermachen.«

12

Levke hatte noch an ihrer Werkbank gesessen, als Judy vor der Tür ihrer Goldschmiede stand und an die Scheibe klopfte.

»Hey«, sagte sie ein wenig erstaunt, als sie auf Judys drängendes Klopfen hin die Tür öffnete und Judy zuerst, ihre Finger knetend, grußlos zu Boden blickte und dann unvermittelt an Levkes Hals hing und sie umarmte. Fest. Ganz, ganz fest.

Levke stand einen Moment lang einfach nur da, offenkundig überrascht. Doch dann umschlang sie Judy ebenfalls und erwiderte die Umarmung.

»Was hast du denn?«, fragte sie, als Judy sie auch nach mehr als einer halben Minute nicht losließ, sondern sich ganz im Gegenteil immer tiefer im Levkes Armen vergrub.

»Nichts«, murmelte Judy, den Duft von Rosenblütenshampoo einatmend. Dieses Mal, um sich damit zu beruhigen, anstatt sich wie sonst daran zu berauschen.

Nach einer Weile war es Levke gelungen, Judy aus dem Türrahmen die Treppe hinauf in ihre improvisierte Büro-Wohnung zu bugsieren. Mit einer Tasse Tee versorgt – Gewürztee, den Levke extra besorgt hatte, weil Judy ihn so gern mochte – brachte sie endlich heraus: »Sag mal, Levke … Fändest du es schlimm, wenn ich Vivica als Patientin abgebe?«

Levke, die ebenfalls gerade ihre Tasse hatte ansetzen wollen, hob die Brauen. Dann sagte sie nur: »Schlimm? Nein. Das ist doch okay.«

Judy zog nun gleichfalls die Brauen hoch. Das war alles? Also, ein bisschen mehr hatte sie schon erwartet. Zumindest, dass Levke nachfragte. Sich nach den Gründen erkundigte. Doch als Levke nichts weiter sagte, fuhr sie selbst fort: »Ich kann das einfach nicht mehr.«

Nach Vivicas unerwartetem Geständnis war Judy ziemlich durch den Wind gewesen. Nicht, dass sie ernsthaft überrascht gewesen wäre. Sie hatte ja damit gerechnet – oder hätte wenigstens damit rechnen müssen. Anna hatte also recht gehabt damit, dass Vivica von einer Wiedervereinigung mit Levke träumte.

Allerdings nicht damit, dass sie eine eingebildete Prinzessin war. Letzteres konnte Judy auch jetzt, allen Schwierigkeiten zum Trotz, nach wie vor nicht behaupten.

Die Dinge hatten sich also nicht wirklich geändert, aber dennoch weiter zugespitzt. Dass Vivica derartige Wünsche hegte, war die eine Sache. Doch darüber hinaus schien sie jetzt plötzlich auch noch der Ansicht zu sein, in Judy so etwas wie eine Verbündete zu haben. Oder zumindest eine wohlmeinende Zuhörerin.

In Wirklichkeit war Judy weder das eine noch das andere. Konnte es gar nicht sein. Selbst wenn sie gewollt hätte, die Umstände erlaubten es nicht.

Immer noch in der Hoffnung, Levke ein wenig aus der Reserve zu locken, setzte Judy wieder an: »Du kannst dir doch denken, worum es geht, oder?«

»Jedenfalls nicht darum, dass Vivica jetzt schon austherapiert ist, stimmt's?«, meinte Levke. »Ich denke nämlich, das hätte ich auch bemerkt.«

Judy rang kurz mit sich. »Über ihre Behandlung darf ich dir nichts sagen, Levke. Schweigepflicht. Das weißt du doch.«

Sie war ganz froh, sich diesmal wirklich auf Formalien berufen zu können. Denn so falsch lag Levke mit ihrer Einschätzung nicht. Was ihre Genesung betraf, machte sich Vivica im Moment tatsächlich alles andere als gut. Sie kämpfte sich in der Therapie zwar weiter tapfer voran, doch seit einiger Zeit schienen ihre Fortschritte zu stagnieren. Egal wie sie sich abmühte, egal wie Judy den Übungsplan anpasste, irgendwie schien es nicht voranzugehen. Es waren sogar bereits mehrere weitere Untersuchungen durchgeführt worden, doch weder der Röntgenapparat noch das MRT ergaben irgendwelche Komplikationen. In Vivicas Knie gab es keine versteckte Entzündung, nichts, was man sonst übersehen hatte. Der Heilungsprozess war genau so weit, wie er zu diesem Zeitpunkt sein sollte. Die Ärzte waren ratlos. Judy ebenfalls.

Und Vivicas Frust wurde immer größer. Sie wurde zunehmend ungeduldig mit sich selbst. Wenn es keine medizinische Ursache gäbe, hatte sie Judy unlängst erklärt, dann müsse es ja wohl ihre Schuld sein, oder?

Judy hatte ihr klarzumachen versucht, dass man in diesem Kontext nicht von Schuld reden könne. Doch Vivica ließ sich davon nicht abbringen. Sie wolle doch, ereiferte sie sich.

Vielleicht, das hatte Judy ja schon des Öfteren vermutet, wollte sie es ein bisschen zu sehr. Und genau dafür hatte ihr Vivica wenige Tage später einen eindrucksvollen Beweis geliefert.

»Verdammt!«, war sie aufgebraust, als in der Therapie wieder einmal nichts klappen wollte. »Wozu mache ich das alles hier überhaupt? Es bringt ja doch nichts.« Damit pfefferte sie ihre Krücken in die nächste Ecke und weigerte sich, mit ihren Übungen weiterzumachen. Derweil stand Judy hilflos daneben. Sie konnte Vivica weder motivieren noch ihr sonst irgendwie helfen.

Das war der Moment, in dem sie begriff, dass Anna absolut recht gehabt hatte, und zwar von Anfang an: Es war die ganze Zeit über eine ziemlich dumme Idee gewesen, dass Judy versucht hatte, sich Vivicas anzunehmen. Sie konnte nun einmal nicht Vivicas Therapeutin sein und gleichzeitig um Levke werben. Wenn zwei Frauen in eine Dritte verliebt waren, dann war am Ende mindestens eine übrig. Für diese Rechnung musste man nun wirklich kein Mathegenie sein. Am Ende würden bei einer von ihnen die Tränen fließen. Und falls sich die Dinge so entwickelten, wie Judy es sich wünschte – wonach es zur Zeit ja durchaus aussah –, dann würde das wohl bei Vivica der Fall sein. Jetzt, wo Judy Vivica kannte und ein Teil von ihr sie sogar beinahe ein bisschen mochte, war diese Vorstellung bereits schlimm genug. Aber sie konnte unmöglich auch noch diejenige sein, die Vivica diese Tränen trocknete. Denn das wäre wirklich verlogen. Genau wie Anna gesagt hatte.

»Es geht«, sagte Judy nun zu Levke, »in diesem Fall nicht um meine Kompetenz als Therapeutin. Sondern um – andere Dinge.« Dann wiederholte sie ihre ursprüngliche Frage: »Also – findest du es schlimm, wenn in Zukunft jemand anders die Physio bei Vivica macht?«

Jetzt begriff Levke wenigstens, dass es für Judy sehr wichtig war, eine Antwort zu erhalten. Dennoch antwortete sie lediglich mit einer Gegenfrage: »Wieso sollte ich das denn schlimm finden?«

»Na, weil das doch eigentlich ziemlich egoistisch ist, oder?«, meinte Judy. »Wenn man das Ganze mal auf das Einfachste herunterbricht, dann ziehe ich mich aus der Affäre, nur weil ich mein Gewissen nicht aushalte.«

So. Damit hatte sie Levke doch wohl einen eindeutigen Hinweis gegeben, oder? Darauf, was der wirkliche Hintergrund ihres Planes war, Vivica nicht mehr zu behandeln. Davon, was sie von Vivicas geheimem Wunsch wusste, wollte sie Levke nichts sagen. Zum einen, um sie nicht auch noch tiefer in einen Konflikt zu stürzen. Zum anderen musste Levke nun wirklich nicht wissen, dass Judy und Vivica über sie geredet hatten. Wobei sie ja, streng genommen, mehr über Vivica selbst, ihre Hoffnungen und Sehnsüchte geredet hatten. Außerdem hatte Vivica selbst davon angefangen. Was hätte Judy also tun sollen? Trotzdem: Es war besser, wenn Levke gar nicht erst zu genau erfuhr, woher der Wind wehte.

Aber sie würde es doch wohl verstehen, auch ohne dass Judy es aussprach. Das hoffte Judy zumindest. Levke konnte doch sonst so gut zwischen den Zeilen lesen. Ihr musste doch klar sein, dass Judy deshalb ein schlechtes Gewissen hatte, weil sie guten Grund zu der Annahme hatte, dass Vivica noch etwas von Levke wollte. Und wenn Levke das wusste, dann könnte sie Judy doch wenigstens ein wenig beruhigen – wenn sie schon nicht ebenfalls ihre Konsequenz aus der Situation ziehen und den Kontakt zu Vivica einschränken würde. Sie könnte Judy wenigstens sagen, dass sie sich keine Sorgen machen müsse. Dass Vivica ganz umsonst hoffte.

Im Grunde hatte sie es Judy ja bereits mehrfach mitgeteilt, aber immer bloß auf eine eher indirekte Art und Weise. Und obwohl Judy wusste, dass es ein unreifer, kindischer Wunsch war, hätte sie es liebend gern einmal in aller Deutlichkeit von Levke gehört.

Levke hingegen fing nun plötzlich an zu lächeln. Sie beugte sich vor, nahm Judy sanft die Tasse aus der Hand, stellte sie auf dem kleinen Tisch ab und zog Judy langsam zu sich heran. Sie bettete

Judys Kopf auf ihren Oberschenkel, so dass sie einander ansehen konnten. Obwohl sie dabei immer noch lächelte, waren ihre Augen sehr ernst. »Ich weiß zufällig ziemlich genau, wie Egoistinnen aussehen, Judy. Und du – du bist ganz bestimmt keine von dieser Sorte.«

Das war wiederum genau das, was Judy nicht hören wollte. »Ach, Levke«, sagte sie, zog eine Schnute und drehte den Kopf zur Seite. »Ich würde ja gern so gut und edel sein, wie die großen Yogi-Meister uns immer vorbeten. Vor allem würde ich gern für dich gut und edel sein. Aber sehen wir doch mal den Tatsachen ins Auge: Ich fühle mich mies mit der Situation. Und ich ziehe mich aus der Verantwortung, weil ich es nicht aushalte, mich so zu fühlen. In wessen Interesse handele ich da wohl – außer in meinem eigenen?«

Judy verachtete sich selbst, während sie dieses schonungslose Resümee zog. Sie war wirklich furchtbar. Jemanden, der so toll war wie Levke, verdiente sie eigentlich gar nicht.

Umso mehr überraschte es sie, dass Levke sagte: »Ich kann dich gut verstehen.« Sie streichelte ihr übers Haar. »Weißt du, Vivica ist einfach ein Mensch, der, sagen wir . . . polarisiert. Sie hat etwas an sich, das einen dazu zwingt, sich mit ihrer Person auseinanderzusetzen. Man nimmt sie wahr. Es ist unmöglich, sie zu übersehen. Und es ist ebenso unmöglich, sie zu ignorieren. Glaub mir, Judy, ich war lange genug mit ihr zusammen. Ich weiß, welche Wirkung sie auf Menschen hat.«

Judy hörte angestrengt zu und versuchte, aus Levkes Worten irgendeine Emotion herauszuhören, herauszufinden, was Levke damit meinte oder wie genau sie darüber dachte. Und das führte sie wieder einmal zu der Frage, was zwischen Levke und Vivica eigentlich schiefgelaufen war. Denn auch wenn viele Beziehungen sich einfach totliefen: So langsam konnte Judy nicht mehr glauben, dass es bei Levke und Vivica am simplen Alltag gescheitert sein sollte. Es musste eine ganz bestimmte Ursache gegeben haben. Und das war sicherlich nicht die ewig offen gelassene Zahnpastatube, die über Jahre eine Beziehung so lange zermürbte, bis die Leidenschaft abgekühlt war, man nur noch wie in einer WG freundschaftlich zusammenlebte und sich am Ende auch ebenso freundschaftlich trennte. Bei Levke und Vivica, da war sich Judy ganz sicher, hatte es mit einem Knall geendet.

Levke schien ganz ähnlichen Gedanken nachzuhängen, denn plötzlich fragte sie: »Aber sag mal, Judy: Bei euch beiden ist doch nichts ... vorgefallen, oder?«

»Vorgefallen?«, echote Judy. Das war wohl Ansichtssache. Etwas unbehaglich fragte sie sich, worauf genau Levke hinauswollte. Wenn Levke nun fragte, ob Judy und Vivica je über sie gesprochen hatten, dann würde Judy wohl doch mit den Tatsachen herausrücken müssen.

»Ich meine«, präzisierte Levke jetzt, »hattet ihr Streit miteinander? Oder irgendwas in dieser Richtung?«

Das konnte Judy zu ihrer Erleichterung guten Gewissens verneinen. Sie schüttelte den Kopf. »Nein«, sagte sie und deutete sogar ein kurzes Lächeln an. »Wir sind beide ganz brav.«

Levke erwiderte Judys Lächeln nicht, obwohl das doch eigentlich eine ganz gute Möglichkeit gewesen wäre, die Situation mit ein bisschen Humor zu entkrampfen. Doch anscheinend fand Levke die Sache nicht witzig. Sie betrachte Judy einen Moment lang mit gerunzelter Stirn.

»Es ist«, sagte Judy hastig, nun ihrerseits auch wieder ernst, »einfach die Gesamtlage, weißt du? Ich habe dir doch damals gesagt, dass ich am besten damit klarkäme, wenn ich von Vivica und allem, was mit ihrem Genesungsprozess zu tun hat, so wenig wie möglich mitkriegen würde. Und jetzt, nenn es Schicksal, nenn es eine Verkettung von unglücklichen Zufällen, stecke ich selbst mittendrin, und zwar viel, viel tiefer, als ich es je für möglich gehalten hätte. Und ich kann nur wiederholen, was ich dir schon damals gesagt habe: Es fühlt sich immer noch falsch an. Sogar noch viel falscher, als ich damals angenommen habe.« Sie dachte einen Moment nach. »Weißt du, eine Zeitlang, da dachte ich, ich könnte das aushalten. Diese seltsame Dreierkonstellation, in der wir uns hier befinden. Aber ich merke mehr und mehr, dass ich es nicht kann. Und deshalb komme ich mir so schwach vor.«

Levke hatte ihr geduldig zugehört, ohne etwas dazu zu sagen. Jetzt allerdings hoben sich ihre Brauen, und sie sah aufrichtig überrascht aus. »Aber du bist doch nicht schwach, Judy.«

»Doch«, beharrte Judy. »Das bin ich. Ich meine, schau dich doch an. Du bist mit Vivica zusammen gewesen. Und selbst jetzt kümmerst du dich immer noch so –« *Liebevoll? Wohlmeinend? Gütig?* »– verantwortungsbewusst um sie. Und ich? Ich halte es nicht mal aus, sie ein paarmal die Woche in der Therapie zu sehen.«

Levke überlegte kurz. »Ich weiß nicht, ob man das, was ich tue, wirklich als einen Ausdruck von Stärke deuten kann.«

Als diese Worte Judys Gehirn erreichten, musste Judy plötzlich schwer schlucken. Das ließ alle möglichen Interpretationen zu, an die sie eigentlich gar nicht denken wollte.

»Ist es«, fragte Levke, ehe sie etwas sagen konnte, »denn schon beschlossene Sache? Dass du Vivica nicht mehr therapieren willst, meine ich.«

Judy deutete vage ein Nicken an. »Ich denke schon.«

»Und wann wirst du es ihr sagen?«

Darüber hatte Judy noch gar nicht nachgedacht. »Weiß ich noch nicht«, sagte sie wahrheitsgemäß. »Bald.«

»Okay.« Levke lächelte und streichelte Judy dabei sanft die Stirn. »Also, falls du tatsächlich meine Meinung hören willst: Ich denke, du tust das Richtige.«

»Hm«, sagte Judy nur. Immerhin etwas.

Später, als Judy in Levkes Arm lag – mit Shirt und Slip bekleidet, denn heute war ihnen beiden nicht so richtig nach Sex gewesen –, lauschte sie noch lange auf Levkes ruhige Atemzüge. Sie selbst lag wach und grübelte. Wieder einmal. Levkes Worte von vorhin hallten in ihrem Kopf nach, wieder und wieder, wie in einer Endlosschleife: *»Ich weiß nicht, ob man das wirklich als einen Ausdruck von Stärke deuten kann.«*

Aber was war dann die Antriebskraft hinter Levkes Unterstützung für Vivica, ihrem tatkräftigen Beistand? Tat sie das alles am Ende vielleicht vor allem doch deshalb, weil ein Teil von ihr immer noch nicht von Vivica loskam?

Und waren Beziehungen, die in einem Knall endeten, nicht normalerweise diejenigen, die man am schwersten verarbeiten konnte?

Vivica polarisierte, hatte Levke gesagt. Man nahm sie wahr. Und wenn man sie einmal wahrgenommen hatte, war es unmöglich, sich nicht mit ihr auseinanderzusetzen. Das stimmte. Judy hatte es ja am eigenen Leib erfahren.

Nun ja. Drei waren eben eine zu viel. Bei mindestens einer von ihnen würden Tränen fließen. Und noch während sie das dachte, spürte Judy etwas Warmes, Feuchtes an ihrer Wange entlangrinnen und schließlich von ihrer Nasenspitze auf die Matratze tropfen.

»Du tust das Richtige.« Das hatte Levke auch gesagt.

Das konnte schon sein. Blieb nur die Frage: Das Richtige für wen?

Judy seufzte. So langsam wünschte sie sich beinahe, Levke hätte anstelle von komplizierten Altlasten in Form einer bildschönen, polarisierenden Exfreundin doch einfach bloß eine Vogelspinne als Haustier. Ihretwegen sogar einen ganzen Zoo von den Viechern.

Sicher, auch Spinnen polarisierten. Aber mit denen, dachte Judy, bevor sie sich endgültig leise in den Schlaf weinte, wäre sogar eine bekennende Phobikerin wie sie viel besser fertiggeworden.

13

Morgen. So hatte Judy es für sich beschlossen. Nachdem sie das Vivica-Problem noch einige Tage lang vor sich hergeschoben hatte, nahm sie sich nun vor, Nägel mit Köpfen zu machen.

Ja, sie wollte Vivica abgeben. Und nein, so schwierig würde der praktische Teil dabei gar nicht werden. Wenn sie es geschickt anstellte, musste sie dafür nicht einmal Finkenberg zu Rate ziehen. Zuerst würde Judy ein kurzes Gespräch mit Anna führen, um die Formalien zu regeln und eine Ersatztherapeutin in petto zu haben, damit Vivicas Behandlung ganz normal und ohne Unterbrechung weitergehen könnte. Dann stand eine Unterredung mit Vivica auf dem Plan, bei der Judy ihr die Situation einfach als beschlossene Tatsache präsentieren würde. Das wäre es auch schon.

Und anschließend würde Judy das schlechte Gewissen, das Gefühl, Vivica gewissermaßen abgeschoben zu haben, wohl aushalten müssen. Augen zu und durch. Eine andere Möglichkeit gab es nicht.

Als die Entscheidung endlich gefallen war und Judy sich ihren Schlachtplan in groben Zügen zurechtgelegt hatte, fühlte sich die Last bereits ein wenig leichter an. Jedenfalls gelang es ihr, für den Rest des Nachmittages konzentriert bei der Arbeit zu sein. Und in ihrer letzten Anwendung, einer Runde Aquafitness, fand sie beinahe sogar den Spaß daran wieder. Judy liebte den typischen Schwimmbad-Chlorgeruch, und anders als bei den anstrengenden Einzelstunden hatten die meisten Patienten zur Wassergymnastik richtig Lust.

Judy hatte die Stunde also recht gutgelaunt durchgezogen. Jetzt räumte sie die Geräte weg und beschloss dabei ganz spontan, selbst noch einmal ins Becken zu springen und ein paar Bahnen zu ziehen, bevor sie nach Hause ging. Das machte den Kopf immer so schön frei. Und einen freien Kopf würde sie brauchen, wenn sie ihren Plan morgen tatsächlich in die Tat umsetzen wollte. Also marschierte Judy in den Umkleidebereich, um dort rasch in ihren Badeanzug zu schlüpfen. Sie hatte für solche Fälle immer einen in ihrem Rucksack deponiert, weil es häufiger vorkam, dass ihr nach der Arbeit die Aussicht auf eine Runde Schwimmen sehr verlockend erschien.

Doch auf dem Weg zu den Kabinen wurde sie abgelenkt. Sie meinte, etwas gehört zu haben. Ein leises Geräusch. Das sich wie eine Stimme anhörte.

Das, dachte Judy, war seltsam. Die heutigen Kuranwendungen waren schon lange vorbei. Also sollte eigentlich niemand mehr hier sein, abgesehen vom Personal vielleicht.

»Hallo?«, rief sie.

Keine Antwort.

Eine leere Umkleide war kein besonders behaglicher Ort, stellte Judy fest. Vor allem, wenn es vor den Fenstern schon dunkelte. Und man von irgendwoher immer noch dieses Geräusch hörte, das man nicht zuordnen konnte.

»Hallo?«, wiederholte sie und horchte angestrengt.

Doch, eindeutig: Da war jemand. Es war eine weibliche Stimme, erkannte Judy. Und sie hörte sich an, als ob sie weinte. Judy tastete sich schrittweise der Stimme entgegen, bis sie an eine der geschlossenen Kabinen kam. Das Geräusch kam von dort drinnen. Und wer immer sich dort befand, ihm – beziehungsweise ihr – ging es gar nicht gut.

»Hallo?«, fragte Judy erneut, sanfter als zuvor diesmal. Behutsam, fast zaghaft klopfte sie an die Tür.

Das Schluchzen stoppte abrupt. Jetzt herrschte Stille auf der anderen Seite.

»Können Sie mir bitte die Tür öffnen?« Judy räusperte sich, die Situation behagte ihr ganz und gar nicht. Erklärend fügte sie hinzu: »Sonst muss ich jemanden holen.«

Jemanden vom Fachpersonal. Oder einen Arzt.

Oder doch gleich den Sicherheitsdienst?

Ganz langsam drehte sich nun der Verschluss. Der rote Punkt, der markierte, dass die Kabine besetzt war, wich dem hellen, freundlichen Weiß, das für »frei« stand.

»Ich komme jetzt rein«, kündigte Judy an. »Okay?«

Die Tür schwang langsam auf. Judy betrat den engen Raum. Und schnappte nach Luft.

Das, was da auf der Bank saß, war ein kleines Häuflein Elend. Sie trug nichts als eine kleine Silberkette und hatte nur ein Handtuch um den Körper geschlungen, das notdürftig ihre Blöße bedeckte. Das blonde Haar hing in feuchten Strähnen in ihre Stirn, und das Gesicht war ganz rot und verweint.

Und trotzdem noch wunderschön.

»Vivica?«, fragte Judy entgeistert. »Um Gottes willen. Ist alles in Ordnung bei dir?« Das, erkannte sie eine Sekunde später, war eine wirklich blöde Frage. Sah Vivica vielleicht aus, als sei alles in Ordnung?

Judy seufzte tief. So viel zu dem Thema, dass Tränen fließen würden. Jetzt war es offenbar so weit. Und natürlich war es ausgerechnet Judy, die Vivica in diesem Zustand vorfinden musste. Ausgerechnet heute.

Aber, Gewissenskonflikte hin oder her, sie konnte sie jetzt auch schlecht sich selbst überlassen, oder?

»Darf ich?«, fragte sie deshalb und wies auf die Sitzbank. Vivica presste die Lippen zusammen. Zuckte die Achseln. Dann nickte sie. Judy setzte sich. Aus dem Schwimmen würde vorerst wohl nichts werden.

»Was ist denn passiert?«, fragte sie.

»Ach, mein verdammtes Bein!«, sprudelte es mit ziemlicher Heftigkeit aus Vivica hervor. »Ich war vorhin eine Runde im Wasser. Du weißt schon, das ist doch angeblich gut für die Knie. Und als ich dann aus dem Becken kam, da bin ich, ich weiß auch nicht, irgendwie blöd aufgetreten. Jetzt tut mein Knie so weh, und ... und ...« Sie brach ab. Und erneut in Tränen aus.

Auweia, dachte Judy. Frustration auf ganzer Linie. Ja, manchmal, wenn die Behandlung stagnierte, kamen Patienten an diesen Punkt. Und eigentlich konnte man nichts weiter tun, als abzuwarten, bis sie sich ganz von selbst wieder beruhigten.

Judy hatte den Gedanken noch nicht zu Ende gedacht, da sackte Vivica plötzlich gegen sie.

»Hey«, sagte Judy. »Was –«

»Ich habe es so satt«, schluchzte Vivica. »Ich hab es einfach so unglaublich satt. Ich kann nicht mehr.«

Judy wollte sich am liebsten sofort wieder unter Vivicas Körper hervorwurschteln. Doch die schluchzte so sehr, weinte so herzzerreißend, dass sie es nicht über sich brachte. Was soll's, dachte sie und tätschelte Vivica mit steifen Bewegungen den Rücken. »Schon gut«, murmelte sie unbeholfen. »Ist ja schon gut.«

Einen Moment lang ließ sie Vivica weinen, dann schob sie sie sanft von sich und betrachtete sie prüfend. »Wie sieht es aus? Brauchst du einen Arzt? Sollte sich jemand dein Bein mal ansehen?«

»Nein.« Vivica zögerte. »Aber können wir vielleicht noch kurz hier sitzen bleiben? Nur einen Moment?«

»Na schön«, sagte Judy. »Aber nicht zu lange. Du hast ja schon ganz blaue Lippen.«

»Danke.« Ohne zu fragen, legte Vivica ihren Kopf wieder an Judys Schulter. Für einen Moment hatte Judy erneut den Impuls, wegzurücken. Das hier war eindeutig zu nahe. Zumal sich zwischen Vivicas Körper und ihrem kaum mehr als ein Handtuch befand. Das, wenn man genauer hinsah – was Judy wohlweislich unterließ –, vorn und hinten nicht reichte.

»Du, Judy?«, sagte Vivica.

»Hm?«

Vivica wischte sich übers Gesicht. Und lächelte plötzlich wieder ein bisschen. »Das, was ich neulich zu dir gesagt habe, ich meine, das du richtig nett bist und all das, das habe ich absolut ernst gemeint.« Sie unterbrach sich kurz und schlug die Augen nieder. »Weißt du, ich tue mich wirklich nicht leicht damit, Menschen ins Herz zu schließen. Aber bei dir ist plötzlich alles so – einfach. Wenn du bei mir bist, dann fühle ich mich auf einmal richtig gut.«

»Ähm«, machte Judy. Sie holte Luft, um Vivica zu erklären, dass sie das Kompliment zwar zu schätzen wusste, dass es aber nun gleichzeitig definitiv etwas zu viel des Guten war. Das hier nahm Züge an, die weit über das hinausgingen, was sich professionelle Distanz nannte. Doch bevor Judy auch nur eine Silbe sagen konnte, spürte sie Vivicas Mund auf ihrem.

Einen Moment lang wusste sie gar nicht, wie ihr geschah. Sie hörte nur ein leises Geräusch von einem herabfallenden, nassen Handtuch. Im nächsten Moment war Vivica über ihr, küsste sie wieder und hatte ihre Hände plötzlich überall. Mit der einen schob sie Judys Klinikhemd hoch, mit der anderen packte sie Judys Rechte und führte sie an ihre Brust.

»Mhh!«, machte Judy und versuchte, sich aus Vivicas Griff zu befreien. »Mmhh, mmmhh!« Das war das Einzige, was sie hervorbringen konnte, da Vivicas Lippen ihr immer noch den Mund verschlossen.

»Judy«, keuchte Vivica, während sie sich noch enger an sie presste und ihre harte Brustwarze in Judys Hand schmiegte. Judy wollte sie wegziehen, doch Vivicas Finger lagen fest wie ein Schraubstock um ihr Handgelenk. »Oh Gott . . .«, stöhnte Vivica, schob Judys Sport-BH beiseite und leckte wild über die freigelegte Haut. »Ja . . . ja, ja, ja . . .!«

Judy saß wie versteinert. Sie wollte sich wehren. Sie wollte es mit jeder Faser. Doch die ganze Situation war so unwirklich, so durch und durch falsch und absurd, dass der Schock sämtliche Muskeln und Nervenbahnen in ihrem Körper kurzzeitig gelähmt hatte. Genauso gut hätte Vivica eine Marmorstatue bearbeiten können.

»Komm schon, Judy«, hauchte Vivica ihr ins Ohr und leckte an ihrem Hals. »Es muss doch nichts bedeuten.«

Diese Worte holten Judy aus ihrer Schockstarre zurück. Sie umfasste Vivicas Handgelenke. So sanft wie möglich, denn Vivica war immer noch ihre Patientin, und sie konnte eine Verletzte schließlich nicht mit roher Gewalt von sich wegschieben.

»Aufhören«, rief sie. »Vivica, hör bitte auf!«

»Aber . . . Judy, komm . . .«

Als Judy sich trotz Vivicas Protest aus der Umklammerung befreite, blieb einer der Knöpfe ihres Klinikhemdes an der Kette hängen, die Vivica um den Hals trug. Es gab einen kurzen Ruck, dann riss die Kette, und der Anhänger fiel mit einem leisen Klirren zu Boden. Dieses Geräusch schien auch Vivica endlich wieder zur Vernunft zu bringen. Sie wich zurück. Ihre herrlichen Brüste hoben und senkten sich, während sie Judy keuchend anstarrte.

Judy atmete genauso schwer. Sie zupfte fahrig an ihrer Kleidung herum und verstaute Brüste, BH und alles, was sonst noch derangiert war, wieder an Ort und Stelle. Dann sah sie Vivica an, blickte aber angesichts der Tatsache, dass diese immer noch völlig nackt war, rasch wieder weg.

»Was war denn das gerade?«, fragte sie, obwohl allein die Frage reichlich überflüssig war.

Vivica sank in sich zusammen und wirkte jetzt kläglicher und mitleiderregender denn je. »Ich dachte, du ... wolltest es auch.«

Judy presste die Lippen zusammen, bevor sie vehement widersprach: »Nein. Nein, wollte ich nicht.«

Erneut senkte Vivica den Kopf, so dass ihre Haare ihr wie ein Vorhang vors Gesicht fielen. »Dann ... muss ich wohl irgendwas ... vollkommen falsch verstanden haben.«

Falsch verstanden? Judy schüttelte heftig den Kopf. Ihre Spaghetti-Fusseln, die sich bei dem kurzen Gerangel aus ihrem Zopf gelöst hatten, flogen wild hin und her. »Ich ... ich habe dir doch nie ... ich wollte nicht ...«

Vivica unterbrach ihr Gestammel, plötzlich sehr ruhig: »Es ist nur ... so unglaublich lange her bei mir, weißt du? Ich fühle mich im Moment so einsam. Und ... unattraktiv.«

Unattraktiv? Judy hätte fast aufgelacht, wenn ihr auch nur ansatzweise zum Lachen zumute gewesen wäre. Auch wenn sie gerade ganz bewusst nicht hinsah, der Anblick von Vivicas Körper hatte sich in ihr Hirn regelrecht eingebrannt. Und um es einmal ganz ehrlich zu sagen: An diesem Körper gab es nichts, das nicht annähernd perfekt war.

Unterdessen fuhr Vivica fort: »Und du bist immer so nett zu mir gewesen. Da dachte ich –« Sie senkte den Blick wieder. »Tut mir leid, Judy. Ich weiß auch nicht, was ich gedacht habe. Wahrscheinlich habe ich mir irgendetwas eingebildet, was gar nicht da war. Bitte sei nicht böse auf mich, ja?«

Böse? Du liebe Zeit. Nein, Judy war nicht böse.

Jedenfalls nicht auf Vivica.

Denn plötzlich wurde ihr klar, dass sie hier soeben die Quittung präsentiert bekam für alles, was sie in den letzten Wochen getan hatte.

»Sieh zu, dass du nicht zu vertraut mit ihr wirst«, hatte Anna gesagt. Und Judy hatte nicht darauf hören wollen. Sie hatte sich seinerzeit, vielleicht in einem Anfall von kindischem Trotz, vielleicht aber auch, weil sie sich eine Souveränität eingebildet hatte, die sie gar nicht besaß, in eine Situation hineingestürzt, der sie nicht gewachsen war. War grenzenlos naiv in eine Konstellation hineingestolpert, die Konfliktpotential an allen Ecken und Enden bot, und hatte sich dabei hoffnungslos verhoben.

Und wer weiß – vielleicht war sie ja wirklich nicht so ganz unschuldig daran, dass die Situation hier eben vollkommen aus dem Ruder gelaufen war. Vielleicht hatte Anna ja einmal mehr recht gehabt, und Judy hatte in ihrem Bemühen, Vivica neutral und fair zu behandeln, tatsächlich ein wenig übertrieben? Vielleicht waren ihre Bemühungen in das verzerrte Gegenteil dessen umgeschlagen, was ursprünglich ihre Absicht gewesen war? Vielleicht war sie ja wirklich ein wenig zu nett gewesen?

Wie auch immer, jetzt holte die Sache sie ein. Und die höchste Priorität war nun, den Schaden für alle Beteiligten zu begrenzen.

Judy atmete ein paarmal tief durch.

»Ich bin nicht böse«, sagte sie. »Allerdings nur unter einer Bedingung.« Sie angelte nach Vivicas Handtuch und warf es ihr zu, ohne sie anzusehen. »Du ziehst dir um Gottes willen endlich etwas an.«

Und während Vivica der Aufforderung nachkam, spürte Judy plötzlich, wie sich ein eigenartiges und eigentlich unpassendes Gefühl in ihr ausbreitete. Der unschönen Situation zum Trotz war sie mit einem Mal irgendwie – erleichtert.

Denn nun hatte sich zumindest eines ihrer Probleme soeben ganz von selbst gelöst.

Nachdem Vivica in ihre Kleidung geschlüpft war, eine Prozedur, die mit ihrem schlimmen Knie mühsam war und ziemlich lange dauerte, war Judy noch eine Weile neben ihr sitzen geblieben. Sie hatten sich beide beruhigt und dann geredet, ganz in Ruhe.

»Ich will die Sache gar nicht weiter dramatisieren«, hatte Judy klargestellt. »Du hast etwas missverstanden. Und außerdem liegen bei dir gerade ein bisschen die Nerven blank.«

»Ja«, sagte Vivica.

»Außerdem«, meinte Judy, »ist doch eigentlich gar nichts passiert.«

»Nein«, sagte Vivica.

»Und deshalb denke ich«, fuhr Judy fort, »dass wir die Sache einfach auf sich beruhen lassen sollten. Machen wir deshalb kein großes Fass auf. Vergessen wir's.«

»Danke.« Vivica sah Judy nicht an, als sie das sagte.

»Nichtsdestotrotz«, fügte Judy hinzu, »verstehst du hoffentlich, dass ich dich jetzt als Patientin abgeben muss.«

Vivicas Kopf ruckte herum. »Wieso denn?«

Ja, warum?

Weil wir beide dieselbe Frau lieben.

Weil ich nicht aufrichtig zu dir bin.

Weil ich mich da in eine Sache verstrickt habe, aus der ich nicht mehr rauskomme, wenn ich nicht irgendwas ändere.

Es gab eine Menge Gründe. Aber nur einen, der hier wirklich zur Debatte stand: »Weil eine Grenze überschritten wurde.« Und mit einem Mal musste Judy sich nicht einmal mehr schlecht fühlen, weil sie ihren Therapeutinnenjob bei Vivica kündigte. Denn nun lagen die Dinge auf einmal anders herum: Jetzt war etwas geschehen, das dazu führte, dass Judy das Arbeitsverhältnis zu Vivica beenden *musste.*

»Verstehst du das?«, hakte Judy nach und beschränkte sich auf die offenkundigen Fakten: »Nach dem, was da vorhin passiert ist, ist es einfach unmöglich, noch ein normales Therapeutin-Patientin-Verhältnis aufrechtzuerhalten. Deshalb müssen wir jetzt die Konsequenz ziehen.«

Vivica biss sich auf die Lippe. Dann nickte sie. »Schon gut. Ich sehe es ja ein. Und ich will auch auf keinen Fall, dass du meinetwegen Schwierigkeiten bekommst. Ich finde es nur«, sie sah Judy an und seufzte leise, »schade.«

Judy antwortete mit einem dünnen Lächeln.

»Okay«, meinte Vivica dann. »Wir machen es so, wie du es für richtig hältst.«

Judy nickte. Dann war es also beschlossen.

»Weißt du was?«, sagte Vivica dann plötzlich. »Eigentlich … kann ich mich wirklich gar nicht genug bei dir bedanken, Judy.«

Judy winkte ab. So langsam reichte es ihr. »Ich sagte doch schon, es war ein Ausrutscher und gar keine so große Sache, und –«

»Es war kein Ausrutscher«, sagte Vivica dumpf. »Zumindest kein … einmaliger.«

»Ja, aber …« Judy überlegte, was Vivica damit wohl meinen könnte. Und dann durchfuhr es sie auf einmal wie ein Blitz. »Du meinst, du … du bist –«

»Ja«, sagte Vivica, die ihre Gedanken wohl erraten hatte. »Ich bin Levke damals schon mal fremdgegangen.«

Judy sog scharf die Luft ein.

Das war er also. Der Knall. Der große Knall, mit dem die Beziehung von Levke und Vivica geendet hatte. Judys Theorie war also richtig gewesen. Keine offene Zahnpastatube. Kein Dauerstreit um die Farbe der Gardinen.

Sondern ein Wildern in anderen Gefilden. Ein fürchterlicher Vertrauensmissbrauch. Eine Verletzung, die ziemlich tief ging.

Das erklärte so einiges. Vor allem, dass Levke so scheu und unsicher war, auch im Umgang mit Judy. Wer einmal so etwas erlebt hatte, wem einmal so sehr wehgetan worden war, der tat sich nun mal nicht so leicht damit, sich von diesem Großangriff auf sein Ego – etwas, das bei Levke ohnehin nicht besonders ausgeprägt war – wieder zu erholen.

Da hatte Judy ihn also endlich, den Kratzer in Vivicas scheinbar so perfekter Fassade. Jemanden wie Levke dermaßen zu hintergehen … Wie kam man denn nur auf so eine Idee?

»Ich weiß, es ist völlig daneben«, sagte Vivica in ihre fassungslosen Gedanken hinein. »Ich meine, Levke ist wirklich so was wie ein Sechser im Lotto. Und ich habe alles weggeworfen wegen eines kleinen Abenteuers. Keine Ahnung, wieso ich das damals getan habe. Und keine Ahnung, was ich mir jetzt gedacht habe. Vielleicht wollte ich es nach all der Zeit einfach mal wieder wissen. Den Marktwert testen. Du weißt schon …«

»Vivica«, unterbrach Judy sie. Sie meinte es nicht böse. Wirklich nicht. Aber sie war gerade dabei, ein bisschen Ordnung in ihr Leben zu bringen. Das Chaos wieder zu entwirren, zumindest ein ganz klein wenig. Und für sich selbst ein paar Grenzen zu setzen. »Bitte, Vivica«, sagte sie deshalb, »bei allem Verständnis. Aber das hier – das will ich nicht hören. Okay? Ich will es einfach nicht hören.«

Erneut nickte Vivica. »Okay.« Sie blickte einen Moment lang geradeaus. »Ich wäre dir trotzdem sehr dankbar, wenn diese Sache unter uns bleiben würde. Du weißt schon. Komplett unter uns.«

Judy lächelte ironisch. Das, dachte sie, hätte sich Vivica vielleicht vorher überlegen müssen. Ganz im Ernst: Sie wollte Levke zurück, und dann machte sie denselben Fehler ein zweites Mal? Also, entweder war sie grenzenlos naiv, unterschätzte Levke vollkommen, oder sie hatte sich selbst einfach kein bisschen im Griff.

Judy überlegte kurz. Und entschied sich dann, auch dieses Mal fair zu spielen.

Sie würde die Sache nicht ausplaudern. Niemandem gegenüber. Nicht, weil sie Vivica irgendetwas ersparen wollte. Oder selbst besser dastehen. Zumindest, was diesen unfreiwilligen Kuss betraf, war Judys Gewissen ausnahmsweise mal absolut rein. Sie hatte nichts Falsches getan.

Sie wollte nur, dass Levke nicht noch einmal verletzt wurde. Einmal, fand Judy, war eigentlich bereits mehr als genug.

»Keine Sorge«, sagte sie deshalb. »Ich sage Levke nichts.«

Vivica bedankte sich mit einem Nicken. »Das ist wirklich anständig von dir.«

In diesem Moment fiel Judys Blick auf etwas Glitzerndes, das auf dem Fußboden lag. Es war die Kette, die sie im Eifer des Gefechts von Vivicas Hals gerissen hatte. Sie bückte sich, hob sie auf und betrachtete sie einen Moment lang. Es war ein hübscher Anhänger: eine Mondsichel mit einem funkelnden Stein an der unteren Spitze. Fein gearbeitet. Er passte zu Vivica.

Ob Levke, fragte sie sich und spürte einen Stich in der Herzgegend, die Kette für Vivica angefertigt hatte? Damals? In besseren Zeiten?

Doch sie verdrängte diesen Gedanken rasch und reichte den Anhänger an seine Besitzerin zurück. »Tut mir leid wegen deiner Kette.«

»Ach, nicht doch«, winkte Vivica ab. »Mach dir darüber keine Gedanken.« Sie nahm das Schmuckstück entgegen, betrachtete nachdenklich das zerrissene Silberband und lächelte schwach. »Tja, das nennt man wohl einen Kollateralschaden. Gibt doch Schlimmeres.«

»Ja«, bestätigte Judy. »Das stimmt allerdings.«

Ketten, dachte sie, konnte man ersetzen. Einmal verlorenes Vertrauen nicht.

Wenig später hatte Judy für Vivica ein Taxi gerufen. Levke war heute ausnahmsweise mal nicht für den Fahrdienst zuständig. Die hätte irgendeinen wichtigen Termin, sagte Vivica. Deshalb müsste sie heute zur Abwechslung einmal selbst zusehen, wie sie zurechtkam.

»Erstaunlich, wie gut das klappt, wenn ich wirklich muss, nicht wahr?«, hatte sie mit einem halben Lächeln gesagt. »Nun, es wird ja auch langsam Zeit.«

Judy dachte sich ihren Teil. Sie half Vivica, ihre Tasche ins Auto einzuladen. Dann standen sie etwas unschlüssig voreinander.

»Tja«, meinte Vivica, »das war's dann wohl.«

»Ja«, sagte Judy nur. »Sieht ganz so aus.«

»Du, Judy?« Vivica sah plötzlich verlegen drein. »Darf ich ... ich meine ... darf ich dich umarmen? Zum Abschied?«

Unweigerlich erschien die Szene in der Umkleidekabine wieder vor Judys geistigem Auge. Daher explodierte sie nicht gerade vor Begeisterung. Doch sie war zu erschöpft, um sich zu wehren – und außerdem wollte sie mal nicht so sein. Immerhin war das hier ja tatsächlich so etwas wie ein Abschied.

Auf ihr halbherziges Nicken hin drückte Vivica sie also kurz und beinahe ein wenig schüchtern an sich. »Ich hab dich das noch nie gefragt«, sagte sie leise. »Aber sag mal, bin ich vorhin bei dir abgeblitzt, weil du, na ja – jemanden hast?«

Schon wieder so eine Frage, die Judy kalt erwischte. »Also«, sagte sie nach der ersten Schrecksekunde möglichst unverfänglich, »da gibt es schon jemanden.«

»Das ist gut«, meinte Vivica. »Jemand wie du sollte nicht allein sein, Judy. – Oh, übrigens«, fügte sie hinzu, als sie bereits auf dem Weg zum Taxi war, »wenn ich schon eine neue Therapeutin brauche – kann ich dann die niedliche Asiatin kriegen?«

Judy verdrehte die Augen. »Du bist wirklich unverbesserlich, was?«

»Ja, ich weiß.« Vivica grinste und winkte. Und dann brauste das Taxi mit ihr davon.

Da sie schon einmal dabei war, zog Judy sofort ihr Handy hervor und rief Anna an. »Würdest du mir einen Gefallen tun?«, fragte sie, ohne große Einleitung und ohne Erklärung. »Würdest du Vivica für mich übernehmen?«

Und Anna fragte nicht nach. Sie sagte nur, nach einer kurzen Denkpause: »Na endlich.«

Und damit, dachte Judy, verschwindet Vivica Vesthal aus meinem Leben.

Wider Erwarten fühlte es sich nicht wie eine Niederlage an. Auch nicht wie ein Sieg. Weil es nie ein Wettkampf gewesen war.

Und jetzt, während sie hier im Dunkeln in der Einfahrt der Klinik stand, wusste Judy mit einem Mal, dass sie keine Angst mehr vor Vivica hatte. Vivica Vesthal hatte keine Macht mehr über sie und ihre Gefühle. Judy war endlich frei, frei für Levke.

14

Eigentlich hatte Judy vorgehabt, nach ihrer Heimkehr noch zu duschen, um den Chlorgeruch loszuwerden. Doch zu Hause angekommen war sie so erledigt, dass sie das Duschen kurzerhand auf den nächsten Tag verschob. Sie zog sich nicht einmal mehr aus, sondern warf sich einfach in Arbeitskleidung aufs Sofa.

Obwohl sie komplett fertig und müde war und keinen Finger mehr rühren wollte, spürte sie, wie sich eine Entspannung ungeahnten Ausmaßes nach und nach bis in die letzten Muskelfasern ausbreitete. Sie fühlte sich leicht, so wie schon lange nicht mehr. Das Vivica-Problem hatte sich von allein gelöst, ganz ohne Judys Zutun. Jetzt waren die Fronten klar abgesteckt.

Endlich.

Und ganz nebenbei hatte Judy nun auch noch erfahren, worüber sie, seit sie von Levke und Vivica wusste und umso mehr, seit sie Vivica kannte, immer wieder gerätselt hatte. Vivica war also fremdgegangen. Hatte Levke betrogen.

Judy versuchte, diesem neuen Wissen eine Emotion zuzuordnen. Doch dabei stellte sie fest, dass es ihr inzwischen beinahe egal war. Es spielte keine Rolle mehr, was Vivica getan oder nicht getan hatte. Es veränderte auch Judys Bild von ihr nicht mehr sonderlich. Das Einzige, was sich vielleicht noch in ihr regte, war eine leise Ahnung von Zorn. Darüber, dass Levke dabei so verletzt worden war.

Erneut überlegte sie, ob es wirklich richtig war, Stillschweigen über den Vorfall im Schwimmbad zu bewahren. Aber sie konnte nichts finden, was dagegen sprach. Und außerdem hatte sie es Vivica versprochen.

Nachdenklich zog Judy den Libellenanhänger hervor, den Levke ihr geschenkt hatte, und drehte ihn zwischen den Fingern. Die Steinchen in den Facettenaugen glitzerten.

Und plötzlich wusste Judy es. Plötzlich wusste sie, dass ihr auf dieser Welt nichts wichtiger war, als dieses schöne, fröhliche Glitzern bald auch wieder in Levkes Augen zu sehen. Wie ein klarer Bergsee in der Morgensonne. Nur dass, wenn es nach Judy ginge, in Levkes Augen bald dauerhaft die Sonne scheinen würde, egal zu welcher Tages- oder Nachtzeit.

Jetzt, wo Vivica nicht mehr ihre Patientin war, konnte sich Judy endlich voll und ganz darauf konzentrieren. Sie wollte Levke all die Liebe schenken, die zu geben sie fähig war, all die Liebe, die Levke verdiente.

Und irgendwann, früher oder später, würde Levkes verletztes Herz heilen. Vielleicht nicht heute, vielleicht nicht morgen. Wahrscheinlich auch nicht so schnell wie Vivicas Bein. Aber irgendwann. Davon war Judy fest überzeugt. Und sie hatte Geduld. Für Levke hatte sie im Notfall auch alle Zeit der Welt.

Morgen rufe ich sie an, nahm sie sich vor. Dann koche ich für sie. Gehe mit ihr spazieren. Fahre mit ihr an den See. Oder in eine Insektenausstellung, wenn ich eine auftreiben kann. Was auch immer sie will.

Ja, dachte sie, während sie langsam und mit einem zufriedenen Lächeln wegdämmerte. Gleich morgen.

Judy träumte irgendeinen Quatsch von fliegenden Libellen, schwimmenden Krücken und Fernbedienungen, die mit ihrem Kettenanhänger als Ballersatz Tischtennis spielten. Die Bilder waren bereits wirr genug. Doch als sich dann auch noch das Geräusch einer Türklingel in den Traum hineinmischte, kapitulierte Judys Unterbewusstsein. Sie schreckte hoch und setzte sich auf dem Sofa auf.

Erst dann stellte sie fest, dass das Geräusch kein Bestandteil des Traumes, sondern real war.

Sie rieb sich die Augen. Die brannten ein bisschen. Es war wohl doch ein Fehler gewesen, sich nicht die Chlordämpfe abzuwaschen.

Die Türklingel summte derweil munter weiter. Stirnrunzelnd schielte Judy nach der Uhr. Es war inzwischen weit nach Mitternacht, entschieden zu spät für einen Höflichkeitsbesuch. Und auch entschieden zu spät für einen blöden Scherz. Judy stand auf, ging zur Tür und bellte, müde und entsprechend mäßig gelaunt, in die Gegensprechanlage: »Hey, du Witzbold! Wenn du schon Klingelstreiche machen musst, dann mach das gefälligst zu zivilen Zeiten. Hast du eine Ahnung, wie spät es –«

»Judy …?«, kam es raschelnd durch die Leitung. »Lässt du … lässt du mich rein, bitte?«

»Levke?«, fragte Judy perplex.

»Ja, ich bin's.« Die Antwort klang ziemlich drängend. »Ich muss mit dir reden.«

Als Levke die Treppe hochkam, sah Judy schon von weitem, dass sie völlig durchnässt war. Draußen musste es regnen, und wer wusste, wie lange sie bereits vor der Tür gestanden und Sturm geklingelt hatte. Levkes Augen waren gerötet und ihr Gesicht fahl.

»Was ist denn passiert?«, fragte Judy ganz erschrocken.

»Sag mir, dass es nicht wahr ist«, stieß Levke hervor. »Bitte sag mir, dass du es nicht getan hast.«

»Dass ich was nicht getan habe? Levke, wovon redest du denn?« Als Levke nicht deutlicher wurde, sondern nur wie eine Beschwörungsformel ihr »Sag, dass es nicht wahr ist« wiederholte, streckte Judy kurzerhand den Arm aus, zog Levke in die Wohnung und mit sich aufs Sofa. Sie musste Levke mehr oder weniger dazu nötigen, die durchgeweichte Jacke auszuziehen. Dabei blitzten für einen Moment erneut die Bilder von Vivica in der Umkleide vor Judys innerem Auge auf. Das war heute schon das zweite Mal, dass ein weibliches Wesen schlotternd vor ihr saß und augenscheinlich nicht wusste, wohin mit sich. Wenn das mal nicht zu einer schlechten Gewohnheit wurde.

»Jetzt mal der Reihe nach«, sagte Judy in möglichst beruhigendem Tonfall, indem sie sich Levke gegenübersetzte. »Was ist passiert? Was soll ich getan haben.? Oder –«, sie stockte, inzwischen selbst ganz verwirrt, »– oder eben auch nicht?«

»Vivica«, brachte Levke hervor. »Sie ... sie hat so schreckliche Dinge gesagt ...«

»Wie bitte?« Judy konnte sich keinen Reim darauf machen. »Was denn für Dinge?«

»Sie sagt, du ... du hättest ...«

»Was? Was denn?«, rief Judy, allmählich die Geduld und auch ihre Ruhe verlierend. Irgendetwas war vorgefallen, das konnte sie spüren, und es war keine Kleinigkeit. Und irgendwie betraf es sie selbst. »Levke, jetzt sag es doch endlich. Bitte!«

Levke holte Atem. Dann brach es aus ihr heraus: »Vivica sagt, du wärest ihr nahegekommen.«

»Nahegekommen?«, echote Judy verblüfft. Was sollte das denn jetzt? Sie sagte das Erste, was ihr in den Sinn kam: »Klar, ich bin ihre Physiotherapeutin, da kommt so was hin und wieder vor. Ich muss sie ja ab und zu mal abstützen oder ihr Bein auf den Trainingsgeräten ausrichten und –«

»Nein«, rief Levke aus, so laut, dass Judy zurückzuckte. »Nicht so. Nicht auf … *diese* Weise. Sondern eben … anders.«

Anders? Judy begriff gar nichts mehr. Was meinte Levke denn mit »anders«?

Beziehungsweise, was hatte Vivica damit gemeint?

Und dann – verstand Judy es doch. Es fiel ihr wie Schuppen von den Augen. Ihr wurde zuerst heiß. Dann kalt. Und schließlich sogar ein bisschen übel.

»Mein Gott …« Sie schüttelte heftig den Kopf. Öffnete den Mund. Schloss ihn wieder. Fragte schließlich, weil sie es immer noch nicht glauben konnte: »Bist du sicher, dass es kein Missverständnis war? Ich meine, vielleicht hat sie –« Sie brach ab.

Ja, was? Was bitte schön könnte Vivica denn sonst gemeint haben?

Levke stieß ein kurzes, bellendes Lachen aus und schüttelte den Kopf. »Oh nein. Es war kein Missverständnis. Ganz bestimmt nicht.« Sie schniefte und fing erneut an zu schluchzen.

Judy hätte sie gern getröstet, doch in diesem Moment hätte sie selbst Trost gebrauchen können. Ihr war schwindelig, und ihr Puls wollte sich gar nicht beruhigen. Also atmete sie tief durch, hielt die Luft an und zählte in Gedanken bis zehn. Anschließend wiederholte sie die Übung noch zweimal. »Okay«, sagte sie, als sie sicher war, dass sie weder hyperventilieren noch einen wütenden Schreikrampf bekommen würde. »Was genau hat Vivica gesagt?«

Zuerst sah es so aus, als wolle Levke es gar nicht wiederholen. Sie sah zu Boden und rutschte nervös auf dem Sofa hin und her. Doch schließlich berichtete sie stockend: »Sie hat gesagt, du … hättest sie von Anfang an immer so komisch angesehen. Auf eine irgendwie aufdringliche Weise, verstehst du? Sie habe das zuerst nicht wahrhaben wollen, habe sich eingeredet, sie würde sich das bloß einbilden. Aber heute …«

Heute? Bei Judy schrillten sämtliche Alarmglocken. »Ja?«, hakte sie nach, trotz der Entspannungsübung schon wieder atemlos. »Was war heute? Beziehungsweise: Was soll heute gewesen sein?«

»Sie sagst, du wärst ihr im Schwimmbad …« Levke zögerte. »Also, du wärst ihr … nahegekommen. Zu nahe.«

Allmählich setzten sich in Judys Kopf die Puzzleteile zusammen. So unfassbar die Sache war, sie fing langsam an, einen Sinn zu ergeben. Doch sie musste die ganze Geschichte hören. »Was genau soll ich getan haben?«, bohrte sie weiter.

Levke schluckte. Es war offensichtlich eine Qual für sie, es auszusprechen. Judy hätte ihr das gern erspart, aber das ging nicht. Diesmal nicht.

»Du wärst zu ihr in die Kabine gekommen«, beschrieb Levke stockend, was Vivica ihr augenscheinlich erzählt hatte. »Dort hättest du erst versucht, mit ihr zu flirten, und ihr dann gesagt, dass du schon seit dem ersten Tag, als du sie gesehen hast, davon träumst, ihr näherzukommen. Dann hättest du versucht, sie zu küssen, und ihr schließlich sogar unter das Handtuch gegriffen. Vivica hat sich gewehrt, aber du hast immer weitergemacht. Schließlich musste sie dich von sich wegstoßen. Dabei ist sogar ihre Kette gerissen.« Levke schloss die Augen, rieb sich kurz über das Gesicht und fuhr dann fort: »Und als du begriffen hast, dass du nicht bei ihr landen kannst, da sollst du sehr wütend geworden sein. Du hast ihr gesagt, dass sie bloß nicht auf die Idee kommen sollte, auch nur ein Sterbenswörtchen von dieser Episode zu verraten. Kein Wort, sollst du gesagt haben, zu niemandem. Es würde sowieso nichts nützen. Du würdest in der Klinik einen hervorragenden Ruf genießen, und jeder würde dir glauben und nicht ihr. *Es ist doch gar nichts passiert.* Ja. Das sollst du gesagt haben, bevor du gegangen bist. *Es ist nichts passiert.*«

Judy hatte sich all das mit wachsender Fassungslosigkeit angehört. Jetzt hatte sie ebenfalls Tränen in den Augen, Tränen der Wut.

Vivica hatte alles verdreht. Und das war das Perfide an der Geschichte: Sie hatte Dinge, die tatsächlich passiert waren, einfach umgedreht, so dass am Ende zwar nichts mehr stimmte, aber eben leider auch nicht völlig haltlos an den Haaren herbeigezogen war. Einen unfreiwilligen Kuss hatte es gegeben, ja. Aber es war nicht Judy gewesen, von der die Initiative ausgegangen war. Auch die Kette war wirklich kaputtgegangen, aber nicht durch Vivicas Bemühen, sich zu wehren, sondern sie hatte sich an Judys Hemdknopf verheddert. Und den Satz »Es ist nichts passiert« hatte Judy tatsächlich von sich gegeben, allerdings in einem ganz anderen Zusammenhang. Damit hatte sie Vivica, der so aufgelösten, scheinbar so verstörten Vivica, noch einen Gefallen tun wollen – und ihr damit nur noch mehr Material geliefert für das, was offensichtlich eine raffiniert ausgeklügelte Intrige war.

Eine gute Lüge enthielt eben immer ein Körnchen Wahrheit. Nicht wahr, so sagte man doch? Und eines musste man Vivica lassen: Sie war eine wirklich hervorragende Schauspielerin. Du meine Güte, dachte Judy. Sie selbst, sie unsagbar naives, dummes Ding, hatte Vivica auch noch getröstet ... Hatte ihr gut zugeredet und ihr versichert, dass niemand etwas von dem Ausrutscher erfahren musste. Am allerwenigsten Levke.

Aber warum in aller Welt tat Vivica so etwas? Warum nur spielte sie bei Judy die Nette, die Verzweifelte und die Dankbare – und tat hinterher etwas so Gemeines? Vielleicht hatte sie sich Levke gegenüber doch irgendwie verplappert über die Ereignisse im Schwimmbad und sah nun ihre Chancen, Levke jemals wieder für sich zu gewinnen, die Wiedervereinigung, auf sie doch angeblich so verzweifelt hoffte, unwiederbringlich davondriften? Hatte ihre einzige Rettung darin gesehen, die Sache nicht nur zu leugnen, sondern obendrein Judy die ganze Schuld in die Schuhe zu schieben?

Oder war sie einfach nur sauer, weil sie bei Judy abgeblitzt war?

Aber das passte doch vorn und hinten nicht zusammen. Es passte einfach nicht zu dem Bild, das Judy von Vivica hatte.

Oder besser gesagt: bisher gehabt hatte. Sollte ihre Menschenkenntnis derart kläglich versagt haben? Sollte Judy sich wirklich dermaßen in Vivica getäuscht haben?

Und dann verstand Judy es plötzlich. Mit einer Deutlichkeit, die ihr wie ein Faustschlag in den Magen fuhr. In allen hässlichen Einzelheiten. Es lag so klar auf der Hand. So glasklar, dass es eigentlich jede Idiotin auf der Welt hätte bemerken müssen.

Demnach war Judy Wallner wohl die größte Idiotin des ganzen Milchstraßensystems.

Ich kann sie nicht ausstehen, klangen Anna Chos Worte ihr wieder im Ohr.

Sie ist zickig.

Allürenhaft.

Sie schubst uns herum.

Benimmt sich wie eine Prinzessin.

Vielleicht, Judy, bist du derart damit beschäftigt, nett zu ihr zu sein, dass du dabei vollkommen übersiehst, wie sie wirklich ist.

Tja. Jetzt hatte Vivica ihr wahres Wesen offenbart. Und es war nicht annähernd so schlimm, wie Anna gedacht hatte.

Es war viel, viel schlimmer.

Welchen weiteren Grund brauchte sie noch, um etwas so Gemeines anzustellen?

Judy tat einen tiefen Atemzug und machte dann einen ersten Versuch, das ganze Ausmaß des Schadens zu betrachten. Sie sah Levke fest in die Augen und fragte: »Und? Hast du ihr das geglaubt?«

»Natürlich nicht«, brauste Levke auf. »Ich meine ... ich konnte es einfach nicht glauben. Aber ...« Ein abgrundtiefer Seufzer. »Sie hat es so real beschrieben. Mit so vielen Einzelheiten. Ich frage mich, wie ein Mensch sich bloß so etwas ausdenken kann.« Sie erwiderte Judys Blick. Müde, traurig, aber auch ein winziges bisschen herausfordernd.

Judy lächelte grimmig. »Das ist gar nicht so schwer. Und es braucht noch nicht einmal Phantasie dazu.« Sie holte Luft und stellte die entscheidende Frage: »Darf ich dir erzählen, was wirklich passiert ist? Kannst du das aushalten, Levke? Was meinst du?«

Levke schniefte und wischte sich mit dem Handrücken übers Gesicht. »Ja«, sagte sie dann. »Ich denke schon.«

Jetzt lächelte Judy, trotz allem. Tapferes Mädchen, dachte sie.

Und nun gab sie Levke einen Überblick über die Geschehnisse, wie sie sich tatsächlich abgespielt hatten. Sie ersparte Levke die übelsten Details, ließ aber nichts Wesentliches aus. So hart es für sie beide war – je wahrheitsgemäßer Judy die Sache schilderte, desto glaubwürdiger war sie.

Hinterher saßen sie beide auf dem Sofa und waren ziemlich mit den Nerven fertig.

»Ich wusste ja, dass sie keine Heilige ist«, sagte Levke nach langem, spannungsgeladenem Schweigen tonlos. »Aber dass sie so weit gehen würde, hätte ich nie gedacht.«

»Tja«, meinte Judy. »Offensichtlich haben wir beide gerade die dunkle Seite der Vivica Vesthal kennengelernt.«

»Und sie ist noch schwärzer, als ich es je für möglich gehalten hätte«, stimmte Levke zu.

So ganz konnte Judy es immer noch nicht fassen. Zu sehr war sie noch von der Erkenntnis erschüttert, dass sich hinter Vivicas bildschöner Fassade, hinter ihrem süßen Lächeln die ganze Zeit eine wirklich falsche Schlange verborgen gehalten hatte. Auch als Bekräftigung für sich selbst meinte sie: »Na, wenigstens wissen wir jetzt, woran wir sind. Das ist doch immerhin etwas.«

Levke blickte zu ihr auf. Und Judy glaubte, ihren Augen nicht zu trauen. Levke ... lächelte.

»Was?«, fragte Judy verwirrt. »Irgendetwas an dieser Geschichte scheint dich ja plötzlich zu freuen.«

»Nein«, sagte Levke schnell. »Nein, es freut mich nicht. Na ja ... obwohl, irgendwie ... doch.« Sie holte tief Luft und wischte sich mit einer energischen Bewegung die Tränen ab. »Im Grunde«, sagte sie, »hätte Vivica mir keinen größeren Gefallen tun können.«

Judy runzelte die Stirn. Vivica sah den Vorteil in ihrem Unfall, hm? Und Levke den in Vivicas Verrat. Also, eines hatten diese beiden neben ihrer Vergangenheit als Paar immer noch gemeinsam: Sie interpretierten die Dinge auf eine höchst unorthodoxe Weise.

»Weißt du«, sagte Levke, »als Vivica mir all diese Dinge erzählte, all das, was du angeblich getan haben solltest, da wusste ich …« Sie zögerte kurz. »Na ja, ich wusste einfach, dass du so etwas nicht getan haben konntest. Ich wusste einfach, dass sie lügt.«

»Wenn du all das wusstest«, fragte Judy mit hochgezogenen Brauen, »wieso musstest du es dann noch einmal von mir hören?«

»Ich weiß auch nicht«, gab Levke zu. Sie zuckte die Achseln. »Irgendwie war es wohl das Bedürfnis nach einer Art doppeltem Sicherheitsnetz. Ich wollte dir in die Augen schauen, wenn ich dich damit konfrontiere. Und ich wollte wissen, was ich in deinen Augen finde.«

»Okay.« Damit konnte Judy leben. Es hörte sich zwar ein bisschen pathetisch an, aber immerhin auch einleuchtend.

Levke fuhr fort: »Je länger Vivica redete, und je mehr sie dir vorwarf, desto mehr hatte ich plötzlich das Bedürfnis, dich zu verteidigen. Desto mehr wusste ich plötzlich – na ja«, an dieser Stelle versuchte sie erneut ein vorsichtiges Lächeln, »was ich an dir habe.«

Judy runzelte die Stirn. Das war ein Wendepunkt, den sie schon wieder nicht begriff.

»Je gemeiner Vivicas Worte waren«, verdeutlichte Levke, »desto mehr wusste ich, wie toll du bist. Nicht nur im Vergleich zu ihr, sondern überhaupt. Ich meine, ich hab dich schon immer toll gefunden. Das habe ich dir ja schon oft gesagt. Aber jetzt ist es auf einmal so, dass ich es wirklich …« Pause. »… wirklich *fühle*. Verstehst du?«

Judy schluckte schwer. Ihre Augen brannten. Und das kam eindeutig nicht vom Schwimmbadchlor.

Doch ehe sie etwas sagen konnte, setzte Levke nach: »Judy, ich –« Wieder hielt sie inne. »Ich weiß, wie widersinnig sich das anhört. Ich meine, dir ist gerade etwas wirklich Schlimmes passiert. Und ich? Ich kann nichts anderes tun, als an mich zu denken. An mich und was diese Sache für mich bedeutet. Und mich, so eigenartig sich das anhört, auch noch darüber zu freuen. Entschuldige, Judy.« Sie blickte Judy aus ihren großen, tiefblauen Augen an und wiederholte leise: »Entschuldige.«

Und Judy schüttelte den Kopf. »Also«, sagte sie stockend, »ich weiß auch nicht. Ich glaube, das ist das Seltsamste, was du jemals zu mir gesagt hast. Aber zugleich«, ihre Lippen zitterten, »das Allerschönste.«

Eine Sekunde später fiel Levke ihr so heftig um den Hals, dass sie Judy fast vom Sofa warf. Sie klammerte sich an ihr fest, umschlang sie mit den Armen und auch mit den Beinen und küsste sie wieder und wieder wild auf den Mund. »Ich brauche dich, Judy«, keuchte sie, doch es klang ein klein wenig wie ein Lachen. »Mein Gott, ich brauche dich so sehr …«

»Warte«, versuchte Judy sie zurückzuhalten. Immerhin trug sie noch ihre Kleidung aus der Klinik. Darin hing noch immer der Geruch nach der Arbeit des Tages. Und nach Schwimmbadchlor. »Hey … vielleicht sollte ich erst mal duschen. Ich stinke.«

»Ist mir doch egal«, sagte Levke und vergrub die Nase in Judys Haar. Und dann konnte auch Judy nicht mehr anders. Sie umarmte Levke mit einer Leidenschaft, die sie sonst gar nicht an sich kannte. Ihr Herz schrie nach Levke. Ihr Körper ebenso. Ihr Verstand mochte protestieren, mochte sie darauf hinweisen, dass die Stimmung zwar aufgeladen, aber auch nicht ganz ungetrübt war. Daran erinnern, dass die Sache mit Vivica noch immer im Raum stand. Denn immerhin würde sich Judy damit früher oder später noch einmal auseinandersetzen müssen.

Doch ihr Herz sagte nur: Ruhe jetzt. Darum können wir uns später kümmern.

»Oh Gott, Judy«, keuchte Levke. »Ich weiß, du hast gerade andere Sachen im Kopf, aber ich kann nicht … kann mich nicht beherrschen, Judy. Mein Gott, ich brauche dich so, du hast gar keine Ahnung, wie sehr. Ich brauche dich. Und ich will dich!« Sie stöhnte wohlig, während sie ihre Hände ungestüm unter Levkes Shirt schob. »Oh ja, ich will dich, will dich, will –«

Sie hielt inne.

Und Judy stutzte. Nicht, dass ein vollständiger Satzbau mit Subjekt, Prädikat und Objekt im Moment das Allerwichtigste auf der Welt gewesen wäre. Trotzdem fiel es ihr auf: Fehlte da nicht irgendwie noch ein »dich«?

Dann merkte sie, dass Levke ganz still geworden war. Ihre Hand lag vorn auf Judys Klinikkittel. Langsam fuhren ihre Finger in die vordere Tasche. Und zogen einen Gegenstand heraus.

Es war eine Kette. Ein fein ziselierter Halbmond aus Weißgold mit einem kleinen Brillanten am unteren Rand. Das Bändchen, an dem er hing, war an einer Stelle gerissen.

Kein Zweifel: Es war jene Kette, die Vivica in der Umkleide getragen hatte.

»Was zum –«, brachte Judy hervor, bevor ihr die Stimme versagte.

Einen Moment lang blickten beide wie erstarrt auf das Schmuckstück.

»Judy?«, fragte Levke schließlich mit ganz flacher, belegter Stimme. »Ich hoffe, dass du ... mir das hier erklären kannst. Das hoffe ich ... wirklich sehr.«

15

Vielleicht, so sollte Judy später denken, hätte sich das Ganze verhindern lassen. Wenn sie nur geduscht hätte. Wenn sie, anstatt auf dem Sofa zu versacken, einfach wie jeder normale Mensch ihre Klamotten gewechselt und sich den Dreck des Tages abgewaschen hätte. Denn wahrlich: Nach der Katastrophe mit Vivica fühlte sie sich schon beschmutzt genug.

Dann hätte sie sicherlich auch die Kette gefunden, die aus unerfindlichen Gründen in der Vordertasche ihres Klinik-Shirts gesteckt hatte. Sie hätte sich vielleicht nicht gleich einen Reim darauf machen können. Doch wenigstens wäre sie nicht so unvorbereitet gewesen.

Jetzt erwischte die Sache sie eiskalt und warf sie beide, Levke ebenso, wieder an genau den Punkt zurück, an dem sie kurz zuvor schon einmal gewesen waren.

Vivicas Vorwurf stand wieder im Raum. Und hatte plötzlich beträchtlich an Boden gewonnen.

»Levke, bitte glaub mir doch«, wiederholte Judy zum nunmehr dritten Male. »Ich hab keine Ahnung, wie Vivicas Kette in meinen Kittel kommt. Ich schwöre es beim Grab meiner Oma.«

»Ach, Judy, jetzt werd bloß nicht melodramatisch. Und lass um Gottes willen deine arme Oma aus dem Spiel.«

Egal, wie oft Judy es wiederholte, die Aussage hatte keinerlei Wirkung. Von einem Moment auf den anderen hatte sich die Sache wieder gedreht.

Und Judy grübelte fieberhaft, jetzt selbst an ihrer Erinnerung zweifelnd. Sie hatte die Kette doch wirklich zurückgegeben, oder? Sie hatte sie nicht in all der Aufregung selbst eingesteckt, ohne zu überlegen? Aus einem Reflex heraus, nicht, um sie zu behalten?

Aber nein. Nein, sie hatte den Anhänger definitiv an Vivica zurückgereicht. Sie hatte ihr sogar noch ihr Bedauern ausgesprochen, sie naives Dummchen, so als sei die gerissene Kette ihre Schuld. Und Vivica hatte gemeint, es sei halb so wild. Ein Kollateralschaden. Ja, genau. Das war das Wort, das sie verwendet hatte.

Blieb aber immer noch die Frage, wie die Kette dann in Judys Kitteltasche gelangt war.

Und dann schlug Judy sich an die Stirn. Natürlich: die Umarmung auf dem Parkplatz. Deshalb hatte Vivica darauf bestanden, Judy in einer scheinbar freundschaftlichen Anwandlung noch einmal an sich zu drücken. Und Judy hatte das auch noch zugelassen.

»Vivica«, sagte Judy düster. »Sie muss das gewesen sein. Sie hat mir die Kette untergeschoben.«

Wieso Vivica so etwas tun sollte, wollte Levke sofort wissen.

Das liege doch auf der Hand, sagte Judy. Vivica war auf Nummer sicher gegangen. Sie war sich des Risikos bewusst gewesen, dass sie mit ihrer Geschichte nicht durchkommen könnte. Also hatte sie die Kette zusätzlich in Judys Tasche deponiert.

Einen Moment lang sah es fast so aus, als würde Levke diesen Gedanken ernsthaft in Erwägung ziehen. Doch dann betrachtete sie den Anhänger und schüttelte den Kopf. Ganz sachlich und emotionslos sagte sie: »Tut mir leid. Aber dieses Stück hier«, sie hielt die Kette hoch, und die Mondsichel baumelte wild hin und her, »ist gut und gern seine fünftausend Euro wert. Und wenn ich eines über Vivica weiß, dann, dass sie eine echte Schwäche für teuren Schmuck hat. Gesetzt den Fall, sie hätte die Sache wirklich derartig durchgeplant – was ich ohnehin für ziemlich unwahrscheinlich halte –, dann hätte sie dafür niemals eine Fünftausend-Euro-Kette genommen. Nicht, wenn es auch ein billiges Imitat getan hätte.«

Es nützte nichts. Egal was Judy sagte, egal wie sehr sie ihre Unschuld beteuerte, es hatte keinen Sinn. Levke schien blind für die Tatsachen und taub für Judys Argumente zu sein.

Das sei doch völlig absurd, sagte Judy zunehmend panisch. Selbst wenn sie die Kette an sich genommen hätte – was nicht der Fall war –, dann hätte sie diese doch garantiert nicht weiter fröhlich mit sich herumgetragen. Schon gar nicht, während Levke da war. Sollte die Kette tatsächlich ein unliebsames Beweisstück dafür sein, dass Vivicas Version doch stimmte, dann hätte Judy sich ihrer doch längst entledigt. Hätte sie weggeworfen. Aus dem Auto. Oder in den Müll. Sie wäre doch nicht so dumm, sie da zu lassen, wo Levke sie finden konnte. Ausgerechnet Levke.

Doch je länger sie redete, desto abweisender wurde Levkes Blick, desto mehr suchte sie Distanz.

»Ich gebe zu«, sagte Levke schließlich, »dass das alles ziemlich verrückt klingt. Und auch nicht ganz logisch, nicht bis zum Ende durchdacht. Aber ich weiß es nicht, Judy.« Erneut betrachtete sie den Anhänger. »Tatsache ist nun mal: Die Kette ist hier. Und du hast keinerlei Erklärung dafür. Außer, Vivica zu beschuldigen.«

»Und damit«, ereiferte Judy sich, »steht jetzt plötzlich Aussage gegen Aussage, oder was?«

Levke schwieg.

Und Judy schnappte nach Luft. Das Sofa, auf dem sie saß, schien plötzlich zu schwanken wie ein Schiff im Sturm. »Mein

Gott, Levke«, stieß sie hervor. »Du willst damit doch nicht sagen … du … du glaubst Vivicas Geschichte jetzt nicht plötzlich doch, oder?«

»Ich weiß es nicht«, wiederholte Levke leise. »Ich weiß gerade überhaupt nicht mehr, was ich denken soll.«

Judy spürte, wie ihr die Situation unaufhaltsam entglitt. Sie verlor die Kontrolle. Und, wenn sie jetzt nicht schleunigst etwas unternahm, Levke gleich mit.

Tränen stiegen ihr in die Augen. »Levke«, flüsterte sie und streckte flehend die Hand aus. »Bitte …«

Doch Levke schlug ihre Hand beiseite. Hart. Es tat weh. Doch den körperlichen Schmerz spürte Judy nicht einmal.

Denn jetzt wusste sie, dass es bereits zu spät war. Und sie konnte sogar nachvollziehen, warum.

Levkes Vertrauen war einmal so richtig erschüttert worden. Und gerade jetzt, wo sie dabei war, wieder neues zu fassen, da passierte es wieder. Mitten in dem zaghaften Versuch, sich erneut zu öffnen, brach eine weitere Katastrophe über sie herein. Plötzlich stand Judy, die Frau, der sie ihr mühsam wieder aufgebautes Vertrauen hatte schenken wollen, auch als jemand da, der es mit der Aufrichtigkeit nicht so genau nahm. Und Judy begriff, dass es völlig egal war, wie die Dinge wirklich lagen, was wahr oder falsch war oder wie ehrlich sie selbst zu sein versuchte. Der Stachel des Zweifels hatte immer noch in Levkes verwundetem Herzen gesteckt und sich jetzt mit Macht wieder ganz tief hineingebohrt. Und Levke, die gerade so langsam wieder aufgeblühte Levke, schrie innerlich vor Schmerzen auf. Dann zog sie sich panisch zurück in ihr Schneckenhaus, schlug die Tür hinter sich zu und verbarrikadierte sie von innen. Weil sie keine Kraft mehr hatte, so etwas noch einmal durchzustehen.

»Fass mich nicht an«, verlangte Levke, und ihre Stimme war mit einem Mal sehr tief und heiser. »Fass mich bloß nicht an, Judy, hast du verstanden?« Langsam schüttelte sie den Kopf. »Ich hätte es wissen müssen. Ich hätte es von Anfang an wissen müssen. Du warst einfach zu toll, Judy. Es war zu schön, um wahr zu sein.«

Judy schluchzte laut auf. »Aber merkst du denn nicht, was hier los ist?«, fragte sie verzweifelt. »Erkennst du denn nicht das ganze Ausmaß dessen, was Vivica tut? Wie sie uns manipuliert? Sowohl dich als auch mich? Bitte …« Sie streckte Levke erneut die Hand entgegen. »Lass nicht zu, dass sie das tut. Lass das bitte, bitte nicht zu.«

»Schieb es jetzt bloß nicht auf Vivica«, schnaubte Levke. »Schon klar, sie ist kein Engel. Ist nie einer gewesen. Aber du …« Sie unterbrach sich, musterte Judy einen Augenblick und schüttelte dann den Kopf. »Du bist schlimmer. Du hast mich eine Zeitlang ernsthaft daran glauben lassen, ich hätte etwas Besseres verdient. Etwas Besseres als – ach, vergiss es.« Sie winkte ab und betrachtete erneut die Kette. »Du hast doch wohl nichts dagegen, wenn ich die wieder mitnehme, oder? Immerhin gehört sie dir nicht.«

»Levke«, war alles, was Judy stammeln konnte. Als sie zusah, wie Levke tatsächlich die Kette einsteckte und zur Tür ging, brach sie endgültig in Tränen aus. »Geh jetzt nicht, Levke! Bitte, geh nicht.«

Und tatsächlich drehte sich Levke, an der Wohnungstür angekommen und die Klinke bereits in der Hand, noch einmal um. Aber der leere Ausdruck, der jetzt in ihren Augen lag, traf Judy bis ins Mark.

»Weißt du, Judy«, sagte sie, »als ich Vivica verlassen habe, da hatte ich tatsächlich so was wie Hoffnung. Aber du …« Sie wandte sich ab. »Du hast sie mir genommen.«

Sie knallte nicht einmal mit der Tür. Sondern schloss sie ganz leise und höflich, beinahe zaghaft. Und das war vielleicht das Allerschlimmste.

16

Der Rest der Nacht zog als eine Art schweres, dumpfes Grau an Judy vorbei. Da saß sie also. Nur Stunden zuvor hatte es so ausgesehen, als hätte sich alles zum Guten gewendet. Und jetzt …?

Sie saß ohne Zeitgefühl auf dem Sofa und starrte vor sich hin.

Zwischendurch weinte sie. Heulte und schrie.

Sie nahm hunderte Male das Telefon in die Hand und wollte Levke anrufen.

Dann wieder ruhte ihre Hoffnung für kurze, konfuse Momente ausgerechnet auf der Person, die das ganze Drama angezettelt hatte: Vivica. Vielleicht konnte die ihr ja sagen, was genau eigentlich vorgefallen war. Was schiefgelaufen war. Denn vielleicht waren sie ja alle drei irgendeinem schrecklichen Missverständnis aufgesessen. Vielleicht war Vivica der Schlüssel, vielleicht konnte sie Licht ins Dunkel bringen, konnte alles aufklären. Das jedenfalls hätte Judy gern geglaubt.

Dann wieder wollte sie nichts anderes tun, als Vivica mit den wüstesten Beschimpfungen zu überziehen.

Am Ende tat sie überhaupt nichts Sinnvolles. Stattdessen weinte sie sich weiter die Augen aus, die halbe Nacht lang. Versuchte sich halbherzig an ein paar Yogaübungen. Und flehte während der Meditation: »Hey, ihr da draußen, Buddha, Shiva, Kali und wie ihr alle heißen mögt. Wie wär's mal mit einem kleinen Wunder? Oder zumindest einer kleinen Erleuchtung? Hm? Die könnte ich jetzt nämlich wirklich dringend gebrauchen. Bitte …? Bitte!«

Doch nichts geschah.

Am nächsten Morgen schleppte sich Judy lustlos zur Arbeit. Sie hatte erwogen, sich krankzumelden. Ihr Zustand hätte das sicher gerechtfertigt. Doch als der Wecker sie aus unruhigen Träumen riss, zwang sie sich trotzdem zum Aufstehen. Zu Hause würde sie ohnehin nur weitergrübeln.

Auf der Arbeit angekommen, lief sie als Erstes Anna in die Arme. Anna öffnete den Mund, um etwas zu sagen, aber Judy kam ihr zuvor.

»Bitte keine Bemerkungen über Augenringe, eingefallene Wangen oder sonst etwas, das darauf schließen lässt, dass es mir absolut bescheiden geht, okay? Nicht heute.«

»Hatte ich nicht vor«, erklärte Anna zu ihrer Überraschung. Allerdings musterte sie Judy dabei von oben bis unten und verzog dabei besorgt das Gesicht, verkniff sich jedoch immerhin jedweden Kommentar. »Ich wollte dir nur sagen, dass ich deine erste Patientin übernehme. Du hast einen Termin beim Chef.«

»Was?« Judy starrte sie verwirrt an. Doktor Finkenberg wollte sie sehen? Na toll. Das also auch noch. »Hat er gesagt, wieso?«, erkundigte sie sich.

»Mir jedenfalls nicht.« Anna zuckte die Achseln. »Du hast doch nichts angestellt. Oder, Judy?« Das fragte sie mit einem halben Lächeln, doch es erreichte ihre Augen nicht.

»Quatsch«, sagte Judy. Doch es klang nicht ganz so gelassen, wie es hätte klingen sollen.

»Frau Wallner. Bitte nehmen Sie doch Platz.« Doktor Finkenbergs schmieriges Lächeln war nicht unbedingt dazu angetan, Judys Stimmung zu heben und ihre Bedenken zu zerstreuen. Ganz im Gegenteil. Im besten Fall machte es sie nervös. Um im schlimmsten ... war es ausgesprochen beunruhigend.

Judy setzte sich ein wenig steifbeinig ganz vorn auf die Kante des ohnehin nicht besonders bequemen Stuhls und schielte nach den Papieren, die vor dem Arzt auf dem Tisch lagen. Es sah nach einer Personalakte aus. Ihrer eigenen Personalakte, um genau zu sein.

»Frau Wallner«, begann Finkenberg und stützte sich mit ineinander verflochtenen Fingern auf seinen wuchtigen Schreibtisch.

Ja, dachte Judy. Ich kenne meinen Namen, danke. Und wie schön, dass Sie ihn auch kennen, zumindest für die Dauer dieses Gesprächs. Herzlichen Glückwunsch, Doc.

»Wie lange arbeiten Sie jetzt für mich?«, fragte Finkenberg.

»Ich bin seit vier Jahren in dieser Klinik angestellt«, antwortete Judy.

»Vier Jahre, ja, ja«, wiederholte Finkenberg, so als hätte er das natürlich längst gewusst. Er blätterte demonstrativ ein wenig in den Papieren herum. »Und in diesen vier Jahren haben Sie sich als hervorragende Kraft erwiesen. Es gab nie einen Anlass zu irgendeiner Beschwerde.« Er machte eine kleine Pause.

Judy hatte das vage Gefühl, dass er eine Antwort erwartete, doch sie wusste nicht, was sie sagen sollte.

»Umso bedauerlicher«, fuhr Finkenberg in diesem Moment fort und klappte geräuschvoll die Akte zu, »dass mir nun ein Vorfall zu Ohren gekommen ist, der mir, sagen wir mal ... große Sorgen bereitet.« Er hob den Blick und fixierte Judy. »Können Sie sich vorstellen, worauf ich hinauswill?«

Eine unheimliche Ahnung keimte in Judy auf, doch sie schob sie rasch beiseite. Denn das – das konnte einfach nicht sein. So weit würde Vivica doch nicht gehen.

»Ich habe keine Ahnung, Herr Doktor.«

Finkenbergs Augen musterten sie über den Tisch hinweg. »Hören Sie, Frau Wallner. Ich kann sehr wohl nachvollziehen, dass die Sache Ihnen überaus unangenehm ist. Aber wenn Sie«, er räusperte sich etwas umständlich, »Schwierigkeiten finanzieller Art haben, dann hätten Sie doch zu mir kommen können. Wir zwei hätten sicherlich eine Lösung gefunden.«

»Ähm ...« Judy starrte ihr Gegenüber verblüfft an. »Finanzielle ... Schwierigkeiten?« Also, das war ihr neu. Ihr Kontostand war zwar nie wirklich üppig, aber auch nie derart in den Miesen, dass es richtig eng wurde. Sie begann schon zaghaft Hoffnung zu schöpfen, dass sie mit ihrer Vermutung vielleicht völlig falsch lag.

»Aber«, setzte Finkenberg derweil ungerührt nach, »sich stattdessen am Eigentum anderer zu vergreifen? Ich bitte Sie. So was hätten Sie doch nicht nötig gehabt.«

Nein. Oh Gott, nein. Das war alles, was Judy jetzt noch denken konnte.

Vivica würde nicht so weit gehen? Sie würde solche Dinge nicht tun?

Oh doch. Vivica würde.

Und nicht nur das. Sie hatte es getan.

Sie war tatsächlich postwendend zu Finkenberg gerannt und hatte Judy angeschwärzt. Jetzt sollte Judy nicht nur angeblich Levke untreu gewesen sein, sondern obendrein noch eine Diebin. Wollte Vivica ihr neben ihrem Privatleben auch noch den Job ruinieren?

Aber warum? Welchen Grund sollte sie dafür haben?

Und Judy hatte Vivica auch noch kurz vorher als Patientin abgegeben. Na, bestens. In den Augen eines Mannes wie Finkenberg passte das garantiert alles ganz prima zusammen.

Finkenbergs Stimme drang wie durch einen dichten Nebel zu ihr durch: »Ich werde den Namen der betreffenden Person natürlich bis auf Weiteres aus dieser Sache heraushalten. Solange noch eine Chance besteht, das Ganze gütlich zu regeln. – Frau Wallner«, beschwor er sie mit enervierend ruhiger Stimme. Er legte es offenbar darauf an, ihren Namen, wenn er ihn schon einmal parat hatte, so häufig wie möglich zu verwenden. »Ich habe Sie hierhergebeten, weil ich hoffe, dass wir eine Einigung erzielen können, die allen Parteien zugutekommt, bevor die Sache noch weitere Kreise zieht. Aber dafür müssen Sie mir schon ein wenig entgegenkommen.«

Plötzlich erschien Levkes verweintes Gesicht vor Judys geistigem Auge. Levke, die das eigentliche Opfer war in diesem unfassbar miesen Spiel, in dem jetzt auch noch ihr Chef als Spielfigur herhalten musste. Levke, die den Schmerz, den ihr das Ganze bereiten musste, am allerwenigsten verdient hatte. Brennender Zorn loderte in ihr auf.

»Entgegenkommen? Erlauben Sie mal, Doktor, Sie haben doch nicht die leiseste Ahnung, was hier eigentlich los ist!«

»Bitte«, wies Finkenberg sie kalt zurecht, »mäßigen Sie sich. Ich glaube kaum, dass Sie in der Position sind, sich hier so aufzuführen. Schieben Sie die Verantwortung jetzt bitte nicht auf andere.«

Genau das, dachte Judy, hatte Levke gestern auch gesagt. Der Zorn verglühte. Ließ nichts weiter zurück als kalte, graue Asche.

»Aber«, murmelte sie, »aber ich –«

»Ich werde mich mit Ihnen nicht auf eine Diskussion einlassen«, stellte Finkenberg klar. »Ich habe Sie hergebeten, um Ihnen die Chance zu geben, die Sache in gegenseitigem Einvernehmen aus der Welt zu schaffen. Also, wenn Sie etwas zu sagen haben, dann ist das hier die Gelegenheit.«

Judy öffnete den Mund.

Und schloss ihn wieder.

Wie konnte sie es denn in Worte fassen? Wie sollte sie erklären, dass es hier nicht um ein simples Schmuckstück ging? Sondern dass die Sache viel, viel komplizierter war? Wie sollte sie erklären, was Vivica wirklich getan hatte? Wie weit ihr perfider Plan ging?

Und vor allem: Wer sollte ihr so etwas glauben?

Finkenberg klopfte derweil ungeduldig mit dem Kugelschreiber auf den Tisch. »Nun?«, fragte er.

Erschöpft sagte Judy: »Das … würden Sie nicht verstehen.«

»Nein?« Er hob die Brauen. »Nun, ich befürchte, ich verstehe in der Tat nicht, wie ein so nettes Mädchen wie Sie auf solch hässliche Ideen kommt.«

»Ich habe nichts Falsches getan«, sagte Judy heiser.

»Das ist allerdings eine seltsame Auslegung der Gesetzeslage.« Finkenberg fixierte sie. »Begreifen Sie eigentlich, was hier auf dem Spiel steht? Wenn es die Runde macht, dass sich das Personal am Eigentum der Patienten vergreift, dann kann das weitreichende Folgen haben. Nicht nur für Sie. Auch für Ihre Kollegen. Für mich. Und für die ganze Klinik. Die Konsequenzen wären nicht abzusehen.«

Judy antwortete nicht.

Finkenberg seufzte. »Na schön. Wissen Sie was? Ich gebe Ihnen Zeit bis heute Mittag. Bis dahin sind Sie vom Dienst freigestellt. Gehen Sie in sich. Machen Sie einen kleinen Spaziergang und denken Sie in aller Ruhe über die Sache nach. Vielleicht besinnen Sie sich ja eines Besseren. Falls ja, dann finden wir vielleicht doch noch eine Lösung, die für alle Beteiligten annehmbar ist. Wenn

Sie allerdings weiter so uneinsichtig sind, dann sehe ich mich leider gezwungen, weitere Schritte einzuleiten. Ich denke, Sie wissen, was ich damit meine.«

»Ja«, murmelte Judy. Wie ein geprügelter Hund stand sie auf und schlich zur Tür.

Danach schaffte sie es gerade so eben, eine gewisse Distanz zwischen sich und das Büro des Chefs zu bringen. Sie bog um zwei Ecken und fand sich in einem glücklicherweise gerade menschenleeren Flur wieder. Dort lehnte sie sich gegen die Wand und schluchzte einmal laut auf. Dann noch einmal. Sie presste sich die Hände vor den Mund und versuchte die Laute zurückzudrängen. Aber es kamen immer wieder neue, sie konnte nichts dagegen tun.

In diesem Moment schrillte ihr Handy. Judy hob es in einer mechanischen Bewegung ans Ohr.

»Hallo?«, fragte sie und wischte sich eine Träne aus dem Gesicht.

»Veni, vidi, vici«, säuselte eine sehr vertraute Stimme, die aber vollkommen anders klang als sonst. »Ich kam, sah und siegte.«

Und dann sah Judy eine ebenso vertraute Gestalt um die Ecke kommen.

Sie trug immer noch die Beinschiene, doch jetzt wirkte sie mehr wie ein Accessoire. Das charakteristische Hinken, das noch bis gestern eine Art Markenzeichen gewesen war, war deutlich zurückgegangen. Viel schneller, als es in einem normalen Heilungsprozess der Fall gewesen wäre.

Auch ihr Gesicht wirkte anders als sonst. Und das lag nicht an dem Make-up, das sie aufgelegt hatte. Ihre wunderschönen Züge waren von einem falschen, hämischen Lächeln entstellt.

»Na, Süße?«, sagte sie, als sie sich vor Judy aufbaute und ihren Blick festhielt. »Das hat ganz schön gesessen, was?«

»Du«, flüsterte Judy und starrte Vivica an. »Wieso … wieso hast du …?«

»Oh, bitte. Muss ich dir das wirklich erklären?«, fragte Vivica mit geschürzten Lippen. »Aber gut, ich hab dir sowieso noch ein, zwei Kleinigkeiten zu sagen. Also«, sie zog eine Packung Papiertaschentücher hervor und warf sie vor Judy hin, »wisch dir die Tränchen ab, richte dich ein bisschen her, und wir treffen uns in zehn Minuten in der Cafeteria. Das ist übrigens keine Bitte, klar? Aber keine Sorge, der Kaffee geht auf mich.« Von irgendwo zauberte sie wieder ihr bildhübsches Lächeln her. »Also dann, bis gleich.« Damit drehte sie sich um und ging. Irgendwie brachte sie das Kunststück fertig, trotz ihrer Beinverletzung einen sexy Hüftschwung an den Tag zu legen.

17

Als Judy die Cafeteria betrat und sich suchend umschaute, hob Vivica den Arm. Sie winkte ihr zu und strahlte wie ein kleiner Sonnenschein. Jeder, der es nicht besser wusste, hätte annehmen müssen, sie warte auf eine gute Freundin und freue sich ungemein, sie zu sehen.

Aber Judy wusste es besser. Vivica war nichts weiter als eine durch und durch bösartige Person. War nie etwas anderes gewesen. Und sie, Judy, war wahrscheinlich der letzte Mensch auf der Welt, der das kapierte. In ihrem Fall hatte es eben der Holzhammer-Methode bedurft, um ihr das klarzumachen. Technischer K.o. Und das mit einem einzigen Schlag.

Noch nie hatte Judy ihre Leichtgläubigkeit so sehr verflucht. Und es wurde fast noch schlimmer dadurch, dass ein gewisser Teil von ihr um den Menschen Vivica, den sie zu kennen geglaubt hatte, regelrecht trauerte. Es war widersinnig. Aber Judy verspürte einen gewissen dumpfen Schmerz in der Magengegend.

Vivica hatte einen Tisch in einer ruhigen Ecke ausgesucht. Kein Wunder. Was immer sie Judy zu sagen hatte, war offenbar nicht für jedermanns Ohren bestimmt.

»Na?«, fragte sie in einem ekelhaft mitleidigen Ton, als Judy sich setzte. So wie man mit einem kleinen Kind sprach, das sich das Knie aufgeschrammt hatte, das man aber nicht weiter ernst nahm in seinem Schmerz. »Geht's besser?«

Judy sprang gleich wieder auf. »Du gemeine –«

»Na, na, na.« Vivica hob den Zeigefinger und schnalzte tadelnd mit der Zunge. »Was sind denn das für Manieren? Komm, sei nett, ja? Das kannst du doch so gut. Und schau mal, ich hab sogar einen Kaffee für dich. Wie hättest du ihn denn gern? Ein bisschen Milch gegen die Bitterkeit? Süß wie die Liebe? Oder doch lieber schwarz, wie die dunkle Begierde?«

Resigniert ließ sich Judy wieder auf den Stuhl sinken. »Du meinst wohl, wie deine Seele.«

»Touché«, erwiderte Vivica mit gekünstelter Überraschung.

»Was willst du?«, fragte Judy. Sie hatte nicht die Absicht, mehr Zeit als zwingend notwendig in der Nähe dieser Schlange zu verbringen.

Vivica verzog amüsiert einen Mundwinkel. »Was ich will, möchtest du wissen? Ganz einfach. Ich werde dir sagen, wie es von jetzt an laufen wird. Aber vorher hast du bestimmt ein paar Fragen an mich. Und in meiner unendlichen Großzügigkeit«, sie lächelte und strich sich affektiert durch die Haare, »bin ich geneigt, dir ein paar davon zu beantworten.«

Judy hatte eigentlich nicht vor, Vivicas übersteigertes Ego auch noch zu füttern, aber jetzt platzte sie doch heraus: »Wie hast du's angestellt?«

»Oh, das? Tja, also eigentlich nahm alles schon seinen Anfang in jener Nacht, als mein Unfall passiert ist und –«

»Nein«, unterbrach Judy. »Wie hast du mich dazu gebracht, dich zu mögen? Ich konnte dich gut leiden, Vivica. Ernsthaft. Es gab Zeiten, da hatte ich dich wirklich und wahrhaftig gern. Wie in aller Welt hast du das gemacht?«

»Nun ja.« Vivica versenkte ihre tiefgrünen Augen in Judys. »Das ist so eine Sache, die ich einfach an mir habe, weißt du? Nenn es eine Gabe. Nenn es einen Fluch. Aber egal, wo ich hingehe, egal, mit wem ich es zu tun bekomme: Die Menschen lieben mich.«

»Schön für dich«, sagte Judy. »Und was verschafft mir nun die Ehre eines exklusiven Blickes hinter die Fassade?«

»Die Umstände«, erwiderte Vivica leichthin. »Du bist ein Ärgernis, Judy. Und Ärgernisse kann ich nicht ausstehen.«

Eigentlich, dachte Judy später, hatte sie es gar nicht hören wollen. Wirklich nicht. Sie wollte nicht wissen, wie dumm sie gewesen war, wie arglos und wie leicht sie Vivica ins Netz gegangen war.

Und trotzdem saß sie hier und hörte zu. Sah, wie sich Vivicas Lippen bewegten, sah das kalte Lächeln, hörte die Stimme, die vor Schadenfreude und Hohn nur so troff, und roch das bittere Aroma von billigem Automatenkaffee. Sie rührte ihren Becher nicht an, ganz bewusst nicht. Sonst hätte sie für nichts garantieren könnten. Am Ende wäre die heiße Brühe vielleicht nicht in Judys Magen, sondern als gezielter Schwall in Vivicas Gesicht gelandet. Und trotz allem: So weit vergessen würde sie sich nicht. Auch wenn jedes von Vivicas Worten sich wie ein vergifteter Pfeil in ihr Herz bohrte.

Vivica hingegen genoss jede Sekunde von Judys Demütigung, schien regelrecht aufzublühen, als sie nun ihren schlauen Plan noch einmal Revue passieren ließ. Sie hatte Judys Leben nach allen Regeln der Kunst ruiniert, und es war deutlich sichtbar, dass sie stolz darauf war.

Nachdem sie ihre Lage und die Folgen ihres Unfalls erst einmal analysiert hatte, erkannte sie, welche Chancen ihr die Knieverletzung trotz aller Unannehmlichkeiten eintrug. Die Trennung von Levke lag erst einige Monate zurück – genauer gesagt: der Tag, an dem Levke, nach immerhin sieben Jahren, doch tatsächlich ihre große Liebe verlassen hatte. Es war mehr als der übliche Pärchenstreit, mehr als ein formelles Schmollen. Levke war schon ein paar Mal gegangen. Hatte ein paar Nächte in der Werkstatt geschlafen, dann aber ziemlich schnell wieder vor der gemeinsamen Haustür gestanden, mit schlechtem Gewissen und Muffins im Gepäck.

Diesmal jedoch hatte Levke ihre Sachen aus dem gemeinsamen Haus geholt, und dieser radikale Schritt hatte Vivica kalt erwischt. Eigentlich war sie davon ausgegangen, dass Levke jede ihrer Eskapaden mitmachte.

»Welche Eskapaden?«, unterbrach Judy sie. Dabei ahnte sie die Antwort schon. Vivica hatte ihr in der Umkleidekabine einen ziemlich eindeutigen Hinweis gegeben.

»Na, die Frauen«, meinte Vivica mit einem widerlich unschuldigen Lächeln.

Damit bestätigte sie Judys Vermutung. Beinahe.

»Frau*en?*«, hakte Judy nach. »Plural?«

»Eher so was wie ein Superlativ.« Vivica kicherte. »Ja, ja. Die Frauen sind schon immer meine große Schwäche gewesen. Und hin und wieder muss ein Mädchen sich eben ein bisschen austoben.«

»Hin und wieder?«, echote Judy, zunehmend fassungslos. »Was bedeutet das denn in Zahlen? Alle paar Wochen? Monate? Jahre?«

»So oft ich kann«, meinte Vivica und lächelte hinterhältig.

Und jetzt, mit einem Mal, fiel auch das letzte Puzzleteilchen an seinen Platz. Erst jetzt begriff Judy, wie verletzt Levke wirklich war. Wieso sie so gut wie kein Vertrauen in sich hatte. Sollte sie jemals so etwas wie Selbstbewusstsein besessen haben, dann hatte Vivica es mit Füßen getreten, wieder und wieder. Und wahrscheinlich hatte es ihr auch noch Spaß gemacht. Denselben Spaß, den es ihr jetzt bereitete, Judy fertigzumachen.

Das Bild war endlich vollständig. Und es war stimmig. Schrecklich, aber dennoch stimmig.

Mein Gott, dachte Judy, und vor Entsetzen hatte sie Vivicas hinterhältige Attacke gegen sie selbst für einen kurzen Moment fast vergessen. Das war ja noch viel schlimmer, als sie erwartet hatte.

Vivica, das gestand diese sehr freimütig ein, hatte Levke tatsächlich schon sehr oft betrogen. Und Levke hatte es stillschweigend hingenommen. Meistens zumindest. Manchmal, na schön, da machte sie Vivica eine Szene. Doch dann gab Vivica sich reuig, spielte ihr ein bisschen heile Welt vor, war eine Weile brav – oder tat zumindest so – und wickelte Levke damit wieder um den Finger. Das klappte jedes Mal.

Und auch die Trennung vor einigen Monaten, davon war Vivica überzeugt, war nur eine Phase und nichts, was sich nicht wieder rückgängig machen ließe. Diesmal schmollte Levke eben ein bisschen mehr als sonst, versuchte sich selbst etwas zu beweisen oder wollte Vivica zeigen, dass sie ja ach so unabhängig war.

Doch sie würde wieder zu ihr zurückkommen. Würde Vivica erneut verzeihen. So wie immer. Daran schien Vivica nicht den geringsten Zweifel zu haben.

Der Unfall und die damit einhergehende Hilflosigkeit, die Vivica nicht einmal vorschützen musste, sondern die eine Zeitlang tatsächlich ganz real vorhanden war, spielten ihr dabei in die Hände. Ein Anruf, ein bisschen Mitleidstour – und schon hatte sie Levke, die treue, kleine, alles verzeihende Levke, wieder im Griff. Vivica schnippte mit den Fingern, und Levke sprang. Ganz so, wie Vivica es gern hatte.

»Doch in der Zwischenzeit«, sagte Vivica, »war etwas passiert, das ich nicht einkalkuliert hatte.«

»Was?«, fragte Judy.

»Du«, sagte Vivica.

Es überraschte sie, dass doch tatsächlich so ein kleines Yogamäuschen daherkam, für das sich Levke augenscheinlich ernsthaft zu interessieren begann. Obwohl – ernsthaft konnte man das wohl kaum nennen. Es gehörte wahrscheinlich zum Spiel dazu. Eine Trennung mit – scheinbar – allem Drum und Dran. Es war nichts als eine weitere Phase. Und auch die würde vorbeigehen.

Dachte Vivica.

Doch schon bald fiel ihr auf, dass Levke nicht mehr ganz so brav, nicht mehr ganz so leicht zu lenken, nicht mehr ganz so dankbar für jedes noch so winzige Quäntchen Aufmerksamkeit war, das sie von Vivica bekam.

Statt dessen wurde sie … schwierig. Sie machte nicht mehr ausschließlich das, was Vivica wollte. Zeigte Vivica sogar manchmal die kalte Schulter. Ja, wenn Vivica es nicht besser wüsste, dann hätte sie fast geglaubt, sie entwickelte so etwas wie einen eigenen Willen.

»Da dämmerte mir langsam, dass du gefährlich warst«, sagte Vivica Judy direkt ins Gesicht. »Also musste ich dich aus dem Weg räumen, koste es, was es wolle. Und als ich dich kennenlernte, mein Gott, da konnte ich es kaum glauben. Da hast du gestanden, du niedliches, kleines, zuckersüßes Yogamäuschen, und hast dir ernsthaft eingebildet, mich ausstechen zu können? *Mich?* Dass ich nicht lache.«

»Ich hatte nie vor, dich auszustechen«, murmelte Judy wie ferngesteuert. Ganz allmählich war sie sich nicht mehr sicher, ob sie das hier wirklich erlebte oder sich in einem bizarren, überzogenen Traum befand. Oder einer hanebüchenen Seifenoper. »Für mich war es nie ein Wettkampf.«

»Oh ja«, lachte Vivica. »Man konnte dir deine Gewissensbisse auf tausend Meter Entfernung ansehen. Das hat mir das ganze Spielchen übrigens noch angenehmer gestaltet, sonst wäre es mir bald langweilig geworden. Oh, und wo wir gerade dabei sind: Es war zu köstlich, dich und Levke zu beobachten, wie ihr so verzweifelt versucht habt, eure Beziehung vor mir zu verbergen. Ich hätte vor Lachen am Boden gelegen, wenn ich mich nicht permanent zusammengerissen hätte.«

»Du hast es also gewusst«, stellte Judy fest. »Das mit Levke und mir. Seit wann?«

Vivica legte den Kopf schief. »Hm, ich denke, von dem Moment an, als ich deine Stimme am Telefon gehört habe. Damals, als ich auf dem Weg ins Krankenhaus war.«

Judy erinnerte sich an den Abend am See. An ihren und Levkes ersten Kuss. Der jetzt einen ziemlich bitteren Beigeschmack bekam.

Vivica lächelte derweil ihr strahlendstes Lächeln. »Du warst leider dumm genug, mir deinen Namen zu nennen. Den Rest haben dann ein paar geschickte Fragen an Levke, Facebook und Google besorgt. Im Krankenhaus hatte ich einen Internetanschluss. Und eine Menge Zeit, mir Gedanken zu machen. Oh, und falls du dich fragst, woher ich vorhin deine Handynummer hatte …« Ihr Lächeln wurde noch eine Spur breiter. »Von Levkes Telefon. Das hab ich mir ab und zu mal vorgenommen, wenn Levke nicht hingeschaut hat. Ihr zwei habt euch übrigens ziemlich süße Nachrichten geschrieben. Richtig poetisch. Ich war ganz gerührt.«

»Du hattest das also alles geplant?«, stellte Judy entgeistert fest. »Das heißt, du bist gar nicht zufällig bei mir in der Therapie gelandet?«

»Natürlich nicht«, sagte Vivica abfällig. »Glaubst du, ich überlasse so etwas dem Zufall? Außerdem hieß es, du wärst ganz brauchbar in deinem Job. Ich schlage gern zwei Fliegen mit einer Klappe, weißt du? Schließlich wollte ich möglichst schnell wieder fit werden.«

Nachdem Vivica also erst mal festgestellt hatte, dass Judy für Levke mehr sein könnte als eine vorübergehende Trotzreaktion, fing sie an, langsam und systematisch vorzugehen. Sie musste natürlich vorsichtig sein, um nicht aufzufallen.

Schritt eins bestand darin, Judy kennenzulernen. Schritt zwei, ihr Vertrauen zu gewinnen. Anschließend ein paar wohldosierte Informationen über ihre Beziehung zu Levke. Ein bisschen Mitleidsheischerei. Ein bisschen Reue. Und die Andeutung, dass sie sich ach so sehr wünschte, Levke zurückzugewinnen. Vivica hatte beinahe damit gerechnet, dass allein das ausreichen würde, um Judy den Mut zu nehmen. Dass sie sich entweder aus Frust oder aus schlechtem Gewissen von Levke zurückziehen würde.

»In diesem Punkt habe ich dich unterschätzt«, gab Vivica zu. »Aber offen gestanden wäre ich auch ein wenig enttäuscht gewesen, wenn du dermaßen leicht aufgegeben hättest. Wo bliebe denn da der Spaß? Und je härter der Kampf, desto süßer der Sieg, findest du nicht auch?«

Es folgte ein wenig gekonnte Schauspielerei. Etwas mehr Gejammer, wie sehr doch das Bein schmerze, ein bisschen mehr Gehinke, als eigentlich nötig war, um Levke weiterhin bei der Stange zu halten. Man konnte, meinte Vivica grinsend, Levke ja schlecht bitten, sie durch die Gegend zu kutschieren, wenn man durchaus selbst dazu imstande war, ins Taxi zu steigen oder gar den Bus zu nehmen. Nein, nein, lieber ein bisschen übertreiben. Overacting war immer noch wirkungsvoller als eine miserable, weil zu selbstbewusste Vorstellung. Und zweckdienlicher obendrein.

»Das war also die Zeit, in der du angeblich dauernd Schmerzen hattest«, vergewisserte sich Judy. »Die Phase, wo wir in der Therapie vorn und hinten nicht weitergekommen sind.«

»Oh, wir sind weitergekommen«, lächelte Vivica. »Deine Übungen waren super. Ich hab sie allerdings heimlich zu Hause gemacht. Da, wo es niemand sehen konnte. Du siehst also: Das scheinbare Stagnieren deiner Bemühungen lag nicht an dir. Falls dir das ein Trost ist.«

Judy schnaubte nur.

»Sogar Doktor Finkenberg ist darauf reingefallen.« Vivica lachte fröhlich. »Er könne sich das nicht erklären, behauptete er immer wieder. Hat mir bereitwillig immer neue Schmerzmittel verschrieben. Genommen hab ich die natürlich nicht mehr. Von dem Zeug wird man ja ganz wirr im Kopf. Doch ich musste im Vollbesitz meiner geistigen Kräfte sein. Nicht wahr, das verstehst du doch?«

Einen Moment lang war Judy versucht, Finkenberg zu verteidigen. Doch bei aller Loyalität zum Chef: Das ginge nun wirklich entschieden zu weit.

»Und dann«, fuhr Vivica auch schon fort, »habe ich zum finalen Schlag ausgeholt.«

Die Sache in der Umkleide war natürlich auch kein Zufall gewesen. Vivica hatte Judys Terminplan genau studiert und war ihr gestern, als Judy die Aquagymnastik-Gruppe leitete, ins Schwimmbad gefolgt. Dort hatte sie eine eiskalte Dusche genommen, damit sie schön nass war und glaubwürdig bibberte, so als säße sie tatsächlich seit einer halben Ewigkeit in ihrer Umkleide fest. Dann noch ein paar Tränchen herausgepresst. Überflüssig zu erwähnen, dass Vivica auch ganz hervorragend und auf Kommando weinen konnte. Der Rest war dank Judys Gutmütigkeit ein echter Selbstläufer.

»Es war doch ein guter Trick, oder? Die Rolle der einsamen und verlassenen Kranken, der alles über den Kopf wächst«, grinste Vivica, während Judy mit malmenden Kiefern zuhörte. »Obwohl ich schon Angst hatte, ich hätte vielleicht zu dick aufgetragen. Aber du hast es einfach geschluckt.«

»Ja, der Auftritt war oscarreif«, knirschte Judy. »Hast du schon mal überlegt, damit zum Theater zu gehen?«

Vivica winkte ab: »Pff, Theater. Wenn überhaupt, dann nach Hollywood. Oh, übrigens, Judy, wo wir schon dabei sind: Ich finde es beinahe ein bisschen schade, dass du mir nicht ins Netz gegangen bist. Jedenfalls«, sie leckte sich aufreizend die Lippen, »sagen wir, nicht ganz mit Haut und Haaren.«

Judy schüttelte bloß den Kopf. »Du wolltest mich also wirklich herumkriegen? Und hast nicht nur so getan? Ist das dein Ernst?«

»Ja, natürlich«, meinte Vivica, dieses Mal fast ganz ohne den spöttischen Unterton. »Hey, ich sagte dir doch schon: Ich verbinde das Angenehme gern mit dem Nützlichen. Also, wieso nicht einen kleinen Spaß mitnehmen, wenn er sich anbietet? Und glaub mir, Judy«, jetzt erschien wieder das böse Natternlächeln, »wir hätten Spaß gehabt. Du hättest den Sex deines Lebens haben können.«

»Lieber liege ich splitternackt in einer Badewanne voller Spinnen«, gab Judy mit Nachdruck zurück.

»Ach so?« Vivica hob die Brauen. »Nun ja, jedem sein Fetisch, nicht wahr?«

»Und wenn ich mich tatsächlich darauf eingelassen hätte?«, spann Judy den Faden weiter. »Dann wärst du als Nächstes zu Levke gelaufen und hättest ihr alles brühwarm erzählt? Ach nein, warte …« Sie schlug sich in gespielter Überraschung an die Stirn. »Das hast du ja sowieso getan. Und dabei die Wahrheit ein bisschen verbogen.« Deshalb, begriff sie jetzt auch, war es für Vivica so wichtig gewesen, dass Judy ihrerseits Stillschweigen über den Vorfall bewahrte. Damit ihr Plan aufgehen konnte, musste sie die Erste sein, die Levke gegenüber von der Sache sprach.

»Ja, das war der etwas schwierige Teil des Ganzen«, bestätigte Vivica. »Kein wirklich heikler Punkt, so weit würde ich nicht gehen. Und weißt du, Judy«, sie zuckte mit den Schultern, »ich denke, wenn ich dich tatsächlich herumgekriegt hätte, dann hätte ich mir den ganzen Rest sparen können. Dann wärst du wahrscheinlich freiwillig zu Levke gerannt und hättest ihr alles gebeichtet. Du wärst sonst an deinem schlechten Gewissen erstickt, hab ich recht? Und hättest dich dann von dir aus von Levke ferngehalten, in der Überzeugung, es nicht wert zu sein. Denn du, heilige Judy, hast genau die gleiche, langweilig-konservative Einstellung zur Treue wie sie.«

Judy blieb einmal mehr die Luft weg über so viel Unverschämtheit – mehr um Levkes als um ihrer selbst willen. »Und du hältst dich wohl für besonders modern?«, fragte sie, als sie sich wieder gefasst hatte.

»Das nicht. Bloß für einen Freigeist.«

»Klar.« Judy verdrehte die Augen. »Natürlich. Mein Fehler.«

Einen Moment lang saßen sie schweigend voreinander.

»Dumm nur«, meinte Judy schließlich, »dass Levke dir deine kleine Geschichte nicht geglaubt hat.«

Vivica machte eine wegwerfende Handbewegung. »Das brauchte sie auch gar nicht. Es ging nur darum, ein paar Zweifel zu säen. Den Rest hat die Sache mit dem Kettenanhänger erledigt.«

Bei diesem Gedanken wurde Judy eiskalt. Levkes fassungsloses Gesicht, als diese den Anhänger aus ihrer Tasche ans Licht befördert hatte, hatte sich schmerzhaft in ihre Netzhaut eingebrannt.

»Tja, die Kette«, meinte Vivica und lehnte sich gemütlich auf ihrem Stuhl zurück. »Das war überhaupt mein absoluter Geniestreich.«

»Es ist keine wirkliche Kunst, jemandem etwas unterzuschieben.«

»Nein?« Vivica grinste. »Na, vielleicht siehst du das anders, wenn du die ganze Geschichte kennst. Dafür«, sie setzte sich wieder aufrecht hin, als hebe sie zu einem wichtigen Vortrag an, »muss ich allerdings etwas weiter ausholen.«

»Nur zu«, sagte Judy. »Schlimmer kann es ja wohl kaum noch werden.«

Und wieder hatte sie falsch gedacht.

18

Der Grundstein für die vertrackte Situation, in der Judy, Levke und auch Vivica sich jetzt befanden, war schon vor langer Zeit gelegt worden. Es war nicht der angebliche Übergriff in der Schwimmbadkabine gestern. Streng genommen war es noch nicht einmal die Nacht, als Vivicas Unfall passiert war, obgleich dieser eine entscheidende Rolle bei alldem spielte. Angefangen hatte alles ganz anders. Und viel früher.

Wie Judy ja bereits von Levke erfahren hatte, verdiente Vivica ihr Geld als Verkäuferin bei einem exklusiven Juwelier in der teuersten Einkaufsmeile der Stadt. Und sie war ziemlich gut in diesem Job. Wunderschön, geschmackvoll zurechtgemacht, ausgestattet mit Sinn für Stil und einer absoluten Parkettsicherheit, war sie die Idealbesetzung als Schmuckverkäuferin. Ihr Chef vergötterte sie geradezu und viele Kunden ebenso. Vivica bestach nicht nur durch gutes Aussehen, sondern auch durch ihren unschlagbaren Geschmack und ihre Überredungskünste. Sie hatte die Fähigkeit, den Menschen das Teuerste vom Teuren aufzuschwatzen, und hinterher glaubten die Leute auch noch, sie wären von selbst auf diese Idee gekommen.

Und außerdem, gestand Vivica freimütig ein, war ein Juweliergeschäft ein geradezu idealer Platz, um Frauen aufzugabeln. Immerhin gingen diese dort ein und aus. Nicht nur junge, hübsche Mädchen, die stolz ihr erstes selbstverdientes Geld in den Laden trugen. Sondern auch gestandene Geschäftsfrauen, die sich eine Kleinigkeit gönnen wollten und zusätzlich zum Schmuck die hübsche Verkäuferin gleich noch mitnahmen, sozusagen als eine Art Dreingabe. Notfalls passten auch die vernachlässigten Frauen, die das Geld ihrer reichen, aber lieblosen Ehemänner im Laden verpulverten, in Vivicas Beuteschema. Dazu brauchte sie nur die Verständnisvolle zu spielen. Sie konnte hervorragend zuhören. Oder zumindest überzeugend so tun als ob.

Man konnte es wohl ohne Übertreibung sagen: Vivica liebte ihren Job. Und zugleich hasste sie ihn.

Denn eines hielt er ihr trotz all der fraglos angenehmen Seiten immer wieder vor Augen: Sie war Tag für Tag von den kostbarsten Goldketten, Silberbroschen und Diamantcolliers umgeben, durfte sie berühren und manchmal sogar anlegen, um sie einer Kundin vorzuführen – aber sie konnte sich nichts davon leisten. Denn auch wenn sie täglich von Tausenden von Euros umgeben war, so blieb ihr Gehalt doch das einer Einzelhandelskauffrau, also nicht eben fürstlich. Tag für Tag sah sie zu, wie die vermögenden Kunden in ihren Laden spazierten und sich die edelsten Stücke aussuchten, als seien es Bonbons. Sie selbst hingegen konnte nur davon träumen, so etwas zu besitzen.

»Wieso?«, fragte Judy ungnädig dazwischen, weil sie das so nicht im Raum stehen lassen konnte. »Du warst doch mit einer Goldschmiedin zusammen. Levke hätte dir doch sicher alles geschenkt, was du wolltest. Du hättest nur darum bitten müssen.« Wahrscheinlich, fügte sie in Gedanken hinzu, musste Vivica noch nicht einmal das tun. Sie konnte sich das, was sie wollte, einfach einfordern.

Vivica lachte nur. Judy habe wohl etwas falsche Vorstellungen vom Beruf der selbständigen Goldschmiedin, zumindest was den finanziellen Aspekt betraf. In diesem Punkt saßen Levke und Vivica gewissermaßen im selben Boot: Sie waren ständig vom Gold und Silber anderer Leute umgeben.

Sie kicherte, als sie Judys Gesicht sah. »Och ... Hab ich jetzt deine Illusionen zerstört, Yogamäuschen? Du dachtest wohl, mit Levke hättest du dir einen Goldesel an Land gezogen.«

»Ich glaube«, versetzte Judy eisig, »wir beide haben eine etwas andere Einstellung zu materiellen Dingen.«

»Ach, Unsinn«, meinte Vivica. »Jedes Mädchen liebt Schmuck. Weil in uns allen eine kleine Prinzessin steckt.«

Allerdings gab sie zu, dass Judy mit ihrer Einschätzung in einem Punkt recht hatte: Levke hätte Vivica reich beschenkt, wenn sie gekonnt hätte. Und sie zweigte etwas für ihre Freundin ab, so oft es ging. Nur war das eben nicht besonders oft.

Also musste Vivica sich anders behelfen.

Es fing ganz harmlos an. Ab und zu gestattete Vivica es sich, eines der Stücke aus dem Sortiment ihres Chefs »auszuleihen«, wie sie es nannte. Sie stahl nie etwas, so weit war sie nie gegangen. Aber sie nahm sich ab und zu einmal etwas mit, um es beim Ausgehen zu tragen.

Eine Brosche fürs Theater.

Ein Paar Ohrringe für den Kongress.

Ein Kettenanhänger für einen Abend in der Bar.

»Und das alles vor Levkes Augen?« Judy kam nicht mit. Eine Frau kannte doch wohl das Schmuckkästchen ihrer Freundin, erst recht, wenn sie Goldschmiedin war und darüber hinaus so aufmerksam wie Levke.

Vivica lachte erneut. »Du glaubst doch nicht, dass ich mit Levke in diesen Bars war?«

Aha, dachte Judy. Klar. Wieso hatte sie eigentlich gefragt?

Weil all das so hervorragend funktionierte, war Vivica immer mutiger geworden und immer saumseliger damit, die Dinge zurückzulegen. Was wohl ein Fehler war, wie sie einräumte. Denn irgendwann begann ihr Chef Lunte zu riechen. Allerdings hatte er niemals Vivica in Verdacht, oh nein, doch nicht sein bestes Pferd im Stall. Er trat sogar mehrmals an Vivica heran und bat sie, die anderen Verkäuferinnen besonders gut im Auge zu behalten.

Selbstverständlich, versprach Vivica und klimperte mit den Wimpern.

Daraufhin hielt sie sich eine Zeitlang brav zurück, doch bald war der Wunsch nach hübschem Schmuck wieder stärker. Und dann kam der Abend, an dem der Unfall passiert war.

An jenem Abend hatte Vivica sich mit einer ihrer Flammen in einer Bar vergnügen wollen und sich zu diesem Anlass, wieder einmal, ein besonders hübsches Stück »ausgeborgt«: den Mondsichelanhänger mit dem schönen Stein. Und gerade als der Abend sich so richtig vielversprechend entwickelte – diverse Martinis hatten nicht nur die andere Frau entspannt, sondern auch Vivicas Stimmung gehoben –, da stand plötzlich ihr Chef neben ihr.

Vivica war zu überrascht und auch zu beschwipst, um schnell genug zu reagieren, denn er war der Letzte, mit dem sie an diesem Abend und an diesem Ort gerechnet hatte. Und er war eigentlich nur zu ihr gekommen, um sie zu begrüßen. Doch als er dann vor ihr stand, wurde sein Blick plötzlich starr. Vivica dachte zuerst, er glotze ihr aufs Dekolleté. Doch dann erkannte sie, dass er in Wirklichkeit nicht sie, sondern die Kette fixierte.

»Dieses Stück«, sagte er, »kenne ich doch.«

Genau diese Kette hatte er nämlich bei der letzten Inventur zufällig vermisst. Und nun tauchte sie ausgerechnet an Vivicas Hals wieder auf?

Vivica versuchte, die Sache abzutun. Er müsse sich geirrt haben. Er sähe doch täglich so viele Ketten, und dieses hier sei doch ein eher schlichtes Stück, wie es hunderte in diversen Variationen gab. Es müsse wohl eine ganz ähnliche Kette gewesen sein, die ihm vorschwebte ... Doch noch während sie redete, konnte Vivica praktisch dabei zusehen, wie es hinter der Stirn ihres Chefs zu arbeiten begann und er die richtigen Schlüsse zog.

»Hören Sie«, versuchte sie daher ihren üblichen Charme spielen zu lassen, was bei ihm bisher immer ganz gut funktioniert hatte. »Ich glaube, wir haben beide schon ein oder zwei klitzekleine Martinis intus. Wie wär's, wenn wir uns zusammen einen dritten genehmigen und die Sache erst mal auf sich beruhen lassen? Es ist immerhin Wochenende, und man kann doch nicht immerzu an die Arbeit denken. Am Montag können wir dann ja noch einmal gemeinsam unseren Bestand durchgehen. Ich bin sicher, dann wird sich alles aufklären.«

Den Drink lehnte ihr Chef dankend ab. Und er würde die Sache gern jetzt aufklären, wenn es ihr nichts ausmache.

Es mache ihr aber etwas aus, schnappte Vivica und verlegte sich nun, sozusagen als letztes Mittel, darauf, die Beleidigte zu spielen.

Und er, sagte er, müsse darauf bestehen.

Das lasse sie sich nicht bieten, fauchte Vivica und stürmte aus der Bar. Unter diesen Umständen ließ sie sogar ihre Flamme stehen. Auf dem Bürgersteig angekommen, heulte sie vor Wut. Der

Abend hatte so gut angefangen. Jetzt war ihr Flirt geplatzt, und sie hatte auch noch ein fettes Problem am Hals.

Als sie die Straße erreicht hatte, holte ihr Chef sie ein. So leicht, erklärte er, käme sie ihm nicht davon.

Da platzte Vivica der Kragen. Sie fing an, lauthals zu keifen, er solle sie in Ruhe lassen, wie könne er nur. Einige Leute drehten sich bereits nach ihnen um. Eine so schöne Frau wie Vivica, die auf offener Straße schimpfte wie ein Rohrspatz, war sicherlich kein alltäglicher Anblick.

Und schließlich fiel Vivica, angetrunken wie sie war, nichts Besseres ein, als möglichst schnell möglichst viel Distanz zwischen sich und den Chef zu bringen. Also wich sie vor ihm zurück. Zu hastig und zu weit.

Im nächsten Moment sah sie nur noch die Scheinwerfer auf sich zukommen, schrie auf, hörte einen dumpfen Aufprall, dann war da ein grässlicher Schmerz in ihrem Bein und an diversen anderen Stellen.

Als sie wieder einigermaßen klar denken konnte, hockte ihr Chef in Hemdsärmeln neben ihr, hatte sein Jackett über ihr ausgebreitet und murmelte eine Entschuldigung nach der anderen. »Keine Sorge, Frau Vesthal, der Krankenwagen wird gleich da sein. Es wird alles wieder gut, Frau Vesthal. Oh mein Gott, das hab ich doch nicht gewollt … Es tut mir ja so schrecklich leid, Frau Vesthal …«

Tja, meinte Vivica, so habe sie Glück im Unglück gehabt. Danach sei ihr Chef nämlich derart von Gewissensbissen geplagt gewesen, dass er die Sache mit der Kette auf sich beruhen ließ. Inzwischen glaubte er selbst daran, dass er sich geirrt habe. Es sei ja in der Tat Alkohol im Spiel gewesen, und außerdem sei die Kette ja wirklich so ein Allerwelts-Schmuckstück, da könnte eine Verwechslung schon einmal vorkommen. Er habe ihr sogar Blumen ins Krankenhaus geschickt, um seinen Fehler wiedergutzumachen.

Vivica hatte ihn insgeheim ausgelacht. Aber die Blumen hatte sie natürlich genommen.

19

Als Vivica mit ihrer Geschichte fertig war, blickte Judy sie nur noch entgeistert an.

»Deswegen also«, murmelte sie. »Deshalb hast du für diese Sache ein so teures Stück verwendet.« Immerhin hatte der Wert der Kette eine entscheidende Rolle dabei gespielt, wie Levke die Situation bewertet und welche Konsequenzen sie daraus gezogen hatte.

Jetzt hatte auch dieses Puzzleteil seinen Platz gefunden. Denn nach dem Unfall hatte Vivica natürlich ein gravierendes Problem gehabt. Sie hatte, behindert durch ihre Beinverletzung, die Kette nicht mehr unauffällig in die Ladenauslage zurückschmuggeln können. Und natürlich konnte sie auch Levke nicht sagen, dass sie sich die Kette »geborgt« hatte. Also musste sie das Schmuckstück irgendwie unauffällig loswerden. Indem sie es Judy unterschob, hatte sie somit zwei Probleme auf einmal gelöst.

»Blitzmerker«, kommentierte Vivica, als Judy ihren Verdacht aussprach.

»Und natürlich«, sagte Judy müde, »ist die Kette auch nicht zufällig gerissen, oder? Das warst auch du, nehme ich an?«

»Ausgezeichnet kombiniert, Sherlock.«

»Und deswegen«, versuchte Judy ein weiteres Detail unterzubringen, das sie noch nicht richtig einordnen konnte, »hast du mir vorher auch noch die Einsichtige vorgespielt, hm? Damit ich keinerlei Verdacht schöpfe? Du hast mir ja sogar reumütig vorgegaukelt, dass ich dich vor einem weiteren Fremdgehen bewahrt hätte.«

»Hast du ja auch«, meinte Vivica leichthin. »Du bist ja tatsächlich keine weitere Kerbe in meinem Bettpfosten geworden. Was ich übrigens nach wie vor ein klein wenig bedauere.«

Und ich dummes Ding, dachte Judy, habe auch noch angenommen, endlich des Rätsels Lösung gefunden zu haben, die Ursache für die Trennung zu kennen. Vivica sei fremdgegangen, hatte sie gesagt. Sie hatte von »einem« Abenteuer gesprochen. Welches ihrer vielen Abenteuer hatte sie da wohl gemeint? Wahrscheinlich konnte Judy sich eines aussuchen.

»Jedenfalls«, sagte Vivica unterdessen mit einem Grinsen, »wollte ich, dass du dich in Sicherheit wiegst. Wollte dir ein bisschen Auftrieb geben, bevor ich richtig losgelegt habe.«

Sich selbst etwas kleiner machen, damit andere sich etwas größer fühlen. Erst jetzt sah Judy in aller Klarheit, wie treffend diese Beschreibung war, die Levke ihr vor einiger Zeit für Vivicas Strategie geliefert hatte. Also war das wirklich einer ihrer bewährten Tricks. Sieben Jahre zuvor hatte sie ihn erfolgreich bei Levke angewandt – und jetzt war auch Judy darauf hereingefallen. Hätte sie es nicht eigentlich besser wissen müssen?

»Je tiefer der Fall, desto härter der Aufschlag«, resümierte Vivica. »Und desto mehr tut es weh. Stimmt's, Judy?«

Judy fragte sich, wie viele von diesen schlauen Je-desto-Kausalitäten Vivica wohl noch auf Lager hatte. Vor allem, weil es am Ende immer darauf hinauslief, dass jemand Schmerzen erlitt und am Boden lag.

Aber Vivica war immer noch nicht fertig. »Außerdem«, fügte sie hinzu, »musste ich doch die Vertrauensbasis ein letztes Mal ausbauen. Vor allem, weil du nach unserem kleinen Kuss –«

»Es war nicht *unser* Kuss«, fuhr Judy auf. »Jetzt dreh nicht schon wieder die Tatsachen um! Du hast mich völlig überfahren. Und ich hab mich gewehrt.«

»Okay, okay. Du hast dich gewehrt. Ist ins Protokoll aufgenommen und für die Nachwelt notiert.« Vivica wedelte nachlässig mit der Hand. »Jedenfalls warst du danach ja eher auf Distanz aus. Wolltest mich sogar als Patientin abschieben. Aber irgendwie musste ich dich schließlich dazu kriegen, dich noch ein letztes Mal von mir umarmen zu lassen. Nicht wahr?«

Aha. Dann war also auch diese Ahnung richtig gewesen. Vivica hatte Judy den Anhänger tatsächlich auf dem Parkplatz untergeschoben. Und ihre scheinbar so netten Worte, die das Ganze begleitet hatten, waren auch nichts weiter als ein schlaues Ablenkungsmanöver gewesen.

Wenn Judy doch nur nicht –

Doch sie dachte den Gedanken nicht zu Ende. Er führte nirgendwohin. Wenn sie sich nicht wider besseres Wissen von Vivica hätte umarmen lassen, dann hätte diese andere Mittel und Wege gefunden. So viel war sicher.

»Und wenn«, fragte Judy nun, »Levke die Kette gar nicht bei mir gefunden hätte?«

Vivica zuckte unbekümmert die Achseln. »Dann wäre ich sie trotzdem los gewesen. Immerhin. Für mich bestand also keinerlei Risiko. Und für dich«, das falsche Lächeln erschien wieder, »hätte ich mir dann eben etwas anderes ausgedacht.«

Judy stöhnte leise. Eigentlich wollte sie gar nicht weiter zuhören. Sie wusste nicht einmal, warum sie überhaupt noch hier saß, völlig fertig und allmählich mit ihren Nerven am Ende, aber irgendetwas trieb sie dazu, auch die letzten Einzelheiten noch klären zu wollen: »Und wieso schwärzt du mich obendrein auch noch bei meinem Chef an? Du hast doch erreicht, was du wolltest. Du hast Levke von deiner miesen, kleinen Lügengeschichte überzeugt. Reicht dir das nicht?« Sie stockte. »Warte mal.« Einem plötzlichen Einfall folgend beugte sie sich über den Tisch hinüber zu Vivica. »Levke hat die Kette doch wieder mitgenommen. Das heißt, sie befindet sich jetzt immer noch in deinem Besitz. Oder schon wieder. Und das wiederum bedeutet: Genau genommen hast du immer noch dasselbe Problem wie zuvor. Also, sag mir, hübsche Vivica, die sich das alles so schlau ausgedacht hat: Wer genau hindert mich eigentlich daran, den Spieß einfach umzudrehen? Wieso sollte ich nicht sofort zu Finkenberg gehen und die Sache aufklären? Und anschließend zu Levke? Und deinem Chef?«

Die Reihenfolge, überlegte sie im selben Moment, sollte sie vielleicht noch einmal überdenken. Und als Allererstes zu Levke gehen. Das war eine Frage der Prioritäten.

Doch ihre Strategie ging offenbar ins Leere. Vivica wirkte keineswegs erschrocken, sondern grinste gemein. »Die Meldung an den lieben Finkenberg war bloß eine kleine Warnung.«

Eine Warnung? »Wovor?«

»Damit du begreifst, wie ernst ich es meine.« Mit einem Mal war jedes falsche Lächeln aus Vivicas Gesicht verschwunden. Es war nur noch eine starre, kalte Maske. »Weißt du, Judy, Levke ist leicht beeinflussbar. Sie ist wankelmütig. Und sie vertraut ihrem eigenen Urteil so wenig, dass man sie ziemlich leicht umstimmen kann, in die eine oder die andere Richtung. Außerdem hat sie dich wirklich gern. So ungern ich es zugebe, aber ich fürchte, sie ist ernsthaft verliebt in dich. Ich bin mir ehrlich gesagt nicht ganz sicher, wie lange ich sie dieses Mal an mich binden könnte, wenn du noch einmal in Erscheinung treten würdest. Also muss ich das zu verhindern wissen.«

»Indem du Finkenberg gegenüber ein angeblich gestohlenes Schmuckstück ins Spiel bringst, das du in Wirklichkeit selbst gestohlen hast? Das ergibt doch keinen Sinn.«

»Davon weiß der gute Finkenberg aber nichts. Und du«, jetzt grinste Vivica wieder, »wirst ihn nicht darüber aufklären. Da bin ich mir absolut sicher.« Sie beugte sich vor und hatte Judys Hand ergriffen, ehe diese sich zurückziehen konnte. Ihre manikürten Nägel krallten sich in Judys Arm, während sie sagte: »Die Sache sieht folgendermaßen aus. Wenn du dich Levke auch nur noch ein einziges Mal näherst, wenn du sie anrufst, ihr SMS schreibst oder per Facebook eine Nachricht zukommen lässt, wenn du auf irgendeine Weise zu ihr Kontakt aufnimmst, dann suche ich den lieben Doktor Finkenberg ein weiteres Mal auf. Bisher habe ich ihm nur gesteckt, dass du nicht zwischen deinen eigenen Sachen und denen anderer Leute unterscheiden kannst. Aber wenn ich ihn darauf hinweise, dass du dich obendrein an einer Patientin vergriffen hast, und das auch noch, als diese verletzt und vollkommen hilflos war –« Sie ließ den Satz unvollendet im Raum hängen und fügte nur noch hinzu: »Oje, Judy. Das wird wehtun. Dafür verlierst du mehr als nur deinen Job, das garantiere ich dir.«

Judy keuchte. Vor ihren Augen flimmerte es. »Das – das wird er dir niemals glauben!«

»Tja«, meinte Vivica seelenruhig, »ehrlich gesagt: Ich glaube doch. Der gute Doc ist nämlich ein ziemlicher Trottel. Zumindest in diesem Punkt sind wir beide ja wohl einer Meinung, nicht?«

Judy hörte sich lautlos aufschluchzen.

»Aber wenn du brav bist«, meinte Vivica, »dann gehe ich demnächst zu dem netten Herrn Chefarzt und sage, dass alles falscher Alarm war. Dass ich mich geirrt und die Kette wiedergefunden habe und dass alles in bester Ordnung ist. So können alle eine weiße Weste behalten. Du. Finkenberg. Und meine Wenigkeit natürlich auch. Also?« Sie lehnte sich wieder zurück und verschränkte die Arme vor der Brust. »Wie ich vorhin bereits sagte: Veni, vidi, vici. Oder sollte ich sagen: Veni, vidi – Vivica?«

Judy starrte sie an. Sagen konnte sie nichts. Sie war wie gelähmt von dem, was sich ihr soeben an Abgründen offenbart hatte. So viel Falschheit, so viel Schlechtigkeit ... Wie in aller Welt konnte ein Mensch nur so sein? Wie sollte man so einem Menschen begegnen? Wie konnte man sich ihm gegenüber verhalten – ohne selbst jene Grenze zu überschreiten, hinter der wirklich dunkle Gefühle lauerten?

»Oha«, sagte Vivica und lachte. »Wenn Blicke töten könnten. Ja, Kleine, du möchtest mir wehtun, stimmt's? Ich sehe es deinen Augen an. Du möchtest es mir so richtig zeigen, hm? Nur zu.« Sie senkte die Stimme zu einem Flüstern. »Komm her, Judy. Schlag mich. Geh hier und jetzt, in aller Öffentlichkeit, auf eine Patientin los. Auf eine arme, hilflose, schwer verletzte Patientin. Damit schaufelst du dir dein eigenes Grab, ohne dass ich auch nur einen Finger rühren muss.«

Judy hätte später nicht sagen können, wie die Sache ausgegangen wäre, wenn das Schicksal ungehindert seinen Lauf genommen hätte. Doch in diesem Augenblick spürte sie plötzlich, wie zwei schmale, aber kräftige Hände sich auf ihre Schultern legten.

»Meine Damen«, hörte sie Anna Cho sagen, »Entschuldigung, aber ich müsste Frau Wallner einmal ganz kurz entführen. Judy? Kommst du bitte? Ich muss dich wirklich *dringend* sprechen.«

Vivica lächelte zuckersüß. »Wie schade, dabei haben wir uns doch so nett unterhalten.«

»Und Sie, Frau Vesthal«, fuhr Anna eisig fort, »haben heute, soweit ich weiß, keine Anwendungen mehr, oder? Vielleicht gehen Sie dann besser langsam nach Hause.«

»Och, eigentlich finde ich's ganz schön hier«, gab Vivica zurück.

Doch Anna zuckte mit keiner Wimper. »Sie wissen ja, wo die Tür ist.«

Vivica starrte sie noch einen Moment lang an. Dann stand sie tatsächlich auf. »Vorsicht, meine Süße«, sagte sie leise, aber scharf. »Ganz, ganz vorsichtig. Sich mit mir anzulegen ist eine verdammt schlechte Idee, frag nur mal unsere Judy hier.« Sie musterte Anna von oben bis unten. »Wäre doch wirklich schade, wenn du deine Massagen demnächst wieder in den Edelpuffs von Bangkok anbieten musst, oder? Du hast nämlich«, dabei lächelte sie anzüglich, »wirklich magische Hände.«

Als sie an den beiden vorbeigehen wollte, war es plötzlich Judy, die zugriff und Vivica am Handgelenk festhielt. Eines, nur eines musste sie noch wissen. Bevor sie Vivica hoffentlich nie wieder sehen musste.

»Was zum –«, schnappte Vivica.

»Hast du Levke je geliebt?«, fragte Judy mit Tränen in den Augen. »Sag's mir. Hat sie dir je etwas bedeutet?«

Vivicas Mundwinkel zuckte. »Sie erfüllt ihren Zweck. Das reicht doch wohl.«

Judy schluchzte leise.

»Och, armes Yogamäuschen«, sagte Vivica. »Wenn du meinen Rat hören willst: Werd erwachsen.«

Damit machte sie sich los und schwebte zwischen den Tischen davon. Trotz ihrer Beinschiene gelang ihr das erstaunlich elegant.

Judy starrte ihr nach und atmete schwer. Sie hatte den Eindruck, aus einem Alptraum zu erwachen. Ihr Gesicht fühlte sich feucht an, und sie wusste nicht, ob es Schweiß oder Tränen waren, die ihr dort klebten. Vielleicht auch beides.

»Also die«, murmelte Anna, »kriegt in diesem Leben jedenfalls keine Massage mehr von mir, das ist mal sicher.« Dann sah sie Judy von der Seite an. »Und du? Alles okay?«

Judy sah sie nur an, und Anna seufzte. »Schon klar. Ich ziehe die Frage zurück.«

»Tut mir leid«, murmelte Judy. »Du hättest da nicht hineingezogen werden dürfen. Du hast mit der Sache doch gar nichts zu tun.«

»Ich bin deine Freundin«, versetzte Anna. »Also habe ich sehr wohl etwas damit zu tun. Vielleicht hätte ich schon längst –« Sie unterbrach sich und starrte in die Richtung, in die Vivica verschwunden war. »Ach, Judy. Tut mir so leid. Ich hab gleich gespürt, dass mit dieser Trulla etwas nicht stimmt. Ich hab es von Anfang an gespürt. Ich ... hätte nur nicht gedacht, dass sie so bösartig ist.«

»Schon gut«, murmelte Judy. »Ich bin ja selbst schuld. Ich war total blind.«

»Ach, Unsinn«, erwiderte Anna scharf. »Du bist nicht blind – du bist einfach nur zu anständig für diese Welt. Du wusstest, wer Vivica ist. Und genau deswegen wolltest du nicht sehen, *wie* sie ist.«

»Sag ich doch«, meinte Judy. »Blind.« Sie seufzte tief. »Wer weiß, vielleicht waren meine Motive ja gar nicht so anständig. Vielleicht wollte ich, indem ich Vivica behandelt habe, nur irgendwie die Kontrolle über die Situation behalten ...« Sie merkte, dass Anna immer noch ihre Hand hielt, und machte sich sanft von ihr los. »Hör zu, ich ... muss jetzt mal einen Moment allein sein. Muss mich sortieren. Und außerdem –« Sie schielte nach der Uhr. Es ging inzwischen auf halb eins zu.

Richtig, da war ja noch etwas. Bedenkzeit bis Mittag. Das waren Finkenbergs genaue Worte gewesen. Wie in einem guten alten Western.

Und Judy hatte nachgedacht. Die Entscheidung fiel genau in diesem Moment.

»Außerdem«, erklärte sie Anna grimmig, »hab ich noch etwas zu erledigen.«

»Ich hab es mir überlegt«, sagte Judy, süß lächelnd wie ein braves Schulmädchen.

Finkenberg lächelte zurück. »Nun, das freut mich. Ich wusste doch, dass Sie –«

»Vier Jahre in dieser Klinik sind eine lange Zeit. Viel zu lange. Ich denke, es reicht.«

Finkenberg fiel vor lauter Verblüffung beinahe die Brille herunter. Er starrte Judy an. »Ja . . . aber . . . das geht doch nicht . . .«

»Doch«, sagte Judy. »Das geht.«

»Also . . .« Finkenberg sprang auf. »Jetzt warten Sie mal, Frau – ähm . . .« Er blieb stecken.

Judy seufzte. Bereits an der Tür, drehte sie sich nun doch noch einmal zu ihrem Chef – jetzt wohl Ex-Chef – um. »Wenn ich Ihnen noch ein Tipp geben darf: Lernen Sie in Zukunft die Namen Ihrer Mitarbeiter, auch wenn es schwerfällt. Kommt immer gut an, so was.«

Finkenberg blieb ihr die Antwort schuldig.

Judy schloss leise die Tür hinter sich. Ganz sachte. So wie es die Höflichkeit gebot.

20

Den ersten Tag ihrer neu gewonnenen Freiheit verbrachte Judy als eine Art lebendes Klischee: Sie ging nach Feierabend – Annas Feierabend, der nicht mehr ihrer war – gemeinsam mit der Freundin in einen Pub. Und versackte dort nach allen Regeln der Kunst an der Theke. Am nächsten Morgen erwachte sie mit einem grausamen Kater und erinnerte sich nur noch bruchstückhaft. Vor allem an ein hübsches, dunkelhaariges Barmädchen, dem sie nach mehreren Stouts und Whiskeys ihr Leid geklagt hatte. Daran, wie die Hübsche ihr mit zunehmend verzweifeltem Lächeln zugehört und sie immer wieder darauf hingewiesen hatte, dass sie eigentlich zu arbeiten hätte. Das wiederum hatte

Judy daran erinnert, dass sie heute ihre eigene Arbeit hingeworfen hatte. Und durch den vielen Alkohol nicht mehr ganz klar im Kopf, fing sie an, ihre Geschichte noch einmal von vorn zu erzählen.

»Hab ich dir«, hatte sie der Thekenkraft entgegengelallt, »eigentlich schon gesagt, warum ich so traurig bin?«

Irgendwann war Anna dazwischengegangen und hatte die Barfrau erlöst.

»Sie sah ein bisschen wie Levke aus, oder?«, hatte Judy auf dem Weg zum Ausgang mehrmals gefragt. »So aus dem Augenwinkel. Wenn man nur ganz kurz hinsieht. Nur ganz, ganz kurz.«

»Bestimmt«, hatte Anna bloß gesagt. »Komm schon, du musst ins Bett.«

»Ins Bett? Aber Anna«, hatte Judy todtraurig gejammert und sich an Anna geschmiegt. »Meine liebe, süße, bezaubernde Anna. So leid es mir tut, aber ich stehe immer noch nicht auf dich.«

Den Vormittag verbrachte Judy im Bett, wälzte sich stöhnend in den Kissen herum und versuchte die Kopfschmerzen mit viel Aspirin in den Griff zu bekommen. Als sie wieder einigermaßen klar denken konnte, begann sie ihre Lage zu analysieren.

Da saß sie nun.

Arbeitslos.

Und wieder Single.

Obwohl, zumindest was das betraf, war sie eigentlich je etwas anderes gewesen?

Vielleicht musste Judy der Tatsache ins Auge sehen: Sie hatte, auch wenn es zwischenzeitlich vielleicht so ausgesehen haben mochte, nie wirklich eine Chance bei Levke gehabt. Vielleicht hätte Levke gewollt. Doch sie war zu verletzt, war zu oft belogen und betrogen worden. Und ihr letztes Gespräch hatte es doch eindeutig bewiesen: Levke hatte Vivicas Lügen geglaubt und nicht Judys Wahrheit. Welchen Beweis brauchte Judy da noch?

Jetzt hatte Vivica es also geschafft. Judy hatte Levke verloren. Und ihren Job gleich dazu. Der Traum war geplatzt. Und der Alltag in Trümmern.

Was blieb jetzt noch übrig?

Die nächsten drei Tage verbrachte Judy ausschließlich zwischen Bett, Couch und Fernseher. Sie aß nach und nach ihren Kühlschrank leer. Als ihr schließlich nur noch ausgeräumte Regale und viel Altglas entgegengähnten, öffnete sie den Snack-Schrank und futterte die Chips auf. Sie ging nicht joggen und schnaubte nur abfällig, wenn sie an ihren Yogabüchern vorbeiging. Levkes Anhänger, die kleine Libelle, hätte sie in einem Anfall von Frust beinahe aus dem Fenster geworfen, besann sich dann jedoch eines Besseren und verstaute ihn in ihrem bescheidenen Schmuckkästchen. Und wo sie schon einmal dabei war, den Ring ihrer Großmutter, jenen, den Levke ihr angepasst hatte, gleich dazu. Das Kästchen stopfte sie in den hintersten Winkel ihrer Kommode.

Danach tigerte sie eine halbe Stunde lang durch die Wohnung. Nahm sich vor, zu putzen. Fing auch damit an. Und ließ das Staubtuch nach wenigen Wischbewegungen einfach liegen.

In einem Anfall von Heimweh kramte sie ihren Lieblingsring wieder hervor. Wenn ihre Oma noch leben würde, hätte sie jetzt einen Rat gewusst. Und selbst wenn nicht, hätte sie ihr einen leckeren Kuchen gebacken, sie in den Arm genommen und ihr versichert, dass alles bald wieder gut werden würde.

Bei diesem Gedanken griff Judy zum Telefon. »Du, Mama?«, fragte sie, während sie mit den Tränen kämpfte. »Darf ich nach Hause kommen?«

Judys Eltern hießen sie willkommen, ohne allzu viele Fragen zu stellen. Judy beichtete zwar, dass sie ohne Job dastand, aber die Gründe behielt sie für sich. Auch über Levke verlor sie kein Wort und über Vivica natürlich erst recht nicht. Es war noch zu frisch, tat noch zu weh. Die Eltern waren besorgt, respektierten aber ihr Schweigen.

Judy verbrachte das ganze Wochenende in ihrem alten Kinderzimmer. Sie lag viel auf dem Bett, stöberte in ihren alten Büchern, ließ sich von ihrer Mutter ihr Lieblingsessen zubereiten und sich einfach nur ein bisschen verwöhnen. Gleichzeitig dachte sie darüber nach, was sie jetzt mit ihrem Leben anfangen sollte.

Und als ihr eines ihrer alten Tagebücher in die Hand fiel, kam sie auf eine Idee.

Zugegeben: Es war keine neue Idee. Doch als sie ihre Gedanken von damals las, die Gedanken ihres 17jährigen Ichs, blitzte eine schwache Erinnerung daran auf, wie sie sich damals ihr Leben vorgestellt hatte, welche Ambitionen und Träume sie gehabt hatte. Und so schlecht waren die eigentlich gar nicht gewesen.

»Sagt mal«, fragte sie ihre Eltern beim gemeinsamen Abendessen, »was haltet ihr davon, wenn ich wieder studieren gehe?«

Ihre Eltern freuten sich über diese Aussicht mehr als Judy selbst. Sie versprachen sogar, ihr finanziell unter die Arme zu greifen.

Im nächsten Sommer würde Judy siebenundzwanzig werden. Das war nicht zu alt, um noch mal an die Uni zurückzukehren. Außerdem war sie jetzt erfahrener als damals. Reifer. Jedenfalls hoffte sie das. Dieses Mal wusste sie, worauf sie sich einließ, und hatte die Energie, die Sache durchzuziehen.

Bis zum Semesterbeginn regelte Judy noch ein paar organisatorische Dinge. Sie gab, um Geld zu sparen, ihre Wohnung auf und suchte sich eine nette WG. Sie strich auch ihre Yogakurse im Fitnessstudio, um sich dieses Mal voll und ganz auf das Studium konzentrieren zu können. Ein neuer Handyvertrag wurde fällig, also kündigte Judy ihren alten und legte sich bei der Gelegenheit auch gleich eine neue Nummer zu.

Neue Adresse, neue Telefonnummer, weg mit den alten Jobs? So kommentierte bissig die Stimme in ihrem Kopf. Du versuchst nicht zufällig, einer gewissen Person aus dem Weg zu gehen, oder?

Doch das konnte Judy guten Gewissens abstreiten. Es war doch Levke, die ihr aus dem Weg ging, und nicht umgekehrt. Trotzdem verschaffte ihr die Gewissheit, für Levke unauffindbar zu sein, ein Gefühl der Befriedigung.

Aha, bemerkte die innere Stimme. So viel zum Thema Reife.

Die Arbeit vermisste Judy zu ihrer eigenen Überraschung erstaunlich wenig. Das merkte sie, wenn sie sich mit Anna traf und diese mit den neuesten Anekdoten aus dem Rehazentrum aufwartete. Doch wenn man nicht mehr live dabei war, einen guten Teil der Patienten gar nicht mehr kannte, dann waren die Geschichten nur noch halb so lustig. Anna erzählte, dass die meisten von Judys ehemaligen Klienten bedauerten, dass sie gegangen war, und richtete herzliche Grüße aus. Natürlich freute sich Judy darüber und bestellte Grüße zurück, konnte aber nicht behaupten, dass ihr die Sache besonders ans Herz ging. Inzwischen kam ihr ihre Zeit in der Klinik vor wie ein fernes, ganz anderes Leben.

Der sogenannte Schmuckdiebstahl schien inzwischen auch vom Tisch zu sein. Offenbar hatte Vivica sich zumindest in dieser Hinsicht an ihr Versprechen gehalten, war noch einmal zu Finkenberg gegangen und hatte ihre Anschuldigungen zurückgezogen. Zumindest konnte sich Judy nur so erklären, wieso ihr angebliches Vergehen keinerlei weitere Folgen für sie hatte.

Apropos Vivica: Was war eigentlich aus der geworden?

Inzwischen austherapiert, sagte Anna. Nicht von ihr allerdings. Anna hatte sich ohne Angabe von Gründen geweigert.

Judy lag die Frage auf der Zunge, ob es immer noch Levke gewesen war, die Vivica zur Klinik kutschiert hatte. Aber dann schluckte sie sie doch hinunter.

Als das Semester begann, war Judy recht motiviert bei der Sache. Sie belegte eine ausreichende Zahl an Wochenstunden, lernte neue Leute kennen, nahm an Tutorien teil und büffelte artig. Entgegen ihren ursprünglichen Plänen hielt sie es dann aber doch nicht komplett ohne Nebenjob aus. Schon bald bot sie zweimal die Woche beim Unisport Kurse an: montags Pilates und mittwochs – wie konnte es anders sein – Yoga.

»Schaffst du deinen Lernstoff denn trotzdem?«, fragte ihre Mutter besorgt.

»Andersherum wird ein Schuh draus«, erklärte Judy. »Ich schaffe es einfach nicht ohne ein bisschen Sport.«

Die erste Klausurenphase nahte heran, und Judy lernte ganze Nächte durch. Die Ergebnisse waren zwar nicht überragend, aber doch solide. Judy war ganz zufrieden mit sich.

Doch wirklich glücklich fühlte sie sich nicht.

Das Studium war okay. Die Leute waren nett. Auch wenn Judy bald merkte, dass es bei den meisten ihrer neuen Bekanntschaften für kaum mehr als eine Zweckfreundschaft reichte. Alle anderen kamen frisch von der Schule, wollten die neue Freiheit auskosten, hatten vor allem Party im Kopf und kannten das Arbeitsleben meist nur aus Erzählungen. Judy dagegen war nie eine Partynudel gewesen. Und allmählich dämmerte ihr, dass sieben Jahre Altersunterschied manchmal eben doch eine Menge ausmachten.

Irgendwie kam sie nicht so richtig in ihrem neuen Leben an. Vielleicht, weil es einfach noch Zeit brauchte. Vielleicht, weil gewisse Dinge noch zu frisch waren. Weil manche Wunden noch nicht ganz verheilt waren oder Narben hinterlassen hatten, die ab und zu, zum Beispiel bei Wetterwechsel, noch schmerzten.

Eines Tages stellte Judy etwas beunruhigt fest, dass die beiden Unisport-Abende die Termine waren, auf die sie sich in der Woche am meisten freute. Und irgendwie schaffte sie es nie, in einem Buchladen nach Fachliteratur zu suchen, ohne wenigstens einen Abstecher in die Wellness- und Lifestyle-Abteilung zu machen und nachzusehen, was an Yoga-Leitfäden neu auf dem Markt war. Zu Hause lernte sie regelmäßig neue Positionen. Oder sie blieb abends länger in der Sporthalle, weil sie dort mehr Platz hatte.

Eines Tages saß sie in Lotushaltung in ihrem Zimmer und versuchte sich zu zentrieren. Als sie blinzelte, nahm ein schwarzer Fleck an der Wand ihre Aufmerksamkeit gefangen. Judy blickte genauer hin und bekam eine Gänsehaut.

Da hockte sie, direkt an ihrer Zimmerwand. Wieder so eine grässliche Hauswinkelspinne. Enorm riesig, quasi gigantisch, jedenfalls aus Judys Perspektive einer Spinnenphobikerin betrachtet. Judys erster Impuls, nachdem sie sich aus der Schockstarre gelöst hatte, bestand darin, nach ihren Mitbewohnern zu schreien. Doch dummerweise war sie allein zu Hause.

Anschließend dachte sie daran, das eklige Vieh einfach totzuschlagen. Manchmal heiligte der Zweck eben die Mittel.

Doch dann besann sich Judy eines Besseren. Immerhin hatte sie unzählige Bücher über Buddhismus und Hinduismus verschlungen und war mit dem Konzept der Reinkarnation vertraut, auch wenn sie nicht wirklich daran glaubte. Aber wer wusste schon, ob dieses Monstrum an der Wand nicht doch ihre tote Großmutter war, die einmal vorbeigeschaut hatte, um nach dem Rechten zu sehen?

Judy dachte daran, was Levke getan hatte, damals, vor hundert Jahren, als sie Judy von der Spinnenpest in ihrer Badewanne befreit hatte. Ganz langsam stand sie auf und behielt das Tier dabei genau im Auge. Sie griff nach einer Tasse, die noch auf ihrem Schreibtisch stand. Behutsam, aber stetig näherte sie sich dann dem Krabbelvieh und versuchte, nicht zu genau hinzusehen. Sie passte den Winkel ab, atmete tief durch, hob die Tasse an – und stülpte sie in einer raschen Bewegung über die Spinne, ehe sie es sich noch einmal anders überlegen konnte.

Ihr Puls tendierte gegen 180, aber es war getan. Jetzt, wo sie das Tier nicht mehr sehen konnte, war alles einfacher. Judy schob ein Stück Pappe unter die Tasse und betete inständig, dass die gefangene Kreatur dabei weder verletzt wurde noch entkam. Dann löste sie das Konstrukt von der Wand. Sie hatte Gänsehaut am ganzen Körper, und alles in ihr kribbelte vor Abscheu. Doch irgendwie gelang es ihr, die Tasse mitsamt der Spinne ins Freie zu tragen. Dort stellte sie ihre heikle Last auf ein Stück Rasen, atmete noch mal tief durch und stieß die Tasse dann mit dem Fuß um.

Die Spinne wirkte ein bisschen verdattert, als sie sich plötzlich im Gras wiederfand. Judy hatte den Eindruck, dass das Tier sie misstrauisch ansah. Sie selbst stierte nicht weniger skeptisch zurück. Einen Moment lang verharrten die acht Beine reglos. Dann schoss die Spinne unvermittelt los und war nach wenigen Sekunden verschwunden.

»Puh«, murmelte Judy und wischte sich den Schweiß von der Stirn. »Das hätten wir.«

Die Tasse warf sie auf dem Rückweg zur Wohnung in den nächstbesten Müllcontainer. Sie würde sie ja doch nie wieder benutzen können, ohne Schüttelfrost zu kriegen. Und in dem Moment, als sie Keramik auf Metall prallen und es leise nachhallen hörte, kam ihr die Erkenntnis.

Sie erstarrte für eine Sekunde. Dann begann sie zu lächeln. Beschwingt marschierte sie in die Wohnung zurück.

»Yogalehrerin?!«, fragten ihre Eltern unisono.

»Ja«, sagte Judy.

»Du willst«, vergewisserte sich ihre Mutter, »wirklich hauptberufliche Yogalehrerin werden?«

»Yogalehrerin und Shiatsutherapeutin«, präzisierte Judy. »Eine kombinierte Ausbildung.«

»Ja, aber …« Ihre Mutter blickte etwas verstört zu ihrem Vater hinüber. »Was wird denn aus deinem Studium? Willst du es etwa schon wieder hinwerfen?«

»Ich werfe gar nichts hin«, erklärte Judy ernst. »Ich entscheide mich ganz bewusst für etwas anderes.«

In der Medizin lag einfach nicht ihre Zukunft. Das hätte Judy schon damals erkennen müssen, als sie beim ersten Versuch gescheitert war. Doch damals hatte sie sich selbst die Schuld gegeben, hatte ihren Abbruch ihrer eigenen Unfähigkeit zugeschoben und es als Scheitern betrachtet. Jetzt wusste sie es besser. Und vor allem wusste sie, was sie wollte: Yogalehrerin sein. Dass es dieses Berufsbild überhaupt gab, war ihr vor sechs Jahren noch gar nicht klar gewesen. Doch jetzt, endlich, hatte Judy erkannt, dass sie aus dem, was ursprünglich nur ein Hobby, bestenfalls ein Nebenverdienst gewesen war, wirklich eine echte Berufung machen konnte.

Jetzt wusste sie, dass sie damals nicht in den Studienabbruch geschlittert war, weil sie zu dumm, zu faul oder beides gewesen war. Ärztin war sicher ein toller Beruf. Es war nur eben kein Beruf für sie.

»Ich hab mir das alles schon genau überlegt«, setzte Judy ihren verblüfften Eltern auseinander. »Ich mache es wieder wie früher:

in der Woche ein Halbtagsjob in einer Praxis, damit ich das Ganze bezahlen kann. Und dann die Seminare als Block. Nebenher kann ich wieder Kurse geben, dann hab ich auch gleich meinen Praxisanteil. Und vielleicht brauche ich auch noch einen Minikredit. Na?« Sie blinzelte nervös. »Was sagt ihr?«

Ihre Eltern sahen sie an. Dann einander.

»Hmm«, sagte ihr Vater.

»Nun ja«, meinte ihre Mutter.

»Was deine Mutter und ich damit konkret meinen«, hob der Vater dann wieder an, »Hauptsache, du bist glücklich, Kind.«

Als Judy ihre Eltern umarmte, weinte sie leise. Doch zum ersten Mal seit langer Zeit fühlte sie sich tatsächlich wieder ein bisschen glücklich.

21

Drei Monate später hatte Judy einen neuen Job gefunden, eine neue Ausbildung angefangen und ein neues Einzimmerappartement bezogen. Für das Zusammenleben mit Mitbewohnern, egal ob nun zwei- oder achtbeinig, war sie einfach nicht geschaffen. Sie hatte mehr neue Yogalektüre verschlungen als je zuvor in ihrem Leben. Wenn man sie fragte, wie es ihr ging, dann sagte sie »Gut«, und sie meinte es ernst.

Zwar war sie immer noch Single, doch das machte ihr nicht wirklich etwas aus. Eine neue Beziehung stand derzeit nicht besonders weit oben auf ihrer Prioritätenliste. Nicht, dass sie alles, was in diese Richtung ging, bewusst vermieden hätte; trotz allem, was geschehen war, war sie keine dieser selbsternannten Liebeshasserinnen geworden, die sich nach einer bitteren Enttäuschung am liebsten nie wieder binden wollten. Es hatte sich nur einfach nicht ergeben. Jede Frau, die sie traf, erinnerte sie entweder zu sehr an Levke – oder zu wenig. So einfach war das.

Auch mit ihrer neuen Arbeitsstelle war Judy zufrieden. Weil sie von großen Klinikkomplexen im Moment erst mal genug hatte und vor allem Schwimmbäder bis auf Weiteres meiden wollte, hatte sie gezielt nach etwas Überschaubarem gesucht. Heute arbeitete sie in einer kleinen, gemütlichen Praxis und war dort eine von drei Therapeutinnen mit einer Dreiviertelstelle. Zunächst hatte sie eine gewisse Panik befallen bei dem Gedanken, dass sie nun doch wieder in ihrem alten Job tätig war, um sich eine Ausbildung zu finanzieren. Genau das hatte sie schließlich schon einmal erlebt, mit unrühmlichem Ende. Doch jetzt gab es einen kleinen, aber entscheidenden Unterschied: Im Gegensatz zu früher waren jene Stunden, die sie in die Ausbildung investierte, die besten der ganzen Woche, des ganzen Monats, die besten überhaupt. Früher war es genau andersherum gewesen.

Ja, Judys Leben war … lebenswert.

Die Kollegen: nett.

Die Patienten: wie immer. Mal schwer in Ordnung, mal kaum zu ertragen.

Die Tage reihten sich aneinander. Doch für Judy hatten sie wieder Sinn.

An Levke dachte sie zwar immer noch jeden Tag, doch sogar das tat nun weniger weh. Eine Weile lang, das hatte Judy nach einiger Auseinandersetzung mit dem Thema begriffen, war sie nicht nur voller Schmerz gewesen, sondern darüber hinaus auch fürchterlich wütend. Nicht nur auf Vivica. Auch auf Levke, wenngleich natürlich nicht im selben Ausmaß. Es war eher eine tiefe Enttäuschung. Ja, die ganze Intrige war von Vivica ausgegangen – aber Levke hatte ihr geglaubt. Oder zumindest hatte sie Judy *nicht* geglaubt. Obwohl sie es besser hätte wissen müssen. Bei allem Respekt, den Judy immer noch vor Levke hatte und an dem sich auch nie etwas ändern würde: Menschenkenntnis war wirklich nicht ihre größte Stärke.

Doch irgendwann, ganz allmählich, waren Wut und Enttäuschung einer gewissen Wehmut gewichen. Einem Bedauern darüber, wie die Sache ausgegangen war.

Und einen Teil der Verantwortung, gestand Judy sich schließlich ein, hatte sie wohl selbst zu tragen. Nachdem Levke damals so aufgelöst aus ihrer Wohnung gestürmt war, hatte sie auch nicht noch einmal versucht, zu ihr Kontakt aufzunehmen. Jetzt keimte zaghaft der Gedanke in ihr auf, dass sie es vielleicht hätte tun sollen.

Hatte sie denn wirklich so große Angst vor Vivica und ihren Drohungen? Sie hatte zwar keinerlei Zweifel daran, dass Vivica alles wahrgemacht hätte, was sie Judy vorausgesagt hatte. Über die Frage, wozu Vivica fähig war oder eben auch nicht, machte Judy sich absolut keine Illusionen mehr. Doch selbst wenn Judy Doktor Finkenberg nicht hätte überzeugen können, dass die Vorwürfe gegen sie haltlos waren – vielleicht wäre es ihr bei Levke gelungen? Deren Meinung wäre sowieso die einzige gewesen, die für Judy gezählt hätte.

Ja, vielleicht hätte sie sich wirklich noch einmal bei Levke melden sollen. Auch auf die Gefahr hin, dass es nichts brachte.

Dann wüsste sie wenigstens, ob es ihr gutging.

Aber immerhin – auch wenn der Gedanke an damals, an Levke und an den verlorenen Traum noch immer schmerzte: Inzwischen konnte Judy wieder Dokumentationen über Libellen im Fernsehen sehen, ohne sofort wegzuschalten. Das war doch eindeutig ein Fortschritt. Oder etwa nicht?

Eines Tages betrat Judy ihr Behandlungszimmer und fand dort eine neue Patientin vor. Rückenproblem, hatte ihr die Sprechstundenhilfe gesagt. Eigentlich ein Klassiker. Doch irgendetwas lag in der Luft. Es war eine unbestimmte Ahnung, die Judy nervös machte, ohne dass sie es hätte erklären können. Bereits auf dem Flur hatte sie das Gefühl gehabt, etwas Vertrautes wahrzunehmen. Eine Art Aura. Oder einen gewissen Duft?

Dieses Gefühl verstärkte sich, als sie der Silhouette gewahr wurde, die auf der Behandlungsliege saß.

Jetzt drehte die vertraute Fremde den Kopf. Ihre dichten, dunkelbraunen Haare wehten bei der Bewegung sanft hin und her. Und sie trug wieder einen Pony. Der sah aus wie gerade erst frisch geschnitten.

»Hi, Judy«, sagte Levke.

»Oh nein.« Das war das Erste, was Judy herausrutschte, nachdem ihr Herz wieder angefangen hatte zu schlagen – jetzt allerdings in dreifachem Tempo. Wie von selbst sprudelten die Worte hervor: »Nein, nein, nein! Nicht schon wieder. Ich behandle nicht schon wieder irgendwelche Bekannten, die sich zufällig oder eben auch nicht zufällig auf meine Liege verirren. Tut mir ehrlich leid für deinen Rücken, Levke. Aber diese Lektion hab ich gelernt, glaub mir. Also bitte – da ist die Tür, ja? Und zwing mich nicht, deutlicher zu werden. Gute Besserung.«

»Moment ...« Levke hob in einer etwas unschlüssigen Geste die Hand. »Ich bin nicht wegen meines Rückens hier. Dem geht es prima.« Sie deutete ein Lächeln an. »Ich habe dir zwar gesagt, dass ich Unehrlichkeit hasse, aber dieses Mal habe ich selbst auf eine kleine Notlüge zurückgegriffen.«

Judy ging nicht darauf ein. Stattdessen wandte sie sich ab und lehnte sich kraftlos gegen den Türrahmen. Sie hatte den Eindruck, ihre Beine könnten sie jeden Moment im Stich lassen.

Es ging Levke also nicht um ihren Rücken. Dann lag ihre eigentliche Absicht ja wohl auf der Hand.

Judy atmete tief durch. Einmal. Noch einmal. Und dann ein drittes Mal, nur zur Sicherheit.

»Wie hast du mich gefunden?«, fragte sie dann. Die Praxis hatte zwar einen Internetauftritt, doch namentlich aufgeführt wurde nur die Chefin. Das war Judy ziemlich wichtig gewesen, denn immerhin war Vivica damals durchs Internet auf sie aufmerksam geworden, und wohin so etwas führen konnte, das hatte Judy ja dann gesehen.

Levke zögerte einen Moment. »Deine Kollegin hat's mir verraten. Die Nette, die so asiatisch aussieht. Anna, nicht wahr? So heißt sie doch.«

»Oh ja. Und Plaudertasche ist ihr zweiter Vorname.«

Levke lachte kurz und trocken. »Witzig. Sie hat gesagt, dass du so reagieren würdest.« Dann wurde sie wieder ernst. »Sei ihr nicht böse, ja? Ich habe sie förmlich auf Knien angefleht, mir zu sagen, wo ich dich finden kann. Ich glaube, am Ende hatte sie nur die Wahl, mir weiterzuhelfen oder mich vom Sicherheitsdienst an die Luft setzen zu lassen. Aber in dem Fall«, wieder ein leises Lachen, »hätte ich ihr einfach nach der Arbeit aufgelauert. Es ist also meine Schuld, okay? Nicht Annas.«

Judy machte eine abwehrende Handbewegung. Um Anna konnte sie sich später kümmern.

»Bitte, Judy«, fuhr Levke fort, »ich will nichts von dir, okay? Nur reden. Gib mir die Möglichkeit, dir zu sagen, was ich zu sagen habe. Und dann verschwinde ich für immer aus deinem Leben, wenn es das ist, was du willst. Aber hör mich an.«

Judy schloss die Augen. Dann drehte sie sich zu Levke um. »Nicht hier«, sagte sie. »Und nicht jetzt gleich.« Sie würde nicht noch einmal ihre Arbeitsstelle zum Schauplatz für emotionale Aussprachen, Seelenstriptease oder dergleichen werden lassen. »Die Straße runter und dann um die Ecke ist ein kleines Café. Warte dort auf mich. Wenn ich in genau«, sie sah nach der Uhr, »einer Stunde nicht dort bin, dann zahlst du für deinen Kaffee und gehst bitte. Ja?«

»Okay«, sagte Levke und stand auf. Wie ein leiser Schatten strich sie an Judy vorbei. Sie bat nicht noch einmal, insistierte nicht, dass Judy aber auch wirklich und unbedingt kommen sollte. Und das war gut so. Genau das hätte Judy nämlich eher von ihr fortgetrieben und sie Distanz suchen lassen.

Nachdem Levke die Praxis verlassen hatte, lief Judy geschlagene zehn Minuten lang wie Falschgeld durch den Raum. Dann sank sie auf der Liege zusammen und schluchzte einmal laut auf.

Ausgerechnet jetzt, wo sie endlich dabei war, über die Sache hinwegzukommen, wo sie schon fast gedacht hätte, es sei ihr sogar gelungen. Jetzt tauchte Levke wieder auf. Einfach so. Und alle Wunden rissen wieder auf.

Von wegen darüber hinweg ... Auf den Verletzungen hatte sich bestenfalls eine dünne Schorfschicht gebildet. Eine verdammt dünne Schicht.

»Wie konntest du?«, schluchzte Judy wenig später einer völlig perplexen Anna durchs Telefon entgegen. »Wie konntest du nur?«

Anna blieb vollkommen ruhig. Und erzählte ihr, dass sie es nicht mehr habe mit ansehen können.

Levke habe Tag und Nacht vor der Klinik gewartet. Sie habe praktisch dort kampiert, um Judy abzupassen. Und als man ihr schließlich sagte, Frau Wallner arbeite dort gar nicht mehr, sei sie vollkommen verzweifelt gewesen. Sie habe versucht, wenigstens herauszufinden, wo Judy stattdessen abgeblieben war, habe sich sogar bis zum Chefarzt durchgefragt, um Informationen über Judys neue Adresse, ihre neue Arbeit oder sonst irgendetwas zu bekommen. Finkenberg habe sie zwar empfangen, ihr jedoch eröffnet, dass er derartige Informationen aus Prinzip nicht herausgebe. Erst nachdem Levke in seinem Büro einen ziemlichen Aufstand gemacht hatte, rückte er damit heraus, dass er wirklich nicht wusste, was aus dieser Frau Wallner geworden sei.

Wer genau, hatte er dann etwas kleinlaut gefragt, sei das denn eigentlich …?

Nachdem aus Finkenberg nichts herauszubekommen gewesen war, war Levke wie ein geprügelter Hund aus der Klinik geschlurft und hatte sich im Park auf eine Bank gesetzt. Dieser klägliche Anblick hatte schließlich Annas Herz erweicht. Sie hatte sich neben Levke niedergelassen und ihr einen Zettel in die Hand gedrückt. Darauf stand die Adresse von Judys neuer Praxis.

»Ich tue das nicht für Sie«, hatte sie klargestellt, als Levke sich überschwänglich bei ihr bedanken wollte. »Sondern für Judy. Auch wenn die mir dafür wahrscheinlich die Freundschaft kündigen wird.«

Levke hatte die verblüffte Anna trotzdem umarmt und den Zettel wie ein kostbares Gut an ihr Herz gepresst.

»Die Freundschaft kündigen, hm?«, fragte Judy und schniefte kräftig. »Oh, keine Sorge, dafür habe ich dich trotz allem viel zu gern. Aber du hattest kein Recht, das zu tun, Anna. Du hast kein Recht, so etwas für mich zu entscheiden.«

»Ich habe schon einmal den Mund gehalten, als ich etwas hätte sagen müssen«, antwortete Anna schlicht. »Damals bist du dieser Schlange Vivica ins offene Messer gelaufen. Diesen Fehler, habe ich mir damals geschworen, mache ich nie wieder.«

Judy knirschte noch ein wenig mit den Zähnen. Immerhin hatte Anna es gut gemeint.

»Meinst du denn«, fragte sie schließlich und wischte sich die letzten Tränen ab, »ich sollte hingehen und mit Levke reden?«

22

»Du hast dir ja wirklich einige Mühe gemacht.« Das war das Erste, was Judy zu Levke sagte, als sie sich zu ihr an den Tisch setzte. Exakt eine Minute vor Ablauf der gesetzten Frist.

Vor Levke stand eine leere Tasse, und daneben lag bereits die Rechnung und der abgezählte Betrag inklusive Trinkgeld. Levke hätte sich also tatsächlich an die Abmachung gehalten. In einer Minute wäre sie aufgestanden und gegangen. Sie hätte getan, worum Judy sie gebeten hatte.

Natürlich hätte sie. Trotz allem, was gewesen war: Sie war immer noch Levke.

»Anna hat dich also zu mir geschickt«, stellte Judy nun fest. »Wieso hast du das denn nicht gleich gesagt?«

Levke hob andeutungsweise eine Schulter und lächelte traurig. »Ich dachte mir, es wäre besser, wenn du auf mich sauer bist anstatt auf sie. Ich habe, was das betrifft, ja ohnehin nichts mehr zu verlieren.«

Judy seufzte. »Immer noch diese alte Gewohnheit, hm? Andere stellen etwas an, und du nimmst die Schuld auf dich. Du kannst es einfach nicht lassen, was?«

»Tja.« Levke lächelte. »Manche Dinge ändern sich nie.«

Ihre entwaffnende Ehrlichkeit nahm Judy ein wenig den Wind aus den Segeln. Um ihre Unsicherheit zu überspielen, winkte sie die Kellnerin heran und orderte einen einfachen schwarzen Kaffee. Gewürztee führte dieser Laden nicht. »Also?«, fragte Judy dann. »Was möchtest du mir sagen?«

»Das Wichtigste gleich vorab«, sagte Levke. »Vivica ist Geschichte.«

Judy horchte in sich hinein. Sie versuchte, irgendeine Emotion aufzuspüren, die sich bei dieser Information in ihr rührte. So etwas wie Erleichterung, weil Vivicas so raffinierter Plan anscheinend doch nicht aufgegangen war. Triumph. Genugtuung.

Aber da war nichts von alldem. Gar nichts.

»Ich habe«, fuhr Levke mit ein wenig Nachdruck fort, als von Judy gar keine Reaktion kam, »den Kontakt zu ihr abgebrochen. Dieses Mal endgültig.«

Judy nickte. »Schön. Das freut mich für dich.«

Levkes Mundwinkel zuckte. »Meinst du das ironisch?«

Judy blickte auf die Tischdecke hinunter und schüttelte den Kopf. »Nein. Wirklich nicht. Es ist nur so, dass sich für mich dadurch einfach nichts ändert. Verstehst du?«

Levke nickte. »Natürlich.«

Judy wusste immer noch nicht, was sie hier eigentlich wollte. Wieso sie gekommen war. Und was Levke sich von dieser Unterhaltung versprach. Sie spürte außerdem, dass sie dabei war, sich ganz gezielt zu verschließen, ihr Inneres zu verbarrikadieren. Sie wollte nicht noch einmal so offen daliegen und so schutzlos sein. Wieder so verletzlich und entblößt. Doch gleichzeitig wusste sie, dass dieses ganze Gespräch ziemlich sinnlos war, wenn sie sich in sich selbst zurückzog.

Außerdem konnte sie rein gar nichts dagegen tun: Jetzt, wo sie Levke wieder gegenübersaß und ihre großen, traurigen, bergseeblauen Augen sah, da regte sich, ohne dass sie es wollte, plötzlich doch etwas in ihr.

Zu ihrer eigenen Überraschung hörte sie sich sagen: »Na ja, aber auch wenn es für mich keine Rolle mehr spielt: Ich finde es gut, wenn du dich wirklich von ihr befreit hast. Ja, ehrlich. Das freut mich.«

Levke nickte leicht. »Danke«, sagte sie, obwohl Judy ihr ja genau genommen kein Kompliment gemacht hatte.

Wieder schwiegen sie einen Moment. Dann fuhr Levke sich durch die Haare und atmete tief durch. »Hör mal, Judy … ich …

hab es falsch angefangen. Eigentlich ist doch das Wichtigste, also das, was ich dir als Allererstes hätte sagen sollen, nun ja ... dass ich weiß, dass ... also ... dass du die ganze Zeit die Wahrheit gesagt hast.« Sie holte noch einmal Atem und brachte es dann auf den Punkt: »Vivica hat gelogen. Nicht du.«

»Weiß ich schon.« Judy, noch immer wortkarg, starrte weiter auf die Tischdecke. »Trotzdem danke«, sagte sie nach einer kleinen Pause leise.

Levke knetete ihre Finger. Judy spürte ihren Blick auf sich ruhen. »Darf ich noch einmal von vorn anfangen?«

Judy sah auf. Und nickte langsam.

Im Grunde, meinte Levke, habe sie in all der Zeit ein mulmiges Gefühl gehabt. Bereits auf der Treppe, als sie nach dem großen, finalen Streit tränenblind aus Judys Wohnung davonstürmte, hatte etwas in ihr sich dagegen gesträubt, die Geschichte von der Kette, dem Übergriff im Schwimmbad und all den anderen hässlichen Dingen wahrhaben zu wollen.

Es fühlte sich alles so falsch an. So viele Einzelheiten waren unstimmig. Auch wenn die Beweise auf der Hand zu liegen schienen, genauer gesagt in Levkes geballter Faust, in Form eines Mondsichelanhängers – sie wollte Judy glauben. Nicht Vivica.

Doch gleichzeitig wusste sie, dass genau das ihre größte Schwäche war: zu sehen, was sie sehen wollte. Dinge auszublenden, die sie *nicht* sehen wollte. Empfänglich zu sein für das, was sie gern für die Wahrheit halten wollte. Und eben weil sie all das wusste, konnte sie ihrem eigenen Urteil am Ende gar nicht mehr vertrauen.

Hm, dachte Judy. Das leuchtete ein. Wie sonst hielt man es wohl sieben Jahre lang an der Seite von Vivica aus?

»Weißt du«, meinte Levke, »ich hatte einfach Angst, dass ich genau denselben Fehler schon wieder begangen hatte. Dass ich schon wieder auf denselben Typ Frau hereingefallen bin. Jemanden, der es mit der Treue nicht so genau nimmt. Und mit der Wahrheit erst recht nicht.«

Mit anderen Worten, auf eine zweite Ausgabe von Vivica. Judy lächelte dünn vor sich hin. Vielleicht war diese Angst ja gar nicht so unberechtigt gewesen, statistisch gesehen zumindest. Denn wie war das doch gleich mit der Wiederholung von Verhaltensmustern?

Die Dinge hatten also ihren Lauf genommen. Levke versuchte wieder auf die Beine zu kommen, vermisste Judy und wollte sie gleichzeitig dringend vergessen. So verging die Zeit, und irgendwie brachte Levke jeden Morgen das Kunststück fertig, aufzustehen, zu essen und zu arbeiten.

Vivicas Therapie ging derweil zu Ende, und auch sie kehrte wieder in den normalen Alltag zurück. Verkaufte wieder Gold und Juwelen, stand im Laden und sah so hübsch aus wie eine Schaufensterpuppe. Nur musste sie jetzt öfter blickdichte Strumpfhosen tragen, um die Narbe am Bein zu verdecken.

Und dann, eines Tages – verlor sie ihren Job.

Levke gegenüber wollte sie nicht mit den Gründen herausrücken. Doch auch Levke besaß gewisse Connections. Nicht, dass sie sich gezielt umgehört hätte. Aber in der Juwelierbranche kannte man sich eben. Und als sie wieder einmal auf einem Seminar war, diesmal zum Thema »Diamanten sind der Frauen bester Freund«, da kam eine von Vivicas ehemaligen Kolleginnen auf sie zu und fragte sie ebenso sensationslüstern wie vertraulich: »Sag mal, stimmt es eigentlich, dass Vivica sich bei uns im Laden regelmäßig etwas«, sie senkte die Stimme, »*geborgt* hat?«

»Geborgt?«, fragte Levke verwirrt.

Also lieferte die Kollegin Details. Aus erster Hand wusste sie zwar nichts Genaues, doch ihr war gerüchteweise zu Ohren gekommen, dass Vivica von ihrem Chef dabei erwischt worden war, wie sie eine Kette anlegte. Nicht im Beisein von Kunden, zu Demonstrationszwecken, sondern allein. Nach Feierabend. Der Chef war eigentlich schon gegangen, dann aber noch einmal ins Geschäft zurückgekehrt, weil er irgendwelche Unterlagen vergessen hatte. Und da stand Vivica vor dem großen Spiegel und bewunderte ein glitzerndes Perlencollier an ihrem Hals.

Ihre Blicke trafen sich im Spiegel. Beim Chef blitzte die Erinnerung auf, dass er schon des Öfteren gewisse Stücke in der Auslage vermisst hatte, die danach auf geheimnisvolle Weise wieder aufgetaucht waren. Und diesmal gab er Vivica gar nicht erst die Chance, sich herauszureden. Sie wurde fristlos entlassen.

Nachweisen konnte man ihr allerdings nichts. Ein wirklicher Diebstahl lag ja nicht vor. Und die Kette mit dem Mondanhänger, Levke wisse schon, das einzige Stück, das wirklich jemals bei der Inventur gefehlt hatte, blieb verschwunden. Aber es gab keinerlei Anhaltspunkte dafür, dass Vivica etwas damit zu tun hatte.

Kette, dachte Levke nur.

Ausgeborgt?

Mondanhänger?

»Also«, wiederholte Vivicas Exkollegin ungeduldig die Frage vom Anfang, »meinst du, an der Geschichte ist etwas dran?«

»Wer weiß«, meinte Levke, die mit ihren Gedanken schon ganz woanders war. Sie hatte sich hastig verabschiedet und das Seminar Seminar sein lassen – sie persönlich war sowieso keine besondere Freundin von Diamanten. Stattdessen war sie einfach losgefahren und hatte nach der bewussten Kette gesucht. Diese befand sich zu diesem Zeitpunkt nämlich rein zufällig nicht in Vivicas Schmuckschränkchen, sondern in Levkes Werkstatt. Levke hatte sie dorthin mitgenommen, um sie zu reparieren. Doch weil dieser Anhänger mit so vielen schmerzvollen Erinnerungen verbunden war, hatte sie es immer wieder vor sich hergeschoben.

Und Vivica hatte nicht gefragt. Sie neigte dazu, Dinge zu vergessen, die ihr nicht wichtig genug waren.

Nun holte Levke also den Mondanhänger nach langer Zeit einmal wieder hervor und zwang sich, ihn anzusehen.

Sie hatte die Kette zum ersten Mal wahrgenommen, als sie Vivica im Krankenhaus besucht hatte, und bereits damals war ihr der Anhänger besonders aufgefallen. Sie kannte Vivicas gesamtes Schmuckarsenal, zumindest den Teil, den Vivica vor der Trennung besessen hatte. Jeden Anhänger, jede Brosche und jeden Ohrring hätte sie im Schlaf zeichnen können – Berufskrankheit, schätzte Levke. Doch diese Sichelmond-Kette hatte sie noch nie gesehen. Sie musste also neu sein. Bereits damals hatte Levke den Wert mit kundigem Blick abgeschätzt und es merkwürdig gefunden, dass Vivica sich ein so teures Stück überhaupt hatte leisten können. Gleichzeitig hatte sie andere Dinge im Kopf gehabt und sich darüber nicht allzu viele Gedanken gemacht. Doch an eine Sache erinnerte sie sich noch ganz genau.

»Muss sie loswerden«, hatte Vivica unter Schmerzen und Morphin gemurmelt und immer wieder an der Kette herumgezerrt. »Loswerden ...!«

Levke hatte damals lediglich geglaubt, dass Vivica sich, benebelt wie sie war, durch die Kette beengt fühlte, und hatte sie ihr abgenommen. Anschließend hatte sie sich noch gewundert, wieso Vivica trotzdem weiterjammerte und immerfort von »Loswerden, loswerden« redete. Jetzt, im Rückblick, wurde es ihr klar: Trotz Schmerzmitteln hatte Vivica das Wesentliche, nämlich ihre ureigensten Interessen, offensichtlich nicht aus den Augen verloren.

Nach dieser Erkenntnis hatte Levke noch lange in ihrer Werkstatt gesessen, den Mondanhänger in der Hand gehalten und ihn angestarrt. Und dann war sie zu Vivica gefahren und hatte sie gezwungen, Farbe zu bekennen.

»Eigentlich hätte ich das gar nicht tun müssen«, erklärte sie Judy. »Ich meine, ich hätte keinen weiteren Beweis gebraucht. Ich hatte endlich das fehlende Bindeglied gefunden, das mein Gefühl von damals bestätigte, nämlich, dass du die Wahrheit gesagt hattest. Und jetzt, wo ich wusste, was es eigentlich mit dem Anhänger auf sich hatte, da passte das Bild tatsächlich sinnvoll zusammen. Fakten und Bauchgefühl stimmen wieder überein.«

»Wieso hast du dir diese letzte Konfrontation dann noch angetan?«, fragte Judy. »Vivica ist ja nun weiß Gott nicht der Typ, der einen Fehler eingesteht. Und erst recht nicht jemand, der sich dafür entschuldigt.«

»Natürlich nicht«, gab Levke zu. »Aber ich glaube, ich brauchte das. Und ja, vielleicht ... wollte ich mich auch ein bisschen rächen. Für all das, was ich mir in den letzten sieben Jahren von ihr gefallen lassen musste. Ich wollte ihr das Beweisstück direkt vor die Nase halten und ihr androhen, zu ihrem Chef und dann zur Polizei zu gehen, wenn sie mir nicht umgehend die Wahrheit sagt.« Sie strich sich die Haare aus der Stirn. »Puh ...

ich schätze, jeder von uns hat so was wie eine dunkle Seite. Das hier wäre dann wohl meine.«

Das war nun wieder mal typisch Levke. Da teilte sie einmal im Leben selbst aus, berechtigterweise, anstatt nur einzustecken – und prompt meldete sich hinterher wieder ihr Gewissen.

»Natürlich hat Vivica zuerst alles geleugnet«, fuhr sie fort. »Aber als sie gesehen hat, wie ernst ich es meine, hat sie es zugegeben. Sie hat kein Detail ihrer schäbigen Lügengeschichte ausgelassen. Ich habe dabei angefangen zu weinen, so wütend war ich. Und dann ... hat sie mich einfach ausgelacht.« Levke holte tief Luft und sammelte sich. »Also bin ich gegangen. Ich hab ihr einfach die Kette vor die Füße geworfen und bin gegangen. Und sie hat mir noch nachgerufen: *Du kommst wieder! Es ist nur eine Frage der Zeit, Levke. Du kommst immer wieder zu mir zurück!*«

Bei diesem letzten Teil der Schilderung waren Judy ebenfalls die Tränen in die Augen geschossen. Ob aus Wut aufgrund der eigenen Verletzungen oder aus Mitleid für Levke, wusste sie nicht zu sagen. Sie schluckte kräftig und knurrte: »Du hättest die Kette gleich zur Polizei bringen sollen, anstatt sie ihr wieder zurückzugeben.«

»Ja, vielleicht«, räumte Levke ein. »Aber ich spiele eben gern fair.« Sie suchte Judys Blick und lächelte. »Ich glaube, das haben wir beide gemeinsam.«

»Was für ein Fluch«, meinte Judy.

»Ja«, bestätigte Levke. »Kann schon sein.«

Damit war Vivica also wieder einmal mit ihren Lügen durchgekommen, zum Teil wenigstens. Sie mochte zwar ihren Job verloren haben, und ihr letztes Arbeitszeugnis würde nicht sehr positiv ausfallen, so viel war sicher – und dennoch: Sie war straffrei ausgegangen, obwohl man ihr so einiges hätte zur Last legen können, von Diebstahl bis zur Erpressung. Glatt wie ein Aal war sie, diese Frau. Und wendig wie eine Katze. Sie fiel immer wieder zurück auf die Füße. Wahrscheinlich betrachtete sie die Kette, wenn sie nun schon ihren Job eingebüßt hatte, auch noch als eine Art gerechte Abfindung.

Einen Moment lang hatten sie beide geschwiegen. Es war Judy, die als Erste wieder sprach. »Darf ich dich etwas fragen, Levke?«

»Natürlich. Schieß los.«

»Wieso?« Judy beugte sich über den Tisch. »Wieso hast du das so lange mitgemacht?«

»Du meinst, Vivica?«, fragte Levke zurück. »Wieso ich so lange bei ihr geblieben bin? Tja.« Sie seufzte. »Ich würde jetzt gern irgendeine Erklärung anführen, die mich nicht wie eine komplette Idiotin dastehen lässt, mit der man alles machen kann. Aber Tatsache ist wohl: Ich war verliebt. Nicht mehr und nicht weniger.«

»Und deswegen bist du, nach alldem, wieder zu ihr zurückgekehrt?«

Überrascht zog Levke die Stirn kraus. »Du denkst, ich wäre nach der Sache mit dem Kettenanhänger noch einmal mit Vivica zusammen gewesen?«

Judy stutzte. »War es ... denn nicht so?«

»Nein.« Levke verzog den Mund zu einem schiefen Lächeln.

»Ich habe sie damals weiter unterstützt, das schon. So lange, bis sie wieder auf eigenen Beinen stehen konnte. Aber ich bin nicht wieder zu ihr zurückgekehrt. Nicht ... so. Damit war ich fertig. Damals schon.«

Hm, dachte Judy. Levke war also damals nicht aus Judys Wohnung direkt in Vivicas ausgestreckte Arme gestürmt ... Eine interessante Entwicklung. Dabei war Vivica sich ihrer Sache so sicher gewesen.

»Inzwischen«, meinte Levke, »haben wir sogar unsere Klamotten vernünftig auseinandersortiert. Und unser Haus verkauft.«

»Wow.« Das gemeinsame Eigenheim verkauft? Das klang in der Tat ziemlich endgültig. Es klang gewissermaßen sogar nach einer ... Möglichkeit.

Nein, rief Judy sich zur Ordnung. Nein, nein, nein, nein! Die Sache ist durch, Judy. Kapier das endlich.

»Aber vorher«, sagte sie rasch, um den Gedanken nur ja nicht zu Ende zu denken, »früher hast du ihr so viel durchgehen lassen. Du hast sogar ihre Frauengeschichten ertragen. Das hat sie mir erzählt. Und ich glaube, zumindest in diesem Punkt hat sie nicht gelogen.«

Levke schüttelte sachte den Kopf. »Nein. Hat sie nicht.«

»Aber das verstehe ich nicht«, beharrte Judy. »Wie kann man bei jemandem bleiben, der einen nach Strich und Faden betrügt und sich noch nicht mal besondere Mühe gibt, das wenigstens zu verheimlichen? So sehr ich mich anstrenge, es geht mir nicht in den Kopf.«

Sie war überrascht, dass Levke immer noch lächelte. Milde diesmal. Beinahe mütterlich. »Du bist ein ziemlich geliebtes Kind, richtig, Judy?«

»Was hat das denn damit zu tun?«, erkundigte Judy sich verwirrt.

Allerdings musste sie zugeben, dass Levke wohl recht hatte. Sie hatte immer gedacht, ihre Eltern wären ganz normale Eltern. Ein bisschen langweilig, ein bisschen fordernd, aber eben nichts Besonderes. Doch gerade jetzt, nach den jüngsten Entwicklungen, musste sie Levke zustimmen. Ihre Eltern hatten einiges mit ihr mitgemacht, hatten danebengestanden, als Judy es sich in Sachen Berufswahl diverse Male anders überlegt hatte, und es am Ende doch akzeptiert. Und gesagt: *Hauptsache, du bist glücklich, Kind.*

Ja, so gesehen war Judy tatsächlich ein geliebtes und glückliches Kind. Wenn ihr nicht gerade böse Vivicas das Leben schwermachten. Aber selbst da hatte sie zu Hause eine sichere Zuflucht gefunden. Einen Vater, der sie in die Arme nahm, eine Mutter, die ihr Leibgericht kochte.

»Was ist denn mit dir?«, erkundigte sie sich vorsichtig. »Ich meine … ist es bei dir denn anders gewesen?«

Levke hob in einer vagen Geste die Hände. »Ach, meine Familie ist okay. Ich bin bloß das vierte Kind einer Sippe, in der alle Anwälte, Notare oder Steuerberater sind. Das einzige Mädchen. Und dann auch noch Goldschmiedin. Weit weg von jedweder Familientradition. Und weißt du, was meine Mutter sagte, als ich ihr erzählte, dass ich lieber Frauen mag? *Dann kriege ich ja noch eine Schwiegertochter,* hat sie gesagt und die Hände über dem Kopf zusammengeschlagen. *Davon habe ich doch weiß Gott schon genug!*«

Levke kicherte ein bisschen, als sie das sagte. Doch Judy spürte, dass hinter diesem unechten Lachen eine durchaus echte Verletzung lag.

Noch eine. Die viel älter war als jene, die Vivica ihr zugefügt hatte.

Und die nicht auf wirkliche Gemeinheiten zurückzuführen war. Eher auf sehr subtile Ursachen. Subtil, aber ausreichend.

»Das klingt nicht gerade nach Wertschätzung«, fasste Judy ihre Gedanken in Worte.

Levke sah sie erstaunt an. So, als sei Judy der erste Mensch auf der Welt, der das erkannte und offen aussprach. Und vielleicht, ging es Judy durch den Kopf, war ja auch genau das der Fall.

Doch sofort fiel Levke wieder in ihre üblichen Muster zurück. »Na ja, ich bin eben das schwarze Schaf ... Selbst schuld. Mein Fehler.« Sie hob die Schultern. »Vielleicht war es mir aber genau deshalb immer so wichtig, einen Menschen um seiner selbst willen zu lieben.«

»Jetzt«, vergewisserte sich Judy, »redest du aber von Vivica, oder?«

»Auch, ja.« Levke atmete tief ein und dann langsam wieder aus. »Weißt du, ich dachte immer, wenn man einen Menschen liebt, dann liebt man das Gesamtpaket, mit all seinen Stärken und Schwächen. Man kann sich nicht nur die Rosinen herauspicken.« Sie fing an, das Muster der Tischdecke mit den Fingern nachzuzeichnen. »Meine Eltern sind schon kein Geschenk. Aber Vivicas Familie, du liebe Zeit ...« Hier unterbrach sie sich. »Ich ... bin mir nicht sicher, ob du das hören willst, Judy.«

Das wusste Judy selbst nicht. Sie war jedenfalls nicht besonders erpicht auf ein tiefenpsychologisches Erklärungsmodell, das alle Ursachen für schlechte Manieren in der frühen Kindheit suchte.

Aber zugegeben: Ein klein wenig neugierig war sie dann doch.

»Erzähl«, bat sie.

»Die Mutter hat die Familie verlassen, als Vivica noch sehr jung war«, hob Levke an. »Der Vater ist nie wirklich gut damit fertiggeworden. Er hat sich in seiner Arbeit verkrochen und in Affären geflüchtet. Für Vivica hat er sich kaum interessiert. Egal was sie getan hat, egal wie sehr sie versucht hat, seine Aufmerksamkeit zu erregen, er hat sie nie sonderlich beachtet. Er hatte nur seine Frauengeschichten im Kopf, meistens mehrere zur selben Zeit. Wie soll ein kleines Mädchen dabei etwas über das Leben lernen, außer, dass Fremdgehen völlig normal ist und echte Liebe nur im Märchen vorkommt?«

Aha, dachte Judy. Schön und gut. Aber trotzdem. Das war noch lange keine Entschuldigung für –

»Ich weiß, das ist alles keine Entschuldigung«, sprach Levke in diesem Moment exakt denselben Gedanken aus. »Aber weißt du, es gab auch Momente, da konnte sie unglaublich bezaubernd sein.«

Oder, dachte Judy, so tun als ob.

»Ich weiß nicht, was sie so verändert hat«, fuhr Levke fort. »Oder ob sie vielleicht schon immer so war wie jetzt und ich es nur nicht gesehen habe. Besser gesagt, nicht sehen wollte. Weißt du, eine Zeitlang, da glaubte ich ...« Sie hob hilflos die Schultern. »Ich weiß auch nicht. Irgendwie habe ich mir wohl vorgestellt, wenn ich ihr all die Liebe gebe, die ihr, als sie klein war, versagt blieb, wenn ich ihr die Stabilität schenke, die sie bisher in ihrem Leben nie gehabt hat, dann könnte sie ... dann könnten wir ...« Sie brach ab und machte eine fahrige Handbewegung. »Ach, ich weiß auch nicht, was ich mir da eingebildet habe. Tatsache ist, dass sie stattdessen immer wieder Bestätigung in den Armen anderer Frauen gesucht hat. Was ihr, so, wie sie aussieht, ja auch nicht schwergefallen ist. Ich weiß nicht, was sie damit bezweckt hat, was sie bei ihren Abenteuern gesucht hat. Vielleicht einfach nur den Kitzel. Spaß. Wie so viele vernachlässigte, aber hübsche Mädchen ist sie wahrscheinlich nichts weiter als eine Narzisstin, wie sie im Buche steht. Und vielleicht habe ich einfach zu sehr versucht, das kleine, verletzliche Mädchen zu sehen, das sich hinter diesem taffen Äußeren verbarg. Falls es dieses Mädchen überhaupt je gegeben hat und dahinter nicht wieder eine von Vivicas Geschichten steckte. Eine ihrer vielen Erfindungen und Ausreden.« Sie machte eine Pause, seufzte und blickte Judy direkt an. »Nun ja. Mit ihren Affären habe ich gelebt, solange ich konnte.

Ich habe versucht, mir einzureden, dass es schon okay sei. Dass sie sich eben ab und zu mal etwas beweisen müsste. Es bedeutete doch nichts, hab ich mir wieder und wieder gesagt. Hauptsache, sie kommt am Ende doch wieder zu mir zurück. Ich war ihr Hafen. Die anderen waren eher so was wie kleine Ausflugsziele. Eine Zeitlang hab ich mir so ganz gut in die Tasche lügen können. Doch jedes Mal, wenn sie nach Hause kam und wieder nach einem fremden Parfum roch, dann ... war es so, als sei ein kleiner Teil von mir gestorben. Immer mehr und mehr. Ich habe sie angefleht, damit aufzuhören. Ich habe ihr gedroht, mich zu trennen. Ein paarmal hab ich es sogar versucht, doch dann habe ich es nie länger als ein paar Tage ausgehalten. Mein ganz persönlicher Rekord lag bei zwei Wochen, einem Tag und drei Stunden.« Ein verhaltenes Lächeln, das gleich wieder verschwand. »Damit habe ich Vivica wahrscheinlich nichts anderes gezeigt, als dass sie machen kann, was sie will. Und dass ich am Ende doch immer wieder zu ihr zurückkomme.«

»Aber«, warf Judy sanft ein, »am Ende bist du dann doch gegangen.«

Levke nickte. »Ja. Ich wusste, ich müsste gehen, ehe ich ... ganz verschwinde, wenn du verstehst, was ich meine. Das war wenige Monate bevor wir beide uns kennengelernt haben. Und weißt du was, Judy?« Erneut seufzte sie. »Als ich meine letzten Sachen aus dem Haus geholt habe, als mir klarwurde, dass es diesmal wirklich ernst und nicht nur ein kurzes Weglaufen ist – da hatte ich sogar noch ein schlechtes Gewissen. Ich fühlte mich wie eine Versagerin. Weil ich eben doch nicht die Konstante sein konnte. Weil ich diejenige war, die gegangen ist. Und mich damit in die unrühmliche Gruppe derer einreihte, die die kleine Vivica alleingelassen haben.«

Mein Gott, dachte Judy. Ja, jetzt verstand sie alles – endgültig. Wieso Levke so verschüchtert war, so verhuscht und immer so voller Selbstzweifel. Und wieso sie sich, trotz allem, was sie hatte aushalten müssen, derart verantwortlich für Vivica gefühlt hatte.

Mit einem ironischen Grinsen sagte Levke: »Na ja, und so richtig funktioniert hat es dann ja trotzdem nicht. Kaum rennt die dumme, kleine Vivica vor ein Auto, da steht die brave und noch viel dümmere Levke schon wieder bei Fuß und kümmert sich.«

Beim Stichwort »Unfall« fragte sich Judy einen Augenblick lang, ob sie Levke erzählen sollte, dass Vivica die Probleme mit ihrem Bein gnadenlos übertrieben hatte. Doch dann entschied sie, es bleiben zu lassen. Immerhin hatte Levke die Konsequenzen auch so schon gezogen. Wieso ihr also etwas mitteilen, das ihre Urteilsfähigkeit schon wieder in Frage stellte, und das auch noch rückblickend?

Levke unterbrach ihre Gedanken mit einem trockenen Lachen. »Es hat zwar lange gedauert. Aber spätestens an dem Tag, an dem ich begriffen habe, wozu Vivica, über ihre Affären hinaus, imstande ist – als ich die ganze Tragweite dessen verstand, was sie offensichtlich von langer Hand geplant hatte, alles, was mit der Mondsichelkette und dir zusammenhing, da wusste ich endlich, mit was für einer Person ich die ganze Zeit über zusammen gewesen war. Dass ich mir die ganze Zeit etwas vorgemacht hatte.« Einen Moment lang sah es so aus, als wolle sie über den Tisch hinweg nach Judys Hand greifen, überlege es sich dann aber doch wieder anders. »Es tut mir so furchtbar leid, Judy. Ich hätte … dich vielleicht vor ihr warnen müssen. Aber ich –«

»Du wolltest nicht die böse Exfreundin sein, die über Verflossene herzieht«, vollendete Judy den Satz. »Schon klar.« Für so was war Levke einfach zu gut.

»Und ich hätte wirklich nie, niemals angenommen, dass sie dir so etwas antun würde«, versicherte Levke. »Bitte, das musst du mir glauben.«

Judy ergänzte: »Du dachtest, sie hätte nur ein paar schlechte Angewohnheiten, aber sie sei keine schlechte Person. Selbst nach der Trennung dachtest du das noch.«

Levke nickte. »Und dir habe ich vertraut«, sagte sie mit einem ganz leichten Lächeln. »Ich dachte, wenn sie tatsächlich auch dich anmacht, dann weist du sie rechtzeitig in ihre Schranken.«

Aha. Deshalb also der dezente Hinweis bei ihrer ersten Begegnung zu dritt, damals in der Klinik. Der leider ein klein bisschen zu dezent ausgefallen war. Trotzdem erwiderte Judy Levkes freudloses Lächeln. »Ich hab's ja versucht. Aber … irgendwie kommt man einfach nicht gegen sie an.«

Levke nickte. »Ja, was das betrifft, scheinen wir beide eher talentlos zu sein. Am Ende bekommt sie doch ihren Willen.«

Judy blickte eine Weile auf die Tischplatte. Sie spürte erneut die Wut in sich aufkeimen, als sie daran dachte, auf welche Weise Vivica besagten Willen durchgesetzt hatte. Doch sie wollte diesem Gefühl nicht nachgeben, nicht schon wieder. »Stimmt schon«, sagte sie schließlich. »Vivica hat mich ziemlich fertiggemacht.« Dann kam ihr ein Gedanke, und sie sah auf. »Aber das ist gar kein Vergleich zu dem, was sie dir angetan hat, Levke.«

Denn genau so war es doch, das sah Judy jetzt ganz klar. Einen Großteil dessen, was Levke an Selbstvertrauen besessen hatte, das hatte Vivica zerstört. Vielleicht aus Versehen. Vielleicht nebenbei. Vielleicht – am wahrscheinlichsten sogar – aber auch ganz systematisch. Und das, was dann noch übrig war, hatte Levke mit ihrem ständigen schlechten Gewissen selbst zerfleischt.

Diesen Überlegungen folgend, fuhr Judy fort: »Sie hat dich die ganze Zeit klein gehalten. Denn sobald du angefangen hättest, dich für wertvoll zu halten, hätte sie dich nicht mehr im Griff gehabt.«

»Aber jetzt bin ich gegangen«, sagte Levke leise.

»Ja«, sagte Judy, und in ihr regte sich fast so etwas wie Stolz. Sie musste lächeln. »Jetzt bist du gegangen.«

Dann hielt sie einen Moment inne. Da war noch etwas, was sich in ihr regte, was noch nicht schlüssig geklärt war.

»Verrätst du mir noch etwas?«, bat sie. »Damals, als du Vivica nichts von uns sagen wolltest – worum ging es da wirklich? Um uns, dich und mich? Oder doch nur darum, Vivicas ach so empfindliche Gefühle zu schützen? Ich meine …« Ihre Stimme zitterte. »Hast du … hast du dir jemals gewünscht, zu ihr zurückzukehren?«

Levke lächelte. »Nein. Niemals.« Sie schien kurz zu überlegen. »Das heißt – in schwachen Momenten, kurz nach der Trennung, da gingen mir schon gewisse Dinge durch den Kopf. Immerhin war Vivica, wie soll ich sagen … der Teufel, den ich kannte. Aber dann hatte ich inzwischen ja dich getroffen.« Levke neigte den Kopf, und ihre Haare vollführten die Bewegung mit. »Und irgendwie ist Vivica dann plötzlich ziemlich verblasst.«

Verblasst, dachte Judy, neben *ihr?*

»Du«, fuhr Levke fort, und ihre Augen leuchteten mit einem Mal, »hast mein Herz auf eine Weise berührt, die –« Sie blieb hängen und setzte neu an. »Weißt du, Judy, ich wusste gar nicht, dass es so etwas gibt. Du warst so lieb, so ehrlich, so herzlich, du hast in mir plötzlich den Wunsch geweckt, die beste Frau der Welt für dich zu sein. Und gleichzeitig … konnte ich der Sache irgendwie nicht trauen.« Ein zitternder Seufzer entrang sich ihr. »Aber ich wollte es versuchen. Ich wollte es einfach wissen, verstehst du? Ich wollte dich entdecken. Für mich. Ganz allein für mich. Ich wollte, dass du rein bleibst, weißt du?«

Judy keuchte. Ihre Finger zuckten Levkes entgegen. So etwas hatte noch nie jemand zu ihr gesagt.

Doch da trübten sich Levkes Bergseeaugen schon wieder. »Ich wollte einfach, dass du unbefleckt bleibst von Vivicas Giftspritzerei. Denn eines kann ich dir versichern, Judy: Wie viele notorische Fremdgängerinnen war Vivica auf der anderen Seite fürchterlich eifersüchtig, sobald ich eine andere Frau auch nur angeschaut habe.«

»Na so was.« Judy flüchtete sich in Ironie, als sie merkte, dass der Zauber verflogen, der Moment verstrichen war. »Das wäre mir ja nie aufgefallen.«

Dann schwieg sie nachdenklich. Wenn all das stimmte, was Levke ihr gerade erzählt hatte, dann musste es neben der kleinen, verschüchterten Levke, die sich praktisch vor ihrem eigenen Schatten fürchtete, irgendwann einmal noch eine andere Levke gegeben haben. Eine selbstbewusste, eigenwillige Levke. Die Insekten mochte anstatt kleiner, flauschiger Häschen und Kätzchen. Die sich als einziges Mädchen in einer Horde von Brüdern behauptet hatte. Denn behauptet haben musste sie sich – woher sonst hätte sie so viel Willenskraft, so viel Energie genommen, um eben nicht der Familientradition zu folgen? Um stattdessen ihren Traumberuf einzuschlagen, der weitaus weniger Geld, mehr Arbeit und obendrein vermutlich die Missbilligung sämtlicher Juristen-Verwandten mit sich brachte? Wenn Levke schon immer nur den leichten Weg gegangen wäre, dann säße sie heute statt in einer Werkstatt in einem schicken Büro und würde statt der legeren Jeans und der Blusen ein formelles Business-Kostüm tragen. Vielleicht würde sie sich sogar künstliche Nägel aufsetzen lassen, was bei ihrem Job als Goldschmiedin natürlich gänzlich undenkbar war.

Ja, diese Levke musste es einmal gegeben haben. Und manchmal, da hatte Judy geglaubt, Teile von dieser Levke hervorschimmern zu sehen.

Diese Levke war es, die den Wunsch gehabt hatte, Judy für sich zu entdecken. Die sich auf eine Reise mit ungewissem Ausgang eingelassen hatte. Einen Neuanfang wagen wollte, wozu einiges an Mut gehörte.

Sie hatte ... ja. Vielleicht hatte diese Levke Judy wirklich lieben wollen.

Und Judy selbst? Sie schluckte. Auf diese Levke wäre sie verdammt gespannt gewesen. Sie hätte sie gern unter all den Selbstzweifeln, all den Ängsten und den zerstörten Träumen hervorgelockt. Hätte ihr die Sterne vom Himmel geholt. Und den Mond gleich dazu. Den Vollmond allerdings nur. Die Mondsichel war durch die Sache mit Vivicas Kettenanhänger ein wenig unangenehm vorbelastet.

Wenn sie nur härter um sie gekämpft hätte, dachte Judy. Wenn sie nur mehr Zeit gehabt hätte.

»Wenn ich die Kette damals doch nur eher gefunden hätte –«, murmelte sie.

Levke unterbrach sie: »Nein.«

»Wenn ich in dieser blöden Umkleide bloß nicht die barmherzige Samariterin hätte spielen müssen –«

»Nein.«

»Aber wenn ich Vivica von Anfang an durchschaut hätte –«

»Judy!« Levke ergriff über den Tisch hinweg Judys Arm. »Nein«, wiederholte sie zum dritten Mal. »Ich weiß, ich neige dazu, mir alle Schuld dieser Welt aufzuladen. Doch dieses Mal kannst du mir die Bürde nicht abnehmen. Du kannst absolut nichts dafür. Du bist die Einzige, die sich in diesem Schlamassel die ganze Zeit anständig verhalten hat. Du bist die Gute in dieser Geschichte. Okay?«

Judy schwieg einen Moment lang. »Aber du«, sagte sie schließlich, »bist auch nicht die Böse.«

Levke lächelte schwach. »Lieb, dass du das sagst.« Sie nahm ihre Hand wieder weg.

»Ich meine es ernst.«

»Weiß ich doch.«

Langsam, wie benommen, hob Judy den Blick. Sah Levke an. »Das mit dir und mir ...« Sie stockte. Ihr Herz klopfte zum Zerspringen, der Rhythmus schien durch das ganze Café zu hallen. Sie hätte nicht einmal sagen können, was sie fühlte – Angst, Hoffnung, Verzweiflung, vielleicht alles zusammen. »Wir waren wirklich nahe dran, oder?«

Levke lächelte. »Ja«, sagte sie. »Das waren wir. Du warst diejenige, die es von Anfang an gut mit mir gemeint hat. Du bist –«

»Ja?«, fragte Judy, und ihr Puls beschleunigte sich noch ein bisschen mehr. Sie hob die Hand, um wieder nach Levkes zu greifen.

Für einen Moment wurden Levkes Augen feucht. »Du wärst es gewesen. Du wärst wirklich die Richtige für mich gewesen.«

Judy zog ihre Hand zurück.

Ihr Kaffee war inzwischen kalt geworden.

Sie blieben noch eine Weile sitzen. Versuchten sich zu unterhalten. Aber jedes Thema schien bereits nach wenigen Sätzen zu versiegen.

Judy erzählte von ihrer Ausbildung. Und Levke meinte, das fände sie super.

Dann fragte Judy, was Levke so mache. Und die sagte einfach: Wie immer.

»Tja, dann«, meinte Levke schließlich. »Ich müsste dann mal langsam wieder los.«

»Ich auch«, meinte Judy. Weil sie glaubte, das sagen zu müssen.

»Vielleicht ... sehen wir uns ja?«

»Sicher«, meinte Judy. »Irgendwann.«

»Oh, warte mal ...« Levke begann in ihrer Tasche herumzukramen. »Ich wollte dir doch noch ... herrje, wo hab ich es denn? Ah, hier.« Sie holte ein bedrucktes Stück Papier hervor und legte es vor Judy auf den Tisch.

Judy starrte darauf. Es war ein Werbeflyer. Am kommenden Wochenende stand ein verkaufsoffener Sonntag an. Auch Levkes Goldschmiede, als Mitglied der Vereinigung selbständiger Geschäftsleute, würde daran teilnehmen. Geplant waren Führungen durch die Werkstatt, Blicke hinter die Kulissen, und außerdem hatten Interessierte die Möglichkeit, der Kunsthandwerkerin bei der Arbeit über die Schulter zu schauen.

»Eigentlich mag ich so was ja nicht«, meinte Levke mit einem unsicheren Lachen. »Aber irgendwie muss man das Geschäft schließlich ankurbeln. Ein bisschen die Werbetrommel rühren, damit man nicht übersehen wird. Es gibt übrigens«, hier gelang ihr tatsächlich ein winziges, verschmitztes Lächeln, »auch Kekse und Gratissekt.«

Judy sah von dem Flyer zu Levke. Was sollte das? »Ich kenne deinen Laden schon. Ziemlich gut sogar.«

»Ja«, sagte Levke rasch. »Ich dachte auch nur. Also – ach, ich weiß auch nicht, was ich mir gedacht habe. Schon gut. Vergiss es. Also dann. Mach's gut, ja?«

Judy starrte auf das Muster im Tischtuch, während Levke sich ihre Jacke anzog.

»Du, Levke?«, sagte sie dann.

Levke wandte sich um. »Ja?«

Judy wollte ihr so viel sagen. Hunderte Dinge gingen ihr durch den Kopf. Tausende. Doch am Ende brachte sie nichts anderes hervor als: »Und was sage ich jetzt meiner Chefin? Wegen deines Rückens, meine ich.«

Levke lächelte. »Sag ihr einfach, du hast mich als geheilt entlassen.«

Judy zwang sich, Levke nicht nachzublicken, bis die Ladentür hinter ihr ins Schloss gefallen war.

Vielleicht hatte Anna ja recht gehabt. Vielleicht war dieses Gespräch ja wirklich das gewesen, was sie gebraucht hatte. Was sie beide gebraucht hatten. Irgendwie fühlte sie sich ja auch besser. Doch. Schon. Ein bisschen.

Und Levke hatte zumindest gelächelt, als sie sich verabschiedet hatten.

Aber wenn jetzt tatsächlich alles besser war, woher kam dann dieses schmerzhafte Ziehen in ihrer Kehle? Warum fühlte sich ihr Herz so an, als würde plötzlich ein Stück davon fehlen?

Judy saß noch eine ganze Weile reglos da. Schließlich erhob sie sich, hörte zu, wie der Stuhl über den Boden scharrte, zahlte und ging dann hinaus auf die Straße. Den Flyer ließ sie auf dem Tisch liegen.

Sie atmete tief ein, steckte die Hände in die Jackentaschen und marschierte los.

Nach wenigen Metern machte sie kehrt.

Sie rannte wie gehetzt in den Laden zurück und sah gerade noch, wie die Kellnerin ihren Tisch abräumte und eben dabei war, den Flyer auf den Abfallstapel zu werfen.

»Hey, halt!«, rief Judy quer durch das ganze Café und streckte die Hand nach dem Zettel aus. »Das da ist wichtig! Sehen Sie das denn nicht?«

23

Ich gehe hin, dachte Judy und zupfte gedankenverloren ein Blütenblatt ab. Ich gehe am nächsten Sonntag in die Stadt. Schaue bei Levke vorbei. Nur ganz kurz.

Nein, ich gehe nicht hin.

Ich gehe hin …

»Hey«, rief ihre Kollegin, die in dic Teeküche der Praxis gestürmt kam und einen entsetzten Blick auf das warf, was einmal ein Blumenstrauß gewesen war. Fassungslos fragte sie: »Was machst du denn da, Judy? Das war ein Geschenk von einer Patientin.«

Ja, dachte Judy, während sie sich die Bescherung besah. Und jetzt war es nur noch Bioabfall.

»Den Müll räumst du aber selbst weg«, meckerte die Kollegin.

»Ja«, murmelte Judy. »Klar doch. Mach ich.«

Die Kollegin schien noch weiter mosern zu wollen, doch dann stemmte sie nur die Arme in die Hüften. »Ich weiß auch nicht, Judy«, meinte sie kopfschüttelnd, »in den letzten Tagen benimmst du dich wirklich sehr merkwürdig.«

»Hm«, machte Judy bloß. Und dachte: Was du nicht sagst.

Ich gehe hin.

Ich gehe nicht hin.

Dieses Spiel spielte Judy in den folgenden Tagen noch sehr, sehr oft.

Wenn der Bus mehr als drei Minuten Verspätung hat, dann gehe ich nicht hin.

Der Bus war pünktlich.

Wenn ich mehr als fünf neue E-Mails in meinem Postfach habe, dann gehe ich nicht hin.

Im virtuellen Postkasten blinkte eine Vier.

Wenn es am Sonntag regnet, dann gehe ich nicht hin.

Am Sonntagmorgen herrschte strahlender Sonnenschein.

Bis zum Mittag versuchte Judy sich irgendwie zu beschäftigen. Dann beschloss sie: »Ich gehe nicht hin.«

Also setzte sie sich in eine Decke gehüllt und mit einer Packung Chips auf das Sofa und starrte in den laufenden Fernseher, ohne etwas von dem zu sehen, was da über die Mattscheibe flimmerte. Mittendrin klingelte es. Anna stand in der Tür.

»Wir gehen hin«, bestimmte sie.

Judy hatte keine Energie, um Widerstand zu leisten. Sie kam nur auf einen Sekt, sagte sie sich auf dem Weg immer wieder. Nur auf einen klitzekleinen Sekt. Ein winziges Schlückchen. Und vielleicht einen halben Keks.

Ja, das war okay. So viel Zeit musste schon sein.

Sie hatte schließlich keinen Grund, Levke aus dem Weg zu gehen, nicht wahr? Nein, nein, sie konnte das aushalten, wirklich. Ihr Leben lief derzeit so gut, zumindest was ihre Arbeit und Ausbildung betraf. Da wurde es doch langsam mal Zeit, dass sie auch ihr Privatleben endlich wieder in den Griff bekam. Es musste doch möglich sein, dass Levke und sie einen normalen Umgang miteinander pflegten. Sie waren schließlich beide erwachsene Menschen. Und so, wie sich die Sache aus Judys Sicht gestaltete, inzwischen sogar ein wenig erwachsener als noch zu der Zeit, als sie sich kennengelernt hatten.

Im Grunde war es doch ganz simpel: Sie hatten es miteinander versucht. Und es hatte nicht funktioniert. Ende der Geschichte. Solche Storys ereigneten sich jeden Tag. Verliebt, verrückt, verkracht, getrennt. Wieso sollte Judys und Levkes Geschichte also etwas Besonderes sein?

Als sie um die Ecke bogen, hinter der Levkes Werkstatt in Sicht kam, hätte Judy fast auf dem Absatz kehrtgemacht.

Ich gehe nicht hin, schrie sie innerlich. *Nein, nein, nein, ich gehe nicht! Ich mag nicht, ich kann nicht!*

»Du, Anna? Mir ist plötzlich ganz schlecht ...«

Anna nahm sie etwas fester am Arm. »Kein Wunder bei den Abgasen hier draußen. Komm, wir gehen rein.«

Bereits der Geruch in Levkes Werkstatt hätte Judy erneut beinahe rückwärts wieder ins Freie getrieben. So viel Vertrautes lag darin, so viele Erinnerungen, so viele Hoffnungen, die sie glaubte, ad acta gelegt zu haben, sicher weggeschlossen im Inneren ihres Herzens. Jetzt waren sie plötzlich wieder präsent, und zwar genauso machtvoll wie eh und je. Da machte es auch keinen Unterschied, dass der Laden, ganz anders als sonst, voller Leute war und der vertraute Duft von einer Mischung aus verschiedenen Parfums und dem Aroma von selbstgebackenen Keksen überlagert wurde.

Noch konnte sie gehen, dachte Judy. Noch hatte Levke sie nicht gesehen. Noch konnte sie zum Beispiel einen Anfall von Platzangst vortäuschen. Eine Ohnmacht. Oder einen wichtigen Termin. Sie musste den Mülleimer raustragen. Enten im Park füttern. Ihre Haare zählen. Ja, genau, das musste sie!

Judy drehte sich um. Anna stand direkt hinter ihr und blockierte, ganz unauffällig, die Tür. Gerade mal 45 Kilo Lebendgewicht. Aber sie stand wie ein Bollwerk.

»Also«, sagte sie unbekümmert, »wo gibt es denn nun die Kekse?«

Geschlagen gab Judy ihre Fluchtpläne auf.

Als sie Levke dann schließlich sah, live und in Farbe, fiel ihr beinahe der angebissene Keks aus der Hand. Sie stand einfach nur da und starrte.

Levke sah atemberaubend aus. Sie trug ein buntes Kleid, das Judy noch nie an ihr gesehen hatte. Dazu eine Hochsteckfrisur. Nichts Kompliziertes, sie hatte die Mähne einfach nur mit einer Spange fixiert und ein paar Strähnen herausgezupft, die nun munter ihr Gesicht umspielten. Genau so, dachte Judy, stellte man sich eine Goldschmiedin wie aus dem Bilderbuch vor: eine Mischung aus Exklusivität und zurückhaltender Künstlerin. Wenn Levkes Juristensippe jetzt hier anrückte, dann konnten die doch gar nicht anders, als stolz auf die Tochter zu sein, oder? Diese wunderschöne, so wundervoll aus der Art geschlagene Tochter …

Levke war gerade dabei, einigen Interessenten ein paar ihrer Werke zu zeigen, als sie zufällig aufblickte.

Ihre Blicke trafen sich.

Die Kekskrümel in Judys Mund verwandelten sich in trockenen Staub. Und auch Levke erstarrte mitten im Satz, mit offenem Mund. Nach ein paar langen Sekunden versuchte sie das Gespräch weiterzuführen, verhaspelte sich aber offenbar immer wieder. Schließlich entschuldigte sie sich bei den Kunden und versprach, gleich wieder für sie da zu sein. Sie bahnte sich einen Weg durch die Leute und stand schließlich vor Judy. Streckte die Hand aus.

Judy machte Anstalten, sie zu umarmen.

Verlegen blickten sie einander an und wechselten dann die Position. Mit dem Ergebnis, dass Levke nun diejenige war, die mit ausgebreiteten Armen dastand, während Judy für einen formellen Handschlag bereit war.

Im Hintergrund verdrehte Anna die Augen, Judy sah es genau.

Errötend und leise vor sich hin lachend umarmten sie und Levke einander schließlich doch. Allerdings taten sie es eher so, wie man eine Voodoo-Puppe umarmen würde: so ein fieses Ding, bei dem man jederzeit damit rechnen musste, auf spitze Nadeln, eingenähte Skorpione und allerlei andere unerfreuliche Überraschungen zu treffen. Doch als sie einander wirklich nahe waren, da fiel die Spannung plötzlich von Judy ab.

Sollten sich tatsächlich irgendwo Nadeln im Voodoo-Stil verbergen, dachte Judy, dann spielte es keine Rolle. Für diesen einen Moment in Levkes Armen würde sie sich mit Vergnügen ihr Herz durchbohren lassen.

»Hey, du«, sagte Levke leise in ihr Ohr.

»Hi«, murmelte Judy.

Damit ging ihnen der Gesprächsstoff aus. Und wieder machte sich ein gewisses Unbehagen breit.

»Ja, wir«, begann Judy, »waren gerade in der Gegend, und ...« Sie fand für den Satz kein vernünftiges Ende.

Hilfsbereit sprang Anna ein: »Frau Andreesen, Sie sehen großartig aus.«

»Oh, äh ... danke«, sagte Levke. Sie errötete schon wieder und fingerte an ihrem Haar herum. »Also«, versuchte sie dann einen neuen Anfang zu finden, »hattet ihr schon Zeit, euch umzusehen?«

Judy schüttelte den Kopf. Sie hatte bisher nur Augen für Levke gehabt. Und davor für mögliche Fluchtwege.

Levke wollte gerade noch etwas sagen, als jemand aus der anderen Ecke des Ladens ihren Namen rief. »Tut mir leid«, meinte sie verlegen. »Ihr seht es ja selbst: Hier ist gerade wirklich eine Menge los. Nun ja, nicht, dass ich mich beschweren will. Also, schaut euch einfach ein bisschen um, okay? Bedient euch bei den Snacks. Zwischendurch habe ich bestimmt noch mal ein bisschen

Zeit.« Sie hob entschuldigend beide Hände, machte ein bedauerndes Gesicht und schwebte durch das Gedränge davon.

Judy sah ihr nach.

»Hallo?«, erklang es an ihrer Seite. »Erde an Judy, Erde an Judy! Hallo!«

Da erst bemerkte Judy, dass Anna ihr ein Sektglas vor die Nase hielt. »Hier, trink«, forderte sie sie auf. »Du siehst aus, als könntest du's brauchen.«

Judy nahm das Glas und setzte es an.

»Hey«, rief Anna, »doch nicht in einem Zug! – Na, zu spät. Mensch, Judy, jetzt reiß dich aber mal zusammen, okay?«

Nachdem sie ihre leeren Sektgläser auf einem bereitstehenden Tablett abgestellt hatten, befolgten sie Levkes Rat und besahen sich die Exponate. Und wenn Judy geglaubt hatte, Levkes Laden biete nichts Neues für sie, hatte sie sich geirrt. Sie entdeckte einiges, was sie noch nicht kannte. Ihr Herz machte einen Sprung, als ihr Blick auf eine ganze Reihe von Kleinodien fiel, die verdächtig demjenigen glichen, das Levke ihr seinerzeit geschenkt hatte: dem Libellenanhänger, der für kurze Zeit Judys liebstes Schmuckstück gewesen war. Zumindest gleichauf mit dem Ring ihrer Oma.

Jetzt betrachtete Judy staunend eine Menge neuer Überraschungen. Grinsende, kleine Marienkäfer als Ohrringe. Kleine Bienchen als Broschen. Schmetterlinge als Kettenanhänger.

»Wow«, meinte Anna. »Sieht ganz so aus, als hätte sie eine komplette Kollektion aus Insektenmotiven entworfen.«

Judy grinste nur vor sich hin. Es war also nicht bei der Libelle geblieben. Vielleicht waren das die Experimente, von denen Levke ihr damals erzählt hatte, als Judy sie zum ersten Mal in der Werkstatt besuchte. Unsicher damals noch, unentschlossen, ob sie ihre Idee wirklich aufgreifen, die Sache wirklich durchziehen sollte.

Endlich, dachte Judy überwältigt. Endlich hatte Levke sich einmal etwas getraut. War ihren eigenen, kreativen Impulsen gefolgt, anstatt sich dem Geschmack anderer Menschen anzupassen. Und es hatte sich gelohnt. Die Ergebnisse konnten sich sehen lassen. Einige der Insekten waren naturalistisch gestaltet. Andere hatten süße, kleine Gesichter. Und wieder andere waren nur stilisiert.

»Ziemlich gewagt, oder?«, meinte Anna neben ihr.

»Aber eingängig«, sagte Judy.

»Da hast du recht. – Ach du liebe Zeit, schau mal, da hinten sind sogar ein paar Ringe mit Spinnenmotiven. Okay, nicht ganz mein Geschmack, aber wer drauf steht? Ein paar Gothic-Kids finden das sicher toll.« Anna ging näher heran und spähte in die Vitrine. »Na, immerhin sind es niedliche Spinnen.«

»Du, Anna«, meine Judy, »Spinnen sind aber keine Insekten.«

»Schon klar«, sagte Anna. »Du kleine Schlaubergerin.«

Doch Judy lächelte nur gedankenverloren vor sich hin.

Das hier, das war sie wieder. Eindeutig. Die selbstbewusste Levke, die einfach ihr Ding machte.

Nun ja, es war nur eine kleine Kollektion. Nichts, was einen immensen Verlust bedeutet hätte, falls die Stücke bei der Kundschaft nicht ankommen und sich als Ladenhüter entpuppen sollten. Doch es war immerhin ein erster Schritt. Die Levke, die immer unter all den Selbstzweifeln begraben gewesen war, hatte ganz zaghaft ihr hübsches Näschen hervorgestreckt.

Judy merkte, wie ganz langsam in ihrem Herzen etwas aufging. Sie wollte, dass Levke glücklich wurde. Ja, einfach nur glücklich. Ganz unabhängig von ihr, ganz unabhängig von dem, was zwischen ihnen beiden gelaufen war.

Und es bestand kein Zweifel: Levke war dabei, sich freizuschaufeln. Der Anfang war gemacht. Vielleicht, dachte Judy, war ihre gemeinsame Zeit ja doch nicht völlig umsonst gewesen.

In diesem Moment murmelte Anna halblaut: »Oh nein.«

Judy konnte sich noch nicht von den Schmuckstücken losreißen. »Was denn?«

Annas Kopf ruckte zum Eingang, dann wieder zurück. »Nicht hinsehen«, zischelte sie.

Natürlich tat Judy das genaue Gegenteil. Sie folgte Annas Blickrichtung. Und erstarrte.

In der Tür stand Vivica. Sie trug einen eleganten weißen Mantel, war dezent, aber edel geschminkt und hatte die Haare zu einer perfekten Pyramide aufgetürmt. Und sie zog, wie üblich, eine Menge Blicke auf sich. An ihrem Arm hing eine hübsche Dunkelhaarige. Sie hätte glatt Levkes kleine Schwester sein können.

Doch Judy wusste ja aus sicherer Quelle, dass Levke keine Schwester hatte.

»Was«, raunte Judy, als sie sich von ihrem Schrecken erholt hatte, »will die denn hier?«

»Na, was wohl?«, gab Anna zurück. »Unruhe stiften, ist doch klar.«

Die Temperatur schien um einige Grad zu sinken, während Vivica mit ihrer Begleiterin durch den Raum schritt, als sei das hier eine VIP-Party und sie der lange erwartete Ehrengast.

»Wie nett«, bemerkte Vivica hier und da und berührte ihre Begleiterin wie zufällig bei jeder Gelegenheit. Die hübsche Brünette kicherte albern und pflichtete Vivica in allem bei. Dabei kaute sie unübersehbar und leise schmatzend auf einem Kaugummi herum.

Judy beobachtete, wie das Paar sich den Weg zur Sekttheke bahnte. Vivica griff sich ein volles Glas und ließ dann ihre Augen durch den Raum wandern.

Giftgrün. Und kalt. Schlangenaugen. Es war Judy ein Rätsel, wie sie diese Augen jemals hatte hübsch finden können.

Schließlich hatte Vivica entdeckt, was sie suchte. Oder vielmehr: wen sie suchte.

»Levke«, rief sie mit herzlicher Stimme, für alle hörbar, und eilte auf die Goldschmiedin zu. Die Brünette stöckelte so eilig hinter ihr her, wie es ihre High Heels zuließen. Vivica umarmte Levke überschwänglich und gab ihr nach Franzosenmanier Küsschen auf beide Wangen.

Levke verzog keine Miene. Doch Judy konnte sehen, wie sie stocksteif wurde. Modus gestresste Katzenmama.

Denn das war es, was Vivica aus ihr machte: eine einzige Verspannung. Und ein gequältes Herz.

»Was für eine wundervolle Veranstaltung«, sagte Vivica. »Wenn du dich ein bisschen anstrengst, dann macht dein Laden ja richtig was her.«

Levke lächelte schmal. Sie bedankte sich nicht für das, was eindeutig kein Kompliment, sondern eine versteckte Beleidigung war.

»Oh, darf ich dir Babette vorstellen?«, fuhr Vivica fort und fasste der Brünetten um die Taille. »Sie ist meine –« Sie machte eine bedeutungsschwangere Pause und lächelte anzüglich. »Na, du weißt schon.«

Babette ließ erneut das alberne Kichern hören.

»Hallo, Babette«, sagte Levke.

Babette ließ eine Kaugummiblase vor ihrem Gesicht zerplatzen.

Levkes eisige Höflichkeit schien Vivica zu ärgern. Schon wieder ging einer ihrer netten, kleinen Pläne nicht auf. Ein verkniffenes Lächeln entstellte ihre schönen Züge. Dann änderte sie offenbar ihre Strategie. »Also, auf dich«, sagte sie zu Levke und hob ihr Glas. »Cheerio!« Sie setzte den Sektkelch an, nippte und verzog sogleich das Gesicht. »Puh … In unserem Laden wurde zu solchen Anlässen ja Champagner gereicht. Dieses billige Zeug hier kann doch kein Mensch trinken.«

Sprach's. Sah Levke an. Und ließ das Glas dann ganz, ganz langsam aus ihren Fingern gleiten.

Wie in Zeitlupe sah Judy, wie es zwischen den beiden zu Boden fiel und zerbarst. In das Aroma von Levkes Werkstatt mischte sich die süßlich-alkoholische Note von verschüttetem Sekt.

»Hoppla«, sagte Vivica. »Wie ungeschickt von mir.«

Levke hielt ihrem Blick stand. »Das macht doch nichts. Kann ja mal vorkommen.«

Vivicas Mundwinkel zuckte. »Vielleicht«, sagte sie und betrachtete die Scherben, »solltest du das beseitigen. Sonst tut sich am Ende noch jemand weh.«

»Natürlich«, sagte Levke und wandte sich ab. »Und du solltest vielleicht ein wenig zurücktreten. Du hattest in letzter Zeit Unfälle genug, meinst du nicht?«

Vivica lächelte selbstzufrieden. Judy ihrerseits musste heftig schlucken, als sie Levke kurz darauf mit Lappen, Feger und Kehrblech zurückkommen sah und diese sich daran machte, die Bescherung zu beseitigen.

Noch immer, dachte Judy. Noch immer hatte Vivica eine gewisse Macht. Sie konnte Levke auch jetzt noch dazu bringen, buchstäblich vor ihr auf dem Boden herumzurutschen.

In diesem Augenblick, als Vivica zuerst auf Levke herabsah und dann ihre Augen selbstgefällig durch den Raum schweifen ließ, kreuzte ihr Blick den von Judy.

Ihre vollkommenen Brauen hoben sich. Dann breitete sich ein Lächeln auf ihrem Gesicht aus. Mit wenigen Schritten durchmaß sie den Raum und stand an Judys Seite. Judy spürte, wie ihr heiß und kalt wurde.

»Na, hallo!«, sagte Vivica. »Du hier? Das ist ja eine Überraschung.«

Judy sagte ... nichts. Sie wollte. Aber sie konnte nicht.

»Hatte ich«, fuhr Vivica fort und lächelte dabei weiter, »dich beim letzten Mal nicht ausdrücklich gewarnt? Hatte ich dir nicht klipp und klar gesagt, was passiert, wenn du dich noch einmal in Levkes Nähe wagen solltest?«

Anna wollte dazwischengehen, doch Judy hielt sie zurück. »Nicht«, sagte sie. Zu mehr reichte es nicht. Ihre Stimme gehorchte ihr einfach nicht mehr.

Vivica indes war noch nicht fertig. »Andererseits«, meinte sie, »vielleicht bist du ja gar nicht wegen Levke hier? Vielleicht suchst du ja nur nach neuem Beutegut, du süßer kleiner Langfinger, hm? Ich habe munkeln hören, dass du ein kleines Problem mit Possessivpronomen hast. Vor allem *Meins* und *Deins* bereiten dir, sagen wir, gewisse Schwierigkeiten. Es heißt, da verstehst du den Unterschied nicht. Und Gold und Silber sollen dich ja besonders anziehen, du kleine diebische Elster.«

Sie tat es schon wieder: dasselbe wie vor ein paar Monaten, als sie mit Judy in der Cafeteria gesessen hatte. Kurz bevor in Judys

Leben so ziemlich alles zum Teufel gegangen war. Sie konfrontierte Judy mit einer so abgrundtiefen Gemeinheit, dass Judy einfach nicht in der Lage war, darauf zu reagieren.

Schon wieder …

Alle Gefühle von damals kamen erneut in Judy hoch. Sie konnte nichts dagegen tun. Sie wollte Vivica anschreien. Wollte ihr sagen, dass sie aufhören sollte. Dass sie sich um Gottes willen endlich aus allem heraushalten sollte.

Sie sollte sie einfach nur in Ruhe lassen. Sie beide. Levke auch. Ja, vor allem Levke.

All das wollte Judy ihr sagen. Aber von Vivica ging so viel Falschheit, so viel Bosheit aus, dass es ihr buchstäblich die Kehle zuschnürte.

Wie, fragte sie sich und spürte, wie ihr eine einzelne Träne über die Wange lief, konnte ein Mensch nur so sein?

»Lass sie«, sagte plötzlich eine vertraute Stimme.

Judy blickte auf. Und sah, dass Levke an ihrer Seite stand. »Aber –«, begann sie, instinktiv darauf bedacht, Levke aus dem Konflikt herauszuhalten, sie zu beschützen.

Doch Levke fuhr unbeirrt und mit einem eiskalten Blick auf Vivica fort: »Du hast Judy wirklich schon genug angetan. Außerdem bist du doch hier, um mir den Tag zu verderben, oder? Also, nur zu. Tu, was du nicht lassen kannst. Aber lass bloß Judy in Frieden, verstanden?«

Vivica schürzte die Lippen. »Wie niedlich. Kann es nicht einmal mehr für sich selbst sprechen, das arme, kleine Yogamäuschen?«

Judy holte tief Luft. Denn sie wusste: Jetzt war ihre Stimme wieder da. Startklar und einsatzbereit.

Im nächsten Augenblick schloss sie den Mund wieder. Das hier, das spürte sie mit einem Mal, war nicht ihr Moment.

»Es wäre wirklich besser, wenn du jetzt gehst, Vivica«, sagte Levke. Sehr langsam. Sehr scharf.

»Sonst was?«, fragte Vivica, ließ von Judy ab und baute sich nun vor Levke auf. »Willst du mich rauswerfen?« Sie schniefte verächtlich. »Vor all diesen Leuten?«

»Wenn ich so darüber nachdenke«, meinte Levke, »dann ist das so ziemlich die beste Idee, die du jemals hattest.« Mit diesen Worten packte sie Vivica am Kragen und fing an, sie zum Ausgang zu schieben.

Judy wusste hinterher nicht mehr, wen diese Sache am meisten verblüfft hatte. Sie selbst? Die überrumpelte Vivica, die zuerst zu perplex war, um sich zu wehren, und dann, als sie es versuchte, feststellen musste, dass sie einer zornbebenden Levke rein gar nichts entgegenzusetzen hatte? Oder die Besucher, die unverhofft Zeuge der Situation wurden?

Es war ein wirklich skurriles Bild: Levke, die Vivica am Schlafittchen hielt und wie einen jungen Hund zum Ausgang schleifte. An der Ladentür angekommen, gab sie ihrer Exfreundin, Unruhestifterin und Lügnerin aus Passion, einen letzten Stoß.

»Geh raus«, knurrte sie. »Und bleib draußen. Du hast ab jetzt Hausverbot, klar?«

Vivica stolperte vorwärts. Dann fuhr sie wieder herum, mühsam um ihr Gleichgewicht und ihre Fassung ringend. Ihr Mund klappte auf und zu, als wolle sie etwas sagen. Doch jetzt war sie diejenige, die sprachlos war. Levkes Entschlossenheit hatte anscheinend sogar ihre Gemeinheit zum Schweigen gebracht.

In der Stille, die nun folgte, hörte man nichts. Bis auf Babettes Absätze, die eilig dem Ausgang zustrebten. Ob sie Vivica aus echter Solidarität folgte oder einfach nur, weil sie spürte, dass sie jetzt ebenfalls unerwünscht war, konnte Judy nicht sagen.

Mit einem letzten, energischen Schwung warf Levke die Ladentür zur. Die Willkommensglöckchen schrillten wild durcheinander.

»So, das wäre erledigt.« Langsam, schwer atmend, drehte Levke sich um.

Und stellte fest, dass alle sie anstarrten. Sämtliche Besucher standen wie festgewachsen an ihren Plätzen, von denen aus sie die Szene verfolgt hatten. Keiner sagte ein Wort.

Levke lief blutrot an. Lächelte verwirrt. Versuchte nun ihrerseits eine Erklärung. »Ähm …«, kam heraus. Und dann gleich noch einmal: »Ähm. Also eigentlich … wollte ich nur –«

In diesem Augenblick fiel Judy ihr um den Hals. Sie hatte so viel Schwung, dass sie beide ihren festen Stand verloren. Gemeinsam taumelten sie rückwärts gegen die Tür, wo die Glöckchen erneut ein wildes Konzert anstimmten.

»Und jetzt Sekt für alle«, hörte Judy jemanden rufen. Sie glaubte, dass es Anna war. Aber sie hätte es nicht beschwören können.

24

»Meine Heldin!« Judy bedeckte Levkes Mund, Hals und Schlüsselbein mit wilden Küssen. »Meine Heldin, meine Heldin!«

»Hey«, sagte Levke und kicherte leise. »Das kitzelt.«

»Ja, und? Eine echte Heldin wird das ja wohl aushalten können.«

Sie waren beide noch ganz durcheinander. Von dem, was vorhin gewesen war. Und was danach kam.

Noch immer schoss ziemlich viel Adrenalin durch ihre Adern. Levke wirkte fast ein wenig überrascht von sich selbst. Verlegen, weil sie zu dem fähig gewesen war, was Judy eine Heldentat nannte. Und zugleich ein bisschen stolz darauf.

Judy selbst war nicht weniger überrascht. Sie hatte sich, irgendwie, ganz von selbst durch den Laden bewegt und dann in Levkes Armen wiedergefunden. Sie konnte sich nicht daran erinnern, diese Entscheidung bewusst getroffen zu haben. Oder auch nur daran, wie sie auf Levke zugelaufen war. Tatsächlich fehlten ihr diese paar Sekunden ihres Lebens.

Aber das war zu verschmerzen.

Nichtsdestotrotz waren sie beide dermaßen verwirrt und aufgedreht, dass sie sich fürs Erste in Levkes Bürowohnung im ersten Stock zurückgezogen hatten. Eigentlich hatten sie sich nur kurz beruhigen wollen. Wieder zu Atem kommen. Vielleicht ein bisschen reden. Und verstehen, was genau da gerade passiert war.

Doch als sie dann, immer noch ziemlich konfus, in dem Raum mit den Fachwerkstreben standen, da hatte keine von ihnen mehr geredet. Stattdessen hatten sie ... andere Dinge getan. Kichernd, atemlos und gierig waren sie übereinander hergefallen, hatten sich förmlich die Kleider vom Leib gerissen und sich zwischendurch immer wieder gegenseitig zur Ruhe ermahnt.

»Still«, hatte Levke geflüstert, als Judy laut aufstöhnte, nur um im gleichen Augenblick wohlig zu schnurren.

»Selbst still«, hatte Judy gekichert.

Hinterher lagen sie schwer atmend da, eng umschlungen in einem Gewirr von Gliedmaßen und Kleidungsstücken, von dem sie selbst nicht so recht wussten, was zu wem gehörte. Es würde ein ziemliches Stück Arbeit werden, dieses Knäuel wieder auseinanderzusortieren.

»Also«, sagte Judy, »ich muss schon sagen: Du hast es Vivica aber so richtig gegeben.«

»Ja, nicht wahr?« Levke kicherte nun ebenfalls. Dann verbarg sie ihr Gesicht in den Händen. »Und alle haben zugesehen. Oh mein Gott!« Sie prustete immer heftiger und steckte Judy schließlich damit an. »Auweia«, begann Levke dann erneut, als sie sich von ihrem Lachanfall erholt hatte. »Nach dem, was da eben im Laden passiert ist, kann ich den wahrscheinlich dichtmachen.«

»Ach, Unsinn«, erwiderte Judy. »Das war ein spektakulärer Auftritt. Die perfekte Werbung für deine neue Kollektion. Die Leute werden sie dir förmlich aus den Händen reißen.«

»Die neuen Sachen sind dir also aufgefallen?«, fragte Levke, und ihre Augen leuchteten stolz.

Judy strahlte. »Und wie! Die kleinen Bienchen mochte ich am liebsten. Aber die Spinnen«, sie zog eine Schnute, »die kannst du behalten. Jedenfalls soweit es mich betrifft.«

Levke lachte. »Das habe ich mir schon gedacht.«

»Ich bin wirklich stolz auf dich«, flüsterte Judy und strich mit den Lippen über Levkes Wange. »Die Sachen sind wahnsinnig schön.« Damit schmiegte sie sich in Levkes Arme und blickte verliebt zu ihr auf. »Genau wie du.«

»Ach, lass das doch.« Levke wandte verlegen den Kopf ab.

»Ich meine es aber ernst. Wieso kannst du ein Kompliment nicht einfach mal annehmen?«

»Ist ja schon gut«, sagte Levke. »Also: Mein Schmuck ist wunderschön. Bis auf die Spinnen. Die magst du nicht. Zufrieden?«

Judy seufzte tief. »Ich geb's auf.« Aber immerhin war die Hälfte der Botschaft angekommen.

Einen Moment lang hielten sie einander schweigend fest. Judy spürte Levkes Atem nach und fühlte, wie ihr Herz schlug. Ruhig und gleichmäßig. In dieser Position erreichte sie einen beinahe meditativen Zustand. Doch noch war es dafür zu früh.

»Du, Levke?«, fragte sie und setzte sich wieder auf.

»Hm?«

»Ich hätte da eine Bitte an dich.« Judy setzte sich auf und angelte nach ihrer Handtasche, griff hinein und holte ein schmales Etui heraus. Sie öffnete es vor Levkes Augen. Darin lag ein kleiner Anhänger samt der dazugehörigen Kette. Die Steine glitzerten sanft im Lampenlicht.

»Mein Libellenanhänger«, rief Levke aus. »Den hast du noch? Ich dachte, den hättest du längst weggeworfen. Oder zumindest gewinnbringend weiterverkauft.«

»Es gab eine Zeit«, gestand Judy, »da wollte ich das sogar. Aber dann ... habe ich es mir anders überlegt.«

»Das freut mich«, antwortete Levke. »Ehrlich.«

Judy blickte nachdenklich auf die Kette hinunter. »Getragen habe sie seitdem allerdings nicht mehr.«

Levke nickte langsam. »Ich verstehe.«

Klar. Natürlich verstand sie das. Sie war schließlich Levke Andreesen, die tollste Frau auf der Welt, oder nicht?

Judy drehte die Schachtel unsicher in der Hand. »Ehrlich gesagt weiß ich auch nicht, was ich mir dabei gedacht habe. Aber vorhin, bevor ich die Wohnung verlassen habe, da hatte ich plötzlich das dringende Bedürfnis, die Kette einzustecken. Ziemlich albern, oder? Und ziemlich riskant, ein so edles Stück einfach so in der Handtasche herumzutragen.« Sie hob die Schultern. »Ich weiß wirklich nicht, wieso ich das getan habe.«

»Aber ich«, sagte Levke sanft. »Aus genau demselben Grund, aus dem ich dir den Flyer für diese Veranstaltung zugesteckt habe. Es nennt sich Prinzip Hoffnung. Hoffnung entgegen jeder Wahrscheinlichkeit.«

Langsam breitete sich ein Lächeln auf Judys Gesicht aus. »Ja«, murmelte sie. »Ja, das klingt sinnvoll.«

»Ich glaube, ich weiß, worum du mich bitten möchtest.« Behutsam nahm Levke die Kette aus dem Etui. Judy schloss die Augen, während Levke sie ihr mit erfahrener Hand anlegte. Sie genoss die zarten Berührungen an ihrem Hals. Die, wie sie zu spüren glaubte, nicht alle ausschließlich dazu dienten, den Verschluss zu fixieren.

»Sag mal, Levke«, fragte Judy dann, »vorhin, als ich unten in deinem Laden war, da habe ich kein einziges Libellenmotiv entdeckt. Hältst du die irgendwo unter Verschluss?«

Levke lachte leise. »Es gibt keine weiteren Libellenmotive.« Sie legte sachte die Hand auf Judys Kette und liebkoste die Haut darunter. »Nur dieses eine.«

»Was? Aber du liebst doch Libellen!«

»Ja«, sagte Levke. »Und deshalb bist du auch die Einzige, die eine bekommen hat. Und die jemals eine bekommen wird.« Die letzten Worte flüsterte sie.

Judy stockte der Atem. Das war eindeutig die schönste Liebeserklärung, die man von einer Frau bekommen konnte. Jedenfalls wenn diese Frau Goldschmiedin war. Und eine solche Schwäche für Libellen hatte wie Levke.

»Dann«, flüsterte sie und umschloss den Anhänger mit der Hand, »muss ich von jetzt an wohl gut darauf achtgeben.« Sie schmiegte sich an Levke und vergrub die Nase in ihrem Haar. »Auf diese Kette. Und auf dich.«

»Ist das ein Versprechen?«

»Ich schwör's. Hoch und heilig.«

»Das ist ja wohl auch das Mindeste«, erklärte Levke mit gespieltem Ernst und küsste Judy auf den Scheitel.

Ebenso ernst erklärte Judy: »Dann musst du dir ab jetzt allerdings jeden Tag anhören, wie wunderschön, wie toll und wie großartig du bist. So lange, bis du es endlich glaubst.«

Levke lachte. »Aus der Nummer komme ich wohl nicht mehr raus, was?«

Judy kicherte. »Nie wieder.«

»Okay«, meinte Levke. »Damit kann ich leben.«

Wieder küssten sie sich. Zuerst zaghaft. Dann länger. Judy schmiegte ihr Gesicht zwischen Levkes Brüste und seufzte schwer. Während sie auf das Stimmengewirr aus dem Erdgeschoss lauschte, konnte sie sich nur mühsam zu der Frage überwinden: »Sollten wir nicht so langsam mal wieder runtergehen? Immerhin hast du da unten Kundschaft.«

»Ach, die können wir ruhig noch ein bisschen sich selbst überlassen«, meinte Levke und zeichnete mit den Fingern die Kurve von Judys Taille nach. »Immerhin bin ich eine zukünftige Stargoldschmiedin und schwimme demnächst im Geld. Hast du selbst gesagt.«

»Ach so«, sagte Judy. »Na, wenn das so ist.«

»Wo wir gerade beim Thema Zukunft sind«, meinte Levke. »Mir ist da eben etwas eingefallen.«

»Aha?«

Levke ließ von Judy ab. »Wie du ja siehst«, sie deutete einmal rundum, »wohne ich zur Zeit immer noch in meinem gigantischen Abstellkammer-Büro-Komplex.«

Judy streckte sich auf der Matratze aus. »Ja, das ist nicht zu übersehen.«

»Außerdem haben Vivica und ich unser Haus verkauft.«

»Ja?«

»Das heißt, da bieten sich einige neue Möglichkeiten.«

»Wow, wow, wow, Levke«, sagte Judy und schnalzte mit der Zunge. »Ich meine, ich finde es ja sehr charmant, dass du dir darüber jetzt schon Gedanken machst. Aber ... wir haben uns gerade erst wieder gefunden. Meinst du nicht, da ist es ein klein wenig früh, um schon übers Zusammenziehen nachzudenken?«

»Wer redet denn hier von Zusammenziehen?«, erwiderte Levke grinsend.

»Oh«, machte Judy, sank in sich zusammen und wurde rot. »Ups. Ich dachte ja nur.«

»Und *ich*«, sagte Levke, »dachte mir Folgendes: Derzeit habe ich in Sachen Wohnung und dergleichen keine zusätzlichen Kosten. Ich hause jetzt schon so lange über der Werkstatt, da kommt es auf ein paar Wochen und Monate auch nicht mehr an. Die Lage ist super, und Fachwerk ist schon eine feine Sache. Außerdem war mein Weg zur Arbeit noch nie so kurz. Also, solange du mich ab und zu besuchen kommst, kann ich es hier durchaus noch ein Weilchen aushalten.« Sie zerzauste Judy zärtlich die Haare. »Allerdings gab es da ja unlängst, wie ich vorhin schon einmal erwähnte, ein kleines Immobiliengeschäft. Und von dem erzielten Endpreis musste eine gewisse Vivica meiner Wenigkeit zu ihrem großen Leidwesen die Hälfte abgeben.« An diesem Punkt gestattete Levke sich ein kleines, triumphierendes Grinsen. »Deswegen habe ich derzeit ein bisschen Geld übrig. Also hab ich mir überlegt, wir sollten uns mal eine Kleinigkeit gönnen.«

»Ach ja? Was denn zum Beispiel?«

»Wie wäre es denn mit einem Urlaub?«

»Au ja«, begeisterte sich Judy. »Ein Kurztrip ans Meer! Oder in die Wellnessoase. Nur wir beide – das wird super.«

Levke ließ wieder ihr leises Lachen hören. »Eigentlich hatte ich da eine andere Idee.« Sie beugte sich vor und flüsterte Judy ihren Plan ins Ohr.

Sekunden später blickten einige Gäste unten in der Werkstatt irritiert an die Decke. Es hörte sich an, als hätte man im Stockwerk über ihnen eine Horde Elefanten losgelassen. Und ein heulendes Rudel Wölfe gleich dazu.

Und nur Anna Cho erkannte das wilde Getrampel und Gejohle als das, was es war: ein Freudentanz, den Judy direkt über ihrem Kopf aufführte.

»Indien!«, drang Judys Jubelruf durch die Decke. »Indien, Indien! Levke und ich fahren nach Indien! Hurra!«

Na also, dachte Anna und musste lächeln. Geht doch.

Dann nahm sie sich das letzte herumstehende Glas Sekt, blickte zur Decke hinauf und prostete Judy und Levke heimlich zu. »Also auf Indien, ihr beiden«, sagte sie leise. »Und auf euch.« Zum Schluss kam sie nicht umhin, auch einen kleinen Toast auf sich selbst auszusprechen.

Denn manchmal, so dachte sie, musste man der Liebe eben ein kleines bisschen nachhelfen.

ENDE

Weitere Titel
bei édition el!es

Jenny Green: Dazwischen das Meer

Roman

Für ein Reisemagazin fliegt Theresa Petersen nach Neuseeland, wo sie die Touristenführerin Amiri kennenlernt. Schnell entwickeln sich starke Gefühle füreinander, die auf keinen fruchtbaren Boden fallen: Amiri ist bereits vergeben, und zu Hause wartet Maren auf Theresa. Nach ihrer Rückkehr beschließt Theresa, sich ganz Maren zu widmen, obwohl ihr Herz noch immer an Amiri hängt, denn sie hat Maren viel zu verdanken. Doch dann steht plötzlich Amiri in Theresas Café und gesteht ihr ihre Liebe – für wen soll Theresa sich denn jetzt entscheiden?

Toni Lucas: Kirschensommer

Kurzroman

Luise fällt beim Kirschenpflücken vom Baum. Als sie das Bewusstsein wiedererlangt, schaut sie in die dunklen Augen einer Unbekannten. Sie verschwindet jedoch, bevor Luise sie auch nur nach ihrem Namen fragen kann. Eher zufällig trifft sie ihre Retterin Nina, eine Kinderärztin, wieder, und sie entdecken ihre Gefühle füreinander. Nach Ninas Aufenthalt im Kongo bei Ärzte ohne Grenzen, der nur drei Wochen dauern sollte, kehrt sie jedoch nicht zurück und meldet sich auch nicht mehr . . .

Alexandra Liebert: Familiengeheimnisse

Roman

Als Svenja ihre Nichte Annika vom Kindergarten abholt, lernt sie Maren und deren Tochter Lena kennen. Annika und Lena sind beste Freundinnen, und so verbringen die beiden Frauen immer wieder und immer häufiger Zeit miteinander. Svenja verliebt sich in Maren und outet sich, aber Maren hält sich bedeckt. Langsam kommen sie sich näher, doch Marens Verhalten gibt Svenja immer wieder Rätsel auf. Mal scheint es, als würde Maren auch Gefühle für Svenja entwickeln, doch dann stößt Maren sie unvermittelt zurück – was Svenjas Geduld auf eine harte Probe stellt . . .

Ina Sembt: Füreinander bestimmt

Roman

Nach der Diagnose einer Krankheit, die die weitere Ausübung ihres Berufes verhindert, zieht sich Kriegsberichterstatterin Kristin Kamrath in ein österreichisches Dorf in den Voralpen zurück. Dort lernt sie die verheiratete Dorfärztin Ute Würzburger kennen, und beide entdecken viele Gemeinsamkeiten. Vorsichtig versucht Kristin sich Ute zu nähern, doch die blockt rigoros ab. Sie ist schließlich überhaupt nicht lesbisch ... hatte sie bislang jedenfalls immer angenommen ... Aber Kristin lässt nicht locker, denn sie spürt es deutlich: Sie beide sind füreinander bestimmt.

Jenny Green: In den Gassen der Stadt

Roman

Astrid ist von langer Krankheit genesen, aber sie hat das Wichtigste verloren: ihre große Liebe Lotta, die Astrids Zurückweisung nicht mehr ertragen konnte. Zuvor waren sie lange Jahre ein glückliches Paar, bis Astrid krank wurde und Lotta in ihrer Verzweiflung immer wieder von sich stieß. Astrid braucht einige Zeit, bis sie erkennt, dass nicht Lotta die Schuldige ist, aber sie kann sich noch nicht wieder auf Nähe einlassen. Dadurch fühlt Lotta sich erneut zurückgestoßen, und eine gemeinsame Zukunft scheint in weite Ferne gerückt. Nach einigen turbulenten Ereignissen und Umwegen über Stockholm und Italien zeigt sich jedoch ein Silberstreif am Horizont ...

Lo Jakob: Vorübergehende Unzurechnungsfähigkeit

Roman

Als sich Elf und Hanna zum ersten Mal auf einer Party begegnen, ist es Antipathie auf den ersten Blick. Dass sie sich dann auch noch gemeinsam auf einem Sofa in einer dunklen Ecke wiederfinden, schockiert sie zutiefst. Sie wollen sich unter keinen Umständen wiedersehen.
Doch Elfs Bruder landet mit gebrochenem Bein in dem Krankenhaus, in dem die Ärztin Hanna ihr Praktikum macht. Die zwangsweisen Begegnungen tauen das Eis zwischen ihnen, sie kommen sich näher ... und näher ... bis ein fatales Missverständnis Hanna jeden Kontakt abbrechen lässt. Elf konzentriert sich verzweifelt auf ihre Karriere als Pianistin, doch sie kann Hanna nicht vergessen ...

Toni Lucas: Paradies ist, wo ich liebe

Roman

An der wildromantischen Küste Cornwalls lernen Franziska und Josephine sich unter schicksalsträchtigen Umständen kennen. Franziska lässt sich auf eine Affäre mit Josephine ein, obwohl diese von Anfang an unter einem schlechten Stern steht. Als Franziska erkennt, dass sie keine Zukunft miteinander haben, kehrt sie mit gebrochenem Herzen nach Deutschland zurück und versucht dort an ihr altes Leben anzuknüpfen. Doch wenn das Schicksal beschlossen hat, dass zwei Menschen zusammengehören, versucht es alles, sie auch zusammenzubringen . . .

Julia Schöning: Im Sturm der Gefühle

Roman

Nachdem Carla Tornow herausfindet, dass ihre Lebensgefährtin sie betrügt, flieht sie bitter enttäuscht auf die Insel Juist, wo sie sich in einer Pension einmietet. Die junge Betreiberin der Pension, Lena Peters, verliebt sich Hals über Kopf in Carla, und auch in Carla keimen zarte Gefühle, gegen die sie sich jedoch zunächst noch wehrt. Mit der Ankündigung einer Sturmflut brechen sich schließlich auch die Gefühle Bahn, Carla und Lena verbringen eine heiße Nacht miteinander . . .
Ende gut, alles gut? Nicht für Carla, denn auch Lena hat unangenehme Überraschungen parat, so dass sich Carla schließlich in einem wahren Sturm der Gefühle wiederfindet . . .

Ina Sembt: Zwischen Herz und Verstand

Roman

Nach 25 Jahren treffen Solveig und Eva sich auf einem Kongress wieder, und sofort flammen alte Gefühle auf. Doch während Solveig offen lesbisch lebt, hat sich Eva bislang nie dazu bekannt. Und so soll es auch bleiben, womit sich Solveig nicht abfinden kann. Einerseits möchte sie nicht mit einer Schranklesbe zusammen sein, andererseits liebt sie Eva . . . und weil die beiden Frauen es nicht auf die Reihe kriegen, kommt Evas Sohn zu Hilfe und schmiedet einen Plan . . .

Laura Michaelis: Wind, Sand und Freiheit

Roman

Danielas Beziehung zu Isa bröckelt, als sie allein Urlaub an der Nordsee macht. Dort lernt sie die lebenslustige Kay kennen, beide verlieben sich – doch vom Alkohol benebelt schläft Kay mit einer anderen, was Daniela tief verletzt. Als Isa sie auch noch mit einem Mann betrügt, bricht für Daniela eine Welt zusammen. Nur Kay könnte sie jetzt noch retten . . .

Catherine Fox: 39 Stunden

Handyroman

Konzernchefin Sina König führt arrogant, hochnäsig und rücksichtlos die Firma. Ein graues Mäuschen wie die neue Sekretärin Lilly Neumeier hat es da nicht leicht. Doch dann geschieht das Unvorstellbare: An einem Wochenende bleiben beide zusammen im Fahrstuhl stecken. Notruf und Handy funktionieren nicht, und so müssen sie bis Montag ausharren – was nicht ohne Folgen bleibt . . .

Terry Waiden: Und zweitens, als du denkst

Roman

Elin lebt für ihren Handwerksbetrieb, Lara lebt für ihre Tochter. Eine Beziehung scheint unmöglich, da sie beide auf nichts verzichten wollen. Doch als Laras Tochter der Liebeskummer plagt, fühlt sich auch Elin verpflichtet, dem Teenager beizustehen – was zu immer häufigeren Begegnungen führt, die ihre Spuren bei Lara und Elin hinterlassen . . .

Lucy van Tessel: Die Bücherfee

Roman

Greta besitzt nicht nur eine Buchhandlung, sondern auch ein gutes Gespür dafür, welche Bücher Ariane mag. Die fühlt sich bei Greta so geborgen, dass es zum Sex und zu so etwas wie einer Beziehung kommt. Doch Geschäftliches und Privates zu trennen ist nicht leicht, so dass die Beziehung zu zerbrechen droht. Wenn sich allerdings beide endlich eingestehen würden, was sie wirklich füreinander empfinden, könnte das Happy End in greifbare Nähe rücken . . .

Toni Lucas: Auszeit

Roman

Als die Punkerin Lucinde in Isabellas bürgerliche Welt platzt, stellt sie mit ihrer Vorliebe für Kunstaustellungen, Joints, Sex und Spaß das Leben und die langjährige Beziehung der Speditionskauffrau auf den Kopf. Isabella stürzt sich in eine Affäre, die sie mehr als nur den Job kosten wird – und am Ende stellt sich die Frage, ob Lucinde für eine dauerhafte Beziehung geeignet ist, oder ob sich die wahre Liebe nicht doch woanders verbirgt . . .

Claudia Lütje: Ich warte auf dich

Handyroman

Eigentlich repariert Andie nur Sandras Auto, doch völlig ungeplant landet Sandra an ihrem eigenen Hochzeitstag mit Andie im Bett. Andie gesteht Sandra ihre Liebe, Sandra jedoch will an ihrer Ehe mit Petra festhalten. Aber Andie gibt nicht auf, und Sandras altes Auto braucht irgendwann wieder eine Mechanikerin . . .

www.elles.de